クランツ竜騎士家の箱入り令嬢５

箱の外で竜の主従に巻き込まれました

紫　月　恵　里

E R I　S H I D U K I

一迅社文庫アイリス

CONTENTS

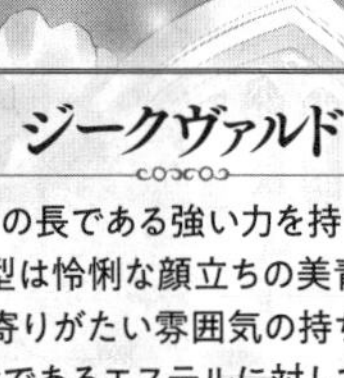

ジークヴァルド

竜たちの長である強い力を持つ銀竜。
人型は怜悧な顔立ちの美青年。
近寄りがたい雰囲気の持ち主。
番であるエステルに対しては
過保護で溺愛気味。

エステル・クランツ

17歳。リンダール国の竜騎士の
名門である伯爵家の令嬢。最強の銀竜
ジークヴァルドの竜騎士であり、彼の番（つがい）。
高所恐怖症だが、克服しつつある。
絵を描くことが大好き。

クランツ竜騎士家の箱入り令嬢5

箱の外で竜の主従に巻き込まれました

サイ・ヒエン(柴飛焔)

23歳。ショウ国の皇帝の末の皇子。
上位の竜であるニコラウスと契約をした
竜騎士。完璧そうに見えるが、方向音痴。

ニコラウス(レイメイ)

ヒエンの主竜。先代の長とその座を争った
こともある老翁竜。頭から尾にかけて
紫からオレンジ色に変わっていく鱗を持つ。

エドガー・ニルソン

ウルリーカと契約した下級騎士
出身の竜騎士。黙っていれば少し
陰のある美形。竜好きの竜オタク。

ウルリーカ

エドガーの主竜でマティアスの番。
金糸雀色の鱗の雌竜。沈着冷静で
あまり感情を表に出さない。

マティアス

ウルリーカの番。黒鋼色の鱗、
背中に金色の筋が一本通っている
雄竜。好奇心旺盛。

仔竜

マティアスとウルリーカの子供。
名前はまだない。
エステルになついている。

クリストフェル

ジークヴァルドの配下。黒い鱗、
黒い大きな巻き角を持つ雄竜。
おっとりとして知的。

マルグレット

クリストフェルの番。薄紅色に
オレンジがかった鱗と翼を持つ。
明るく活発な雌竜。

アレクシス

次期長と噂されていた上位の竜。
朱金の鱗、琥珀色で羊の角のような
形の巻き角を持つ雄竜。

アルベルティーナ

エステルの叔父レオンの主竜。
紅玉石のような色の鱗の雌竜。
エステルのことを気に入っている。

ユリウス・クランツ

16歳。エステルの弟で、
上位の竜であるセバスティアンと
契約をした竜騎士。シスコン気味。

セバスティアン

ユリウスの主竜。竜の中でも
上位の力を持つ若葉色の鱗の雄竜。
食欲旺盛で食い意地が張っている。

イラストレーション◆椎名咲月

クランツ竜騎士家の箱入り令嬢5　箱の外で竜の主従に巻き込まれました

A Daughter of the Kranz Dragon Knights

プロローグ

さらさらと洞穴の外を流れる水音が、やけに大きく聞こえていた。

自分の心音がそれと重なり洞穴――【礎】の中に反響しているような錯覚を覚え、エステルは緊張でわずかに震える手をきつく握りしめた。その拍子に、母から贈られた花嫁のヴェールが目の端でかすかに揺れる。

壁沿いにぐるりと寝そべるように並ぶ緑柱石でできた竜の石像は、ここ竜の国である【庭】を形成するための【礎】の核となった竜たちの亡骸が結晶化したものだと教えられた。すでに元の鱗の色は失われているものの、今にも動き出しそうなほどの躍動感は、今まさに番の誓いの儀式を行おうとしているエステルとジークヴァルドを息を潜めて窺っているようにも思えて、なおのこと胸がざわつく。

『エステル、血を水の中に落とせ』

傍らに寄り添う銀の竜の姿のジークヴァルドに促され、エステルは持参した針で指先を軽く突いた。一瞬だけ眉を顰め小さく肩を揺らすと、ジークヴァルドがしなやかな尾の先で労わるように背中を叩いてくれる。

笑みを浮かべてジークヴァルドの藍色の竜眼を見上げると、彼は小さく頷いてくれた。それに励まされた気がして、エステルはぷくりと指先に浮かんだ血の珠を、初代の長だという竜が守るように抱え込む緑柱石の器に溜まる水の中にそっと落とした。間を置かず、ジークヴァルドもまた鋭い爪の先から一滴血を垂らす。

一瞬だけ濁り、すぐに澄んだ水の色を取り戻したと思った次の瞬間、初代の長の石像が淡く光を帯びた。血が混ざった水が渦を巻き、驚きに目を見張るエステルの目の前で瞬く間に液体だったものが二つの氷の塊のようなものへと変化する。エステルの爪の先ほどしかない小さな塊は、緑柱石の洞壁を通してうっすらと差し込む日の光に反射し、宝石のように輝いていた。

（こうなる、って教えられていても、これは驚くわ……）

【庭】の外で儀式を行ったことがない、というのも頷ける。どういう原理なのかわからないが、番の香りがする者同士の血を混ぜると結晶化するらしい。そこに【礎】の水が混ざらないと、強い力を持つ者の方の力に呑み込まれ、命を失う可能性が考えられるそうだ。

呆然と不可思議な現象を眺めていたエステルは、ふいに竜の姿のままのジークヴァルドが首を下げ、器用にも氷の塊を口にくわえたことにはっと我に返った。

手順を頭に思い浮かべて一つ残った氷の塊を手に取ると、ジークヴァルドと向き合う。

（ええと……口に含んで、同時に飲み込むのよね。小さくてよかった）

拳ほどもあったらどうしようかと心配していたが、この大きさなら飲み込めそうだ。ほっとして口に運ぼうとした時、ジークヴァルドが小さく首を横に振った。

（ん？　え、違う？　わたし、間違えましたか!?）

それほど難しい手順ではないというのに、緊張のあまり間違えたのだろうか。あたふたとしているうちに、銀竜の姿がふっと解けるように揺らいだかと思うと、冴えざえとした怜悧な美しさを持つ銀の髪の青年へと変わった。

「――ジークヴァ……んんっ!?」

腰を引き寄せられ、ジークヴァルドの形のいい唇にくわえられたままだった氷の塊を口の中へと押し込まれる。驚くあまりうっかりと飲み込みそうになり、寸でのところで止めた。

(そ、そうだった！　お互いに食べさせ合うんだったわ……。でも、口移しなんて聞いていませんよ!?　――あ、はい。わたしが間違えなければ、竜の姿のままでしたよね……っ)

呆れた目を向けてくるジークヴァルドに、羞恥に赤くなった顔で誤魔化すように笑い、エステルもまた持っていた氷の塊をおずおずと軽く開いたジークヴァルドの口の中へと入れた。

互いに目を合わせ、大きく息を吸う。そうして同時に氷の塊を嚥下した。

ひやりとした感覚が喉を通り過ぎた途端、腹の中から全身が凍り付くような冷たさが広がる。歯の音が合わなくなりそうな寒さに耐えたのは一瞬だったのか、それとももっと長い時間だったのか、寒さ以外の全ての感覚が遠くなる中、ふと気づいた。

(何か聞こえる……。これ、歌？)

水音に交じり、どこからともなく柔らかな歌声が聞こえてくる。石がこすれ合う音にも似た、囁くような祝福の歌が洞穴内の竜の石像から発せられていると理解した時、すっと身の内を支配していた冷たさが引いた。間を置かずに、遠くなった意識と感覚がより鮮明に戻ってくる。あまりにも一気に戻った感覚に、眩暈を起こしそうになって思わず目を伏せると、その体を支えるように抱き寄せられた。

「——大丈夫か？」

ふっと鼻先をかすめた爽やかで奥ゆかしい甘い香りに、エステルははっとして伏せていた目を開けジークヴァルドを見上げた。いつもの、冬の夜のような澄んだ香りを纏うジークヴァルドの香りと交じるこの香りは覚えがある。

「ミュゲの花の香りがします。……これ、ジークヴァルド様と番になれた、ってことですよね」

番の香りはミュゲの花の香りに似ているらしい。これまで一度として感じられなかった香りが感じ取れるのがわかると、溢れるような嬉しさがこみ上げてくる。

心配そうに軽く眉を顰めていたジークヴァルドが一瞬だけ息を詰め、すぐに目元を緩めた。抱き寄せられた腕に力が込められて、頭に頰を摺り寄せられる。その仕草はいつも以上に情感がこもっているかのようで、胸がいっぱいになった。

「ああ……、そうだ。番だ」

短いながらも喜びに満ち溢れているのがわかる声が耳に届き、首筋をするりと撫でられる。向けられた熱を帯びた潤んだ視線に誘われるように、エステルがはにかみつつも首を傾けると、ジークヴァルドは詰襟の花嫁衣裳からわずかに覗く首筋にやんわりと嚙みついた。

第一章　竜の鱗集め、始めます

エステルは息詰まる思いで、ある一点を真剣に見つめていた。

視線の先には金糸雀色(カナリアいろ)に金粉をまぶしたかのような鱗(うろこ)を持つ仔竜が、ぐるぐると喉(のど)の奥を鳴らしながらもどかしげに首を左右に振っている姿がある。

よく晴れた初夏の朝、竜の国である【庭】の竜騎士選定を行う【塔】の庭園では、奇妙な緊迫感が漂っていた。

（もう少し、もう少しですよ！）

声を出しては邪魔をしてしまうだろう、と心の中で応援をする。握りしめた両拳(りょうこぶし)にも自然と力が入った。

仔竜の背後で、エステルと同じように半ば前のめりになって見守っているのは、仔竜の親である黒に金の筋が入った鱗を持つ父竜マティアスと、その番(つがい)の金糸雀色の鱗の母竜ウルリーカだ。そしてエステルの隣では、ウルリーカの竜騎士エドガーがうっかり叫び出さないようにと両手で口を覆っている。さらにこちらを取り囲み、好奇心に満ちた目を向けているのは、大小様々な大きさの子竜たちだ。時折「がんばれー、おちびちゃん」という囁(ささや)き声が聞こえてくる。

「……えうりう。えぴゅてう。——えすてりゅ！」

どうだとばかりに胸を張ってエステルの名前を叫んだ仔竜に、エステルは歓声を上げた。

「すごいです。上手に言えましたね！　はい、エステルです」

「えすてりゅ」

「はい！」

厳密にいえば言えていないが、舌ったらずなのも可愛(かわい)らしいので問題ない。満面の笑みを浮かべて返事をすると、仔竜は嬉(うれ)しげにエステルの周囲をくるくると走り回った。わあっと遠巻きに見ていた子竜たちが歓声を上げて飛んでくる。両親はうんうんと嬉しそうに頷(うなず)き合っていた。

「ううっ、オレも人間の言葉で名前を呼んでもらいたいっす」

仲間たちにもみくちゃにされる仔竜を眺めながら悔し涙を流すエドガーに、エステルは少し気まずげに笑みを浮かべた。

「すぐに呼んでもらえますよ。練習に付き合ってあげたんですよね」

「そうっす。ウルリーカ様からお子様がエステル殿の名前を人間の言葉で呼んでびっくりさせたい、と言っているから、練習に付き合ってくれ、って頼まれたんで。でも、ウルリーカ様の竜騎士はオレなのにどうしてエステル殿が先なんすかぁ……っ」

空に向かって不満を吠(ほ)えるエドガーに、これ以上何を言えばいいのだろうとエステルが言葉を探していると、ふと仲間たちと騒いでいた仔竜が輪から抜け出した。

そのまま一目散にこちらに駆けてくる。まだ飛べない仔竜の全力疾走は微笑(ほほえ)ましい以外の何ものでもない。エステルが相好を崩していると、仔竜は嘆いていたエドガーの目の前で立ち止まった。そうしてじっと彼を見つめたかと思うと、かぱっと口を開く。

「えぷがー、りゅえた！」

「はうっ……」

おそらく「エドガー、言えた」と言ったのだろう。幸せそうに笑み崩れたエドガーは、そのまま胸元を押さえて後ろに引っ繰り返った。

「エドガーさん！　気をしっかり持ってください」

狙（ねら）ったように植え込みに倒れ込んだエドガーが鼻から二筋の血を流しながら、「もう死んでもいいっす」とへらへらと笑いながらうっとりと呟（つぶや）くのを見て、エステルは慌ててハンカチを取り出しその手に握らせた。

『……こうなるってわかっているから、今まであいつの名前を言わせなかったのにな』

『ああ、幼子たちに見せるのは刺激が強い。人間に苦手意識を持たれたらどうしたものか……』

どうやら仔竜はすでにエドガーの名前を何となく言えていたらしい。

苦手意識どころか、興味深げに集まってきた子竜たちに鼻先や人の姿になった小さな手であちこちつつかれても、エドガー本人は嬉しそうだ。

エステルはひそひそと囁き合うマティアスとウルリーカをどことなく羨（うらや）ましい気持ちで眺め

ながら、苦笑いを浮かべた。そうして今ここにはいないジークヴァルドの鱗があしらわれた耳飾りにそっと触れる。

（わたしにも竜の力があれば、ジークヴァルド様の長の役目のお手伝いができたかもしれないけれども……。ないものはないから仕方がないのはわかっているのよ）

【庭】から持ち出された長命の実をカルムから回収した後、ジークヴァルドは番がいないことによる力の不調と体調不良を起こしていたため、慌ただしく番の誓いの儀式を済ませた。

それから二月ほど経つが、ジークヴァルドはこれまで番がいないことで行うことができなかったという【庭】の細かな力の調整や、細々とした季節の儀式等で、夜こそ棲み処に戻ってくるものの、ゆっくりと休む暇もなく忙しい。番の誓いの儀式の余韻も何もあったものではない。

光と水さえあれば生きられる竜にとって食事は必要なものではなく、エステルは【庭】にいる唯一の竜騎士エドガーやその主竜であるウルリーカたちと共に取ることが多く、ジークヴァルドと顔を合わせるのは朝のみ、という日々が続いていた。

（昨日は帰ってこなかったし……。ちょっと問題が起こったから戻れないって、配下の方が伝えにきてくれたけれども、忙しすぎて体調を崩さないかしら）

エステルの過保護な弟とその主竜、そして可愛がってくれている叔父とその主竜は母国リンダールに帰ってしまったため、物足りないような寂しさを感じていたが、ジークヴァルドとなかなか一緒にいられないというのは、それとはまた別の寂しさだった。

人の言葉で言うのならば新婚。竜の感覚で言うのならば蜜月の期間だというのに、放置することになってしまって申し訳ありません、とはジークヴァルドの配下のまとめ役であるクリストフェルの言だ。

「えすてりゅ、なりゅま！」

ふとエドガーを楽しげに見ていた仔竜がぴょんとエステル目掛けて飛びついてきた。慌てて受け止めたエステルは、孵った当初よりも少し重くなった仔竜によろめきかけたが、咄嗟に竜の姿のままのウルリーカが襟首をくわえて支えてくれた。

「あ、ありがとうございます。あの『なりゅま』ってなんですか？」

首を傾げた時、ごうっという音とともに空に黒灰色の鱗の竜が現れた。その後ろに二匹の小さな竜の影がある。おそらく仔竜は『仲間』と言いたかったのだろう。

エステルが思わず身構えていると、黒灰色の竜は頭上で滞空したまま口を開いた。

『それゆけ我が子たちよ。父は日が暮れる頃には迎えにくるからな。――長の番よ、頼んだぞ』

黒灰色の竜は一方的にそう言い放つと、さっさと飛び去ってしまった。後に取り残されたのは、好奇心に満ち溢れた竜眼でこちらを見ている淡い緑色と灰色の子竜たちだ。

「ウルリーカ様、マティアス様……」

途方に暮れたエステルが番を見ると、彼らも困惑したように尾を小さく振った。ウルリーカ

『……また増えたな。長の番が子を預かってくれる、と噂が広まっているとは耳にしたが』

マティアスとウルリーカの仔竜はともかく、もとからエステルに懐いている水色の子竜と砂色の子竜が遊んでくれとやってくると、彼らの遊び仲間が増え、あとはずるずると芋づる式に増えていった。そしていつの間にか長の番が子を預かって面倒を見てくれる、という噂が広まってしまったらしい。

「わたしの魅了の力は、気にならないんでしょうか？」

エステルの目には生き物全てを従えることができる【魅了の力】が備わっているそうだが、大人の竜はまだしも、子竜やよほど力の弱い竜はかかってしまう可能性があるのだ。そのせいで、目を合わせて会話をしてもらえることは少ない。こちらとしては預けてもらえて嬉しい半面、親としては子にかかってしまったら嫌なものではないだろうかと心配になる。

（去年の竜騎士選定でも、遊び相手をしていても怒られなかったのが不思議だったのよね）

エステルの問いかけにマティアスがからからと笑った。

『気になるような親は預けになんかこねえよ。お前が相手をしてくれるなら、ちょうどいいから人間に慣れさせておこう、って押し付ける奴がいてもおかしくねえって』

『ああ。安心して大丈夫だ。この子も魅了の力など関係なく、番殿が好きだ』

ウルリーカがエステルの腕に抱かれた仔竜に優しげな目を向けると、仔竜は嬉しげに喉を鳴らした。

「えすてりゅ、しゅき！」

「――っわたしも大好きです！」

胸がいっぱいになって、頭を胸元に擦(こす)り付けてくる仔竜をぎゅっと抱きしめる。

『まあ、夏至祭の準備でみんな忙しくなるからな。もっと増えるかもしれねえぜ』

あっけらかんと言い放つマティアスに、聞き慣れない言葉を耳にしたエステルは首を傾げた。

「夏至祭、って何ですか？」

人間であるエステルには長の役目をほとんど手伝えず、それならば今自分ができることをしようとジークヴァルドの許可を貰(もら)い、マティアスやウルリーカに頼んで、竜の風習や生態を時々教えてもらっていたが、それは聞いたことはない。

竜騎士だとしても、人間には明かさないことは多々ある。番になったからと、それを教えてもらえるのは少し認められたようで嬉しい。書き残さないのならば、と一緒に聞くことを許されている主竜命の変態竜愛好家の異名をとるエドガーなどは、大興奮のあまりずっと鼻を押さえているが。

『竜が成竜になるための一連の儀式のことだ。【庭】のあちこちから若い竜が弔い場の湖に集まってきて、成竜の妨害を避けながら七日間飛び続けるんだよ。すげえ過酷なんだよな……。あれは一回で十分だ……』

竜が過酷だ、というからにはそうとうなものなのだろう。遠い目をしたマティアスに、エステルが頬を引きつらせていると、ウルリーカが付け加えた。

『夏至の当日には湖が干上がり、そこで成竜になったばかりの竜たちが歌うと湖底から光が空に向かって浮かび上がる。そうすることで【庭】にも成竜だと認められるのだ。ここまでが夏至祭の一連の儀式だ。過酷は過酷だが、最後のあの光景は星が舞い上がるように美しい』

　エステルはその光景を思い浮かべてうっとりと頬を染めた。

「うわぁ……。それ、人間のわたしが見てもいい儀式でしょうか？」

見てもいいというのならば、是非とも見たい。そして描きたい。マティアスが小さく唸った。

『どうだろうな。あっちこっちから竜が集まってくると結構喧嘩が増えるからなあ。力の強い竜――俺なんかも見回りとか、仲裁で忙しいからな。もし、お前が危ない目にあっても助けてやれないかもしれねえぜ。人間嫌いの竜はいるしさ』

「あ、そうですよね……」

　竜は普段あまり群れることがない。それが一ヶ所に集まれば確かに諍いは起きるだろう。そして中には当然人間嫌いの竜もいるのだ。

　自然の力をその身に宿し人智を超えた力を操る竜は、力を人間に分け与えて竜騎士にすることによって膨大な力を操りやすくする。一方で人間の国において竜は国防を担うのと同時に、その場にいるだけで気候が安定すると言われている。人は竜騎士になることにより竜を国に招き、その力の恩恵を受けて豊かさを得るのだ。ただ、基本的に竜は人間を格下に見ている。なぜ我らが脆弱な人間になど力を貸さねばならないのだ、という竜がいて当然だ。

（そういった方々を刺激しないように、夏至祭の間はジークヴァルド様の棲み処にこもっていた方がいいのかも）

　難しそうな声音で忠告してくれるマティアスに、エステルが肩を落としていると、その袖口をぐいと引っ張られた。

『ねえねえ、エステル。もっと大きくなって、夏至祭で成竜になったら一番にエステルにわたしの名前を教えてあげるね』

『あっ、俺の方が先に成竜になるから、俺の方が先にエステルに名前を教えてあげられるよ』

『わたしが先なの！　あんたは駄目！』

『お前の方が年下なんだから、夏至祭に出られるのはもっと後だろ！』

　いつの間に傍に寄ってきたのか、砂色の子竜と水色の子竜が両脇で弾んだ声を上げたが、すぐに言い争いを始めてしまった。

「後でも先でも、楽しみにしていますから！　喧嘩はしないでください！」

　竜は成竜にならないと人間に名前を明かしてはいけない決まりになっている。いくら竜の番になり寿命が長くなったとはいえ、子竜たちが成竜になる頃までエステルが生きていられるのかどうかわからないが、それでも楽しみなことは楽しみだ。

慌てて子竜たちの仲裁に入ろうとすると、それよりも先に走り寄ってきた金糸雀色の仔竜が二匹の間を割るように飛び掛かった。

『わーっ、おちびちゃんなにするの！』

『いてっ、ちょっと待て！』

「めっ、めーっよ！」

初めこそ非難の声を上げていた子竜たちだったが、そのうち団子状になりながらも歓声を上げてじゃれ合い出した。周囲で思い思いに遊んでいた他（ほか）の子竜たちも寄ってきて、あっという間に飛んだり跳ねたりの追いかけっこが始まる。

竜の力を使った喧嘩にならずによかったと胸を撫で下ろしていると、きゃあきゃあと声を上げて遊び回る子竜たちを微笑ましそうに眺めていたウルリーカが口を開いた。

『番殿、あれはただの遊びではない。力の優劣を見極めているのだ。幼くとも自分より強いか弱いかはわかる。喧嘩に割り込むのは、自分の方が強いとわかっているからだ」

「え？　マティアス様とウルリーカ様のお子様は去年孵ったばかりですよね。それでも他の子たちより強い、ってことですか？」

そういえばいつだったかジークヴァルドが孵ったばかりにしては力が強いとは言っていた。

『そうだ。俺たちの子だからな！』

堂々と胸を張って言い放つマティアスに苦笑しつつ、エステルはさらに質問を重ねた。

「やっぱり強い竜のお子様は強い力を持つものなんですか？」

『そうだな。大体は両親のどっちかに似るな。時々、ジークヴァルドみてえに親よりずっと強くなる奴もいるけどよ。あ、でも、親が長だと超すことはないな。だからお前とジークヴァルドの子ができて力が弱くたってそれを馬鹿にされることはねえし、安心していいぜ』

からかうように喉の奥で笑うマティアスに同意してこちらは真面目に頷くウルリーカを尻目に、エステルはみるみると真っ赤になった。

（安心するにはするけど、気が早いです……！　番にはなったけれども、ジークヴァルド様は忙しくて、そういったことは番の誓いの儀式の時だけで——って、わたしは何を思い出しているのよ！）

番の誓いの儀式のあとの、ジークヴァルドとの初夜のあれやこれやを思い出して、赤面しあたふたとしてしまっていると、子竜たちと遊んでいたマティアスとウルリーカの仔竜が戻ってきた。竜の言葉のため、エステルには理解できないが一生懸命両親に何かを話す仔竜と、それを穏やかに聞いてやっている親たちの姿を眺めているうちに、ふと気づく。

（……でも、もし子供ができて生まれたとしたら【庭】で育てるのよね？　その後は？　わたし以上に竜なのか人間なのか立場的にわからなくなりそうだし……）

そもそも竜と人間どちらの体よりなのかさえもわからない。それによって竜生なのか人生なのか決まるだろう。

「……あの、お聞きしたいんですけれども、わたしの前に竜の番になった人間の女性がいましたよね？　お子様がいた、って聞いていますけれども、その方はどうなったんですか？」

前例がある、というのは安心材料の一つだが、逆に悲惨な末路だとしたら聞くのは少し怖い。ただでさえ番であった人間の女性は亡くなった後、別れを嘆いた番の竜に食べられている。

話を終えて仔竜がマティアスの尾で遊び始めたのを見て、エステルがおそるおそる尋ねると、マティアスは考えるように唸った。

『うーん……。知らねえな。【庭】から出ていったのか、【庭】に住み続けていたのかもわかんねえ。昔は今より人間のことを気にしていなかったから、伝える必要なんかない、って思われて伝わっていないのかもな』

記憶力のいい竜に伝わっていないのならば、もしかすると人の国へ行った可能性もある。

「エドガーさんは何か知りませんか？」

人間の国々に伝わる様々な竜の文献を集めていたエドガーなら何か知らないだろうか、と尋ねると、引っ繰り返っていたはずのエドガーは、気づかないうちにエステルが渡したハンカチを鼻に当てながら子竜たちの追いかけっこを夢中で観察していたが、耳だけはこちらに向けられていたらしい。エステルの問いかけに間髪容れずぐるん、と振り返った。

「え？　竜と人の子の消息っすか？　そうっすね……。昔から竜の末裔である、とのたまう王族の方々はいるっすけど、大体が眉唾ものっすよね。贄に出した娘がなぜか無傷で戻ってきたから王族が娶ったとか、先祖が竜騎士だったとか、そんなもんっす。事実なんて人間の都合に捻じ曲げられて、わかったもんじゃないっすよ。人間嫌いの竜の方々が知ったら、逆鱗に触れて滅ぼされること請け合いっす！」

「そ、そうなんですね……」

「そうっす！　あ、このハンカチ、処分してもいいっすか？　新しいのを贈るんで」

血に染まり斑模様になったハンカチを持って滔々と語ったエドガーの勢いにのけぞりつつ頷いていると、飛び回ったり駆け回ったりしていた子竜たちがふいに一斉に空を見上げた。中には慌てて地上に降り、一塊になって集まる子竜たちもいる。

ただ、マティアスやウルリーカは特に慌てる様子もなく、怯える子竜たちを宥めている。

(そんなに怖がることが……。あ)

いくらも経たないうちに晴れた空に銀の輝きが見えたかと思うと、あっという間に銀竜が近づいてきた。すぐ後ろには黒い竜の姿がある。さらにその傍らに見慣れない薄紅色にオレンジがかった鱗の竜が寄り添うように飛んでいた。

銀の竜はジークヴァルドしかいない。となれば黒い竜はクリストフェルだろう。もう一匹の竜は知らないが、子竜たちは長の威圧感に気づいて怯えているのだ。

銀に一滴の青を垂らしたかのような鱗は、やはり今日も綺麗だとエステルが呑気に見惚れていると、ジークヴァルドたちは【塔】の周囲を旋回し、そのまま着地場の方へ降りるかと思いきや、真っ直ぐにこちらへやってきた。

「何かあったんでしょうか……。いつも庭園には降りてこないのに」

昨日、問題が起こった、とジークヴァルドの配下が伝えてきたのを思い出す。

エステルが首を傾げていると、ジークヴァルドたちはふわりと庭園へと降り立った。子竜たちがいっそうのこと緊張を露にし、固まる。

「――エステル、話がある。【塔】の俺の部屋に来てくれ」

地に足をつけるのとほぼ同時に人間の青年姿になったジークヴァルドの険しい表情に、エステルは戸惑いつつも頷いた。その傍に金糸雀色の仔竜がとことこと近づいてくる。

「えすてりゅ、いく？」

「はい。ジークヴァルド様のお話が終わったら一度、戻ってきます。そうしたらもっとお話ししましょう」

しょんぼりとしてしまったマティアスとウルリーカの仔竜の頭をそっと撫でてやると、金糸雀色に金粉をまぶしたかのような鱗の仔竜は、「りゅい！」と元気よく返事をしてくれた。

＊＊＊

「――夏至祭の最後の儀式を行う弔い場の湖が、干上がらないかもしれない」

話がある、と言われマティアスたちと別れて庭園から場所を【塔】の中のジークヴァルドの私室に移したエステルは、淡々と告げられた言葉に瞠目した。

部屋の中には人の姿のクリストフェルと、そして薄紅色にオレンジがかった鱗の竜が人間の女性の姿となって片隅に控えていた。鱗と同じ色のくるくるとした柔らかそうな髪に、体にぴったりとしたマーメイドラインのドレス姿の妖艶な美女だ。紹介してもらえるかと思ったが、それよりも先に話を始められてしまったため、彼女が誰なのか未だにわからない。

「干上がらないと儀式ができませんよね？　確か、干上がった湖底で歌うとか……」

「そうだ。歌うことで【庭】にも成竜として認められたことになる。できなければ来年再び夏至祭に挑むことになる」

「干上がらない原因はわかっているんですか？」

「ああ。【長命の木】が代替わり中で、枯れ木と新芽が混在している状態だ。そのせいで力の巡りがうまくいっていないからだろう。この時期ならば、もう少し水位が低くなっているはずだ」

向かいの椅子に座ったジークヴァルドが眉間をきつく寄せて頷く。それを聞いたエステルはいつも持ち歩いているスケッチブックをポケットから慌てて取り出した。

「これ、少し前に描いた弔い場の湖の絵なんですけれども……。もしかして、この時とあまり変わっていないってことですか？」

スケッチブックを落とさないためにつけている紐を解くのももどかしく、ジークヴァルドの傍へ行ってそのまま見せる。

「――そうだな。この棲み処の壁のひび割れから水位がほとんど下がっていない。この調子だと夏至当日には間に合わないだろう」

【長命の木】は湖に沈められた竜の遺骸から力を取り込み、実をつける。その根が湖に出ているというのだから、木そのものに問題があれば水位にも関係してくるのだろう。

エステルがごくりと喉を鳴らすと、ジークヴァルドが表情を和らげた。

「あまり深刻に捉えるな。これはそう珍しいことではない。代替わりの際には時折あることだ。対処法はわかっている」

「あ、そうなんですね。それならよかった……」

ほっとしたエステルだったが、それならばなぜわざわざそれを自分に知らせたのだろうと疑問が浮かぶ。もしかするとエステルにも関係することなのだろうか。

「ただ、その対処法に少々問題がありまして」

クリストフェルが困ったように笑う。ジークヴァルドが再び眉間に皺を寄せて嘆息した。

「エステルが関わることで渋る竜はいるだろうからな」

話が見えないエステルを置いて難しい表情を浮かべる二匹の竜に、エステルは首を傾げた。

「わたしが何かをするんですか？　わたしにできることがあればやります。何をするのか教えてください」

力のない人間に長の役目は手伝えない、と言われていたのだ。できることがあるのならば、多少の困難があったとしてもやらせてほしい。

意気込みを伝えるようにジークヴァルドに詰め寄ると、彼は一つ息を吐きエステルの手を引いて隣に座らせた。どうやら腰を据えて説明をしてくれるらしい。

「夏至当日までに、虹の七色――赤、橙、黄、緑、青、藍、紫の七枚の成竜の鱗を湖の周囲に埋めればいい。そうすればうまく力が巡り、湖が干上がる。その鱗を集めるのは長の番の役目だ。鱗が長の力にさらされると変質してしまう。そうなると使えなくなるからな」

「それだけでいいんですか？　これから夏至祭のためにあちこちから竜の方々が集まってくるんですよね。鱗を頂いて集めるだけなら、わたしにもできると思います」

拍子抜けしたように彼らを見ると、ジークヴァルドは表情を緩めることなくエステルが膝の上に置いた手に自分の手を重ねた。

「いや、そう簡単にはいかない。去年の竜騎士選定の時のことを覚えているか？　ルドヴィックが自分の竜騎士を介して同胞を言いくるめ、鱗を提供させたあの件だ。結果、先代の長の殺害にまで至ってしまったからな」

ルドヴィックはジークヴァルドと長の座を争っていた竜だ。エステルがジークヴァルドの番になるのを妨害してやる。それに協力するのなら証として鱗を差し出せ、と言われ渡したというのに、先代の長を殺害してエステルを犯人に仕立て上げるとは知らされておらず、竜たちが激怒したあの件のことだろう。ルドヴィックの指示とはいえ、その鱗を集めていたのは竜騎士である人間だ。

「あ……。そのことがあるから、人間のわたしが鱗を貰いにいっても不信感を抱かれて渡してもらえないかもしれない、ってことですね。でも、夏至祭を行うためなら譲っていただけませんか？」

過酷だと聞いたが、子竜たちもあれほど成竜になるのを楽しみにしている夏至祭だ。エステルが人間だとしても、子のためにそこは目を瞑ってくれないだろうか。

エステルの問いかけに、ジークヴァルドは眉間の皺をさらに深めた。

「どうだろうな。今年できなくとも、来年がある。夏至祭が行えなかったとしても【庭】に影響が出るわけではないからな。人間嫌いの竜ならば、たとえ一年遅れるとしても大切な夏至祭に人間は関わってほしくない、と出さない可能性もある」

「でも、それだと人間が関わってもかまわないという方々からは不満が出ますよね。諍いの原因になるような気がします」

その意見の食い違いをうまく調整するのは、ジークヴァルドの責任になってくるのだろうが。

「ああ、それに夏至は一年で一番力が強くなる日だ。力の制御が苦手な竜は前後数日、力が暴走しがちになる。少しでも抑えるために、似たような力を持つ竜と集まってやり過ごすのだが……」

「それは……ただでさえ力を制御するのに苦労して苛立つ方が多いから、なおさら鱗を集めるのは難しい、ってことですか」

そういうことならば、ジークヴァルドが憂慮するのも頷ける。

こほんと咳ばらいをしたクリストフェルが、おっとりと口を開いた。

「それに、夏至祭を行えなければ、番が鱗を集められなかったせいで夏至祭を失敗した長、というジーク様の不名誉になります」

「クリス」

「後で知るより、今知っておいた方が、エステルのためにもなるかと」

非難めいた視線を向けたジークヴァルドに、クリストフェルはしれっと言い放った。

（そうよね。わたしはジークヴァルド様の番なんだから。わたしの失敗はジークヴァルド様の失敗になる。でも……）

瞠目していたエステルは、少し間を置き表情を引き締めた。

「大丈夫です。わたし……竜の方々から必ず鱗を貰ってきます。ジークヴァルド様が長になって初めて行う夏至祭なんです。絶対に失敗なんかさせません」

クリストフェルはエステルにこう言わせたいがために教えたのだろう。だがもし聞いていなかったとしてもやらない、という選択はしない。

重ねられていたジークヴァルドの手を今度はエステルの方から握り返し、心配そうに眇められた藍色の竜眼を真っ直ぐに見返す。

「やらせてください、ジークヴァルド様」

さらに言葉を重ねると、ジークヴァルドはしばらく黙考した後、ようやく口を開いた。

「確かに……お前の身を案じて外に出さないと、俺が人間の番を恥じて棲み処から出さないのだと曲解される可能性もある。恥じることなど何一つないというのに、それは俺の矜持が許さない」

きっぱりと言い切るジークヴァルドに、エステルは胸が温かくなるのを感じた。

人間が竜の番になることは前例があるとはいえ、ほぼない。異例のことだ。

(それでも恥じることなど何一つない、って言ってくれるのは嬉しい)

にやけそうになってしまい慌てて口元を引き締めると、ジークヴァルドは喜ぶエステルを怪訝そうに見たが、話を止めることなく先を続けた。

「――鱗集めを頼めるか。だが、できるところまででいい。俺の不名誉になるとしても、命に関わるわけではないからな。危ない真似と無謀なことはするな」

「はい。わかっています。無茶はしません」

そっと首筋を撫でられて、頭に頬を寄せられる。エステルはそのほのかな温もりに思わず笑みを浮かべた。

自分が竜ならば、と悔しい思いをしたのは何度かあるが、それでも人間であることが後ろめたいとは思わない。できることがあるのならやるだけだ。それがジークヴァルドの助けになるというのならなおさら。

(これ、番になって初めての仕事になるのよね。不安は少しあるけれども、色々な竜に会えるのは楽しみかも。鱗集めなんて、番にならなかったら経験できないことだし……)

好奇心と高揚感に胸を高鳴らせていると、ふいに部屋の片隅からくすくすと華やかな笑い声が響いてきた。

「クリストフェルの言う通り、本当に仲睦まじいのねー。長のあんなに柔らかい顔は初めて見たわー」

「しっ、マルグレット。口を挟むと睨まれますよ」

「だって、なかなかエステルちゃんに紹介してくれないんだもの。待ちくたびれたわー」

微笑ましそうに赤い唇を持ち上げる薄紅色にオレンジがかった髪の竜の女性をクリストフェルが宥めるのを見て、エステルは慌ててジークヴァルドから身を離した。

「挨拶もせずに、失礼しました。あの――」

立ち上がろうとしたエステルだったが、いつの間にか腰に回されていたジークヴァルドの手によって椅子に引き戻されてしまった。ジークヴァルドがマルグレットを軽く睨み据える。

「まったく……。こらえ性がない竜だな。――エステル、あれはクリストフェルの番のマルグレットだ。マティアスには夏至祭の役目があるからな。ウルリーカも子の世話でお前のことまで目端が利かないだろう。お前の警護と教育係を任せようと思い、連れてきた」

「初めまして。エステルちゃんのお守りを頼まれたマルグレットよ。ちょっかいを出そうとする竜がいたら吹き飛ばしてあげるから大丈夫よー。わたし強いもの」

　マルグレットはひらひらと手を振りながら、ぱあっと満面の笑みを浮かべた。そこに妖艶さは全くなく、子供が新しい玩具(がんぐ)を貰ったかのような屈託のない笑顔だ。

　マティアスはかなり上位の力を持つ竜だ。竜は力の強い竜には恐れて近づかない、というのもあってか、ジークヴァルドが傍にいなくてもつつがなく過ごせていたが、それが離れるとなると、確かにちょっかいをかけてくる竜はいるかもしれない。その代わりとなると、申告通りマルグレットは強い力の持ち主なのだろう。

「エステルです。クリストフェル様にはいつもお世話になっています。今回はご迷惑をかけてしまって申し訳ありませんが、よろしくお願いします」

　ジークヴァルドの腕からどうにか抜け出し、近寄ってきたマルグレットに椅子から立ち上がって膝を折ると、彼女はニタリと笑って唐突に抱きついてきた。その拍子にふわりとどこか南国を思わせる花の香りが漂う。

「はいはーい、任せて。上位の竜になるほど知っていることは増えるから、何でも聞いてねエステルちゃん。——番のことで何か困らされたら、懲らしめる相談にも乗るわよう」

うふふ、と悪い笑みを浮かべるマルグレットにエステルが唖然としていると、ジークヴァルドが呆れ返ったように小さく嘆息した。

「——ともかく、マルグレット。エステルから目を離さないようにしてくれ。俺の番は竜と見れば物怖じせず夢中になって突っ走るからな」

「はいはーい、わかっているわ。無茶しそうになったら止めればいいのよね。絶対に怪我はさせないから大丈夫よー」

よしよしと幼子にするようにエステルの頭を撫でてくるマルグレットに、エステルは唇の端を引きつらせた。

(……これ、確実にわたしが沢山の竜に大興奮して舞い上がって何かやらかす、って思われているわ。完全に子供扱いされて——。あれ？　お子様は？　たしかいらっしゃったはずよね)

エステルの歯止めであった弟のユリウスが帰ってしまった分、ジークヴァルドは余計に心配なのかもしれない。申し訳ないやら、情けないやらで、自己嫌悪に陥りそうになっていたが、ふとマルグレットの傍に子竜の姿が見当たらないことにようやく気づいた。

「あの、マルグレット様とクリストフェル様のお子様はご一緒ではないんですか？」

「あら、もう会っているはずよー。あなた【塔】の庭園で子竜たちを集めて遊んであげているでしょ。その中にいるわ。成竜になったら竜騎士を選ぶつもりだから、近くで人間を見たいんですって。あの子はもう孵ってしばらく経つから、わたしが付きっ切りでいなくてもいいのよー」

もう会っている、という事実にそれならば言ってくれればいいのに、と思いつつエステルが恨めしげな視線をクリストフェルに向けると、腹黒い黒竜はにこりと悪びれない笑みを浮かべただけだった。

「集めている、というよりも勝手に集まっている、という方が正しいと思うが。俺の番を何だと思っているのだろうな」

苦々しげなジークヴァルドに苦笑いを返したエステルだったが、ふと子竜の話題に先程庭園で抱いた疑問を思い出した。

「お子様といえば……。さっきマティアス様方にもお聞きしたんですけれども、ジークヴァルド様は竜と人間とのお子様の消息を知っていますか？」

上位の竜になるほど知っていることは増える、とマルグレットが先ほど言っていた。長なら知っているかもしれない。

「竜と人間との子の末路か？　――……いや、知らないな」

ジークヴァルドが眉間の皺を消し、真顔で答えるのにエステルは目を瞬いた。全くの無表情というのは、ここしばらくはあまり見ない。

（今、少し間があったわよね。それにこの顔……。何か知っていそうな気がするけれども……）

口にしない、ということは、もしかすると人間のエステルが知ってはいけないことなのかもしれない。もしくは、聞くに堪えないほど悲惨な末路だった、という可能性もある。

（……大人になるのよ、わたし！　ジークヴァルド様が話してくれそうな時にそれとなくまた聞いてみればいいのよ。不安な顔を見せたら駄目よ！）

黙っていられるとなおのこと知りたくなってしまうが、そこはぐっと我慢しなければ。それとなく聞き出せる自信はこれっぽっちもないが。

「そ、そうなんですね。もし、わかったら教えてくれますか？　わかったらでいいですから」

「……ああ」

軽く目を伏せたジークヴァルドに、エステルは少しだけ残念そうに眉を下げた。視線を逸らそうとするも、ちらちらとどうしても様子を窺ってしまう。

エステルたちのぎこちない会話に、エステルから腕を離したマルグレットが、クリストフェルの傍へ行き、耳を引っ張って声を潜めた。

「エステルちゃんの挙動不審っぷりはすごく面白いけれども、あれ、長は知っているわよね」

「ええ、おそらく」

「おそらく、ってことはあなたも知らないのね。あらー、本当の禁忌じゃない」

こそこそと喋っている二匹の言葉がエステルの耳にもはっきりと届く。ここまで明瞭に聞こえるということは、あえて聞かせようとしているのだろう。

禁忌、という言葉に不穏なものを感じるが、今はそれを気にしている場合ではない。

（目の前の問題に集中しないと！　鱗、鱗を集めて夏至祭を無事に行えるようにするのよ）

よけいなことを言うな、とでもいうようにクリストフェルたちに向けて目を眇めるジークヴァルドに引き寄せられるまま、エステルは忍び寄ってきそうな不安な気持ちを押しやりその傍らに寄り添うように再び座った。

それに気づいたマルグレットがうふふと微笑ましげに笑うと、クリストフェルを振り返った。

「クリストフェル、今日の長の予定はもう終わり？　終わりよね？　終わりにしてあげなさい」

「……そうですね。これから夏至祭でなおのこと忙しくなりますし、今日の予定は切り上げましょう。ジーク様もそろそろ疲れが溜まっているようですから、癒しが欲しくなる頃かと」

少し考える素振りを見せたクリストフェルは、ジークヴァルドとエステルに視線を向けると片眼鏡を押し上げてにっこり笑って頷いた。

「そうこないと。さあさあ、わたしたちも棲み処に帰るわよー。エステルちゃん、明日からよろしくね。今日はたっくさん長といちゃいちゃしておいてねー」

マルグレットがぐいぐいとクリストフェルの背中を押しながらバルコニーに出る。そうして竜の姿になった二匹は声をかける間もなく飛び去ってしまった。

「……なんだかマルグレット様は色々と強そうな方ですね」

力が強いというのとは別に、あのクリストフェルを散々振り回していそうな気がする。ジークヴァルドに睨まれても怯えを見せなかった。

「強いと言うよりも、強引なだけだ。自分の思い通りにことを持っていくのが楽しいらしい。クリスと気が合うはずだ。はた迷惑なこともあるが……。今は感謝しよう」

しっかりとエステルを抱えたジークヴァルドの腕に力がこもる。するりと首筋を撫でられて、エステルはつい顎を上げかけ、慌ててジークヴァルドの手を押さえた。

「ま、待ってください」

「――待たない。俺は今、お前とのふれあいに飢えている」

ジークヴァルドにしては珍しく強引な言葉とともに顔が寄せられる。甘噛み――人間で言うとキスをされるのはわかっているが、少し待ってほしい。

(飢えている、って、どこでそんな言葉を覚えてきたんですか!? またクリストフェル様? それともマティアス様とか……。いやいや、待って、本当に今は駄目――)

なおのこと腰を引き寄せられて、首筋に吐息がかかる。ふわりとミュゲの花に似た甘い香りと澄んだ冬の夜の香りが鼻先をくすぐる。

――と、何の前触れも遠慮もなく、扉が豪快に開けられた。

「ぴゅわあありゅ！」

「おいっ、まだ入ったら駄目……。――……あ」

飛び込んできたのは金糸雀色に金粉をまぶしたかのような鱗を持つ仔竜だ。飛びつくように追いかけてきたのは黒と金が交じった短髪を持つ快活そうな青年姿のマティアスだ。今まさに取り込み中のジークヴァルドとエステルを見て、柘榴色の双眸を大きく見開く。そうしてすぐにがくがくと震え出した。

「マティアス……」

「いや、悪い！　悪かったよ！　クリストフェルたちが飛んで行ったから、こいつが話が終わったと思って飛び込んで……」

「――いいから出ていけ」

ジークヴァルドが背筋も凍るような醒めた声で命令をする。事実、氷の粒が混じった冷風が吹き、震え上がったマティアスはじたばたと暴れる仔竜を抱え込み、慌てて部屋の外へと逃げ出した。

扉が閉まる間際、蒼白になった金糸雀色の髪の女性――人間の姿のウルリーカが手で口元を押さえている姿が見え、エステルは申し訳なくなった。冷風をおさめたジークヴァルドをきっと見上げる。

「わたし、待ってくださいって言いましたよね。さっき、庭園からここに来る前に、マティアス様とウルリーカ様方のお子様とお話する約束をしていたのを聞いていませんでしたか？」

不機嫌そうに眉間に皺を寄せていたジークヴァルドの目が軽く見開かれる。

「ですから、もしかしたらウルリーカ様方が来るかもしれないことを伝えようとしたのに、

ジークヴァルド様は……」

「……悪かった」

　気まずそうに視線を逸らしたジークヴァルドに、エステルはぐっと押し黙った。そう素直に非を認めて謝られると、こちらが悪いことをしている気分になってくる。我ながら甘いと思いつつも、宥めるようにジークヴァルドの腕を軽く叩いて注意を引く。

「あ、あの、でも……。わたしもジークヴァルド様となかなか一緒にいられなかったので、その、いちゃいちゃしたいな、とは思って、いました」

　右耳を飾るジークヴァルドの鱗があしらわれた耳飾りに触れながら、頬を染め視線を落として告げる。エステルもまた寂しかったのは事実だ。求められて嬉しくないはずがない。

「エステル……」

「はい」

「その、『いちゃいちゃする』とは何だ？　以前にも何度か似たような言葉を聞いた覚えがある。それに、マルグレットも先ほど口にしていたが……」

　至極真面目に尋ねてきたジークヴァルドに、エステルは大きく目を見張った。

　意味もわからずにいたというのに、甘噛みをしようとしていたのか。

　エステルはどう説明したものかと羞恥と闘いつつ、頭を悩ませた。

うっすらと日の光を透かすような鮮やかな金糸雀色の鱗を手にし、エステルは満面の笑みを浮かべた。

「本当に頂いてしまっていいんですか？　ウルリーカ様」

一夜明け、念を押すように無理はするな、と言ったジークヴァルドは長の役目があるからとエステルを【塔】まで連れてくるとすぐに出かけてしまった。そこで待っていたマルグレットと合流したエステルは、子竜たちと一緒に【塔】の庭にいるウルリーカの元へ向かった。

昨日、ジークヴァルドに脅されて棲み処へと帰ってしまった彼らに謝り夏至祭で黄色の鱗が必要だと話すと、仔竜を尾であやしていたウルリーカは快く鱗を提供してくれたのだ。マティアスは夏至祭の準備があるからと、ここにはいない。

『何、これくらいのことで番殿の力になれるのならば、容易いものだ』

「これくらいのことなんかじゃないと思います。大切な鱗をありがとうございます！」

丁寧に絹布で包み、クリストフェルからこちらに収めてください、と渡された肩紐がついた小箱に入れる。竜の意匠が施された滑らかな手触りの小箱は木でできているというよりも金属のようだ。とはいえ、重さをあまり感じさせないのが不思議だった。

『あとの鱗は誰から貰おうとしている？』

「赤はアルベルティーナ様から贈られた鱗があるので、使用しても大丈夫かどうか許可を貰いにいってもらう予定です。ついでにセバスティアン様からも緑の鱗を頂けないか、お願いをしてみようと思っているんです」

とことこと近寄ってきた仔竜が興味深げに鱗を収めた小箱を観察するのを尻目に、ウルリーカの問いかけに答える。

「他は当てがないので、竜の方々に直接頼みに行かないといけないんですけれども……」

「竜巡り、いいっすねえ……。あっ、大変な事情なのはわかっているっすよ!?」

うっとりとした表情で羨ましがったエドガーが慌てて弁解するのに、エステルは苦笑いをした。

「エドガーさんの気持ちもわかりますから。わたしも色々な竜の方々に会えるのは楽しみだって、ちょっと思いましたし」

「エステルちゃんは本当に大物よねー。竜を前にしても物怖じしない、ってクリストフェルから聞いていたけど、よくわかるわ」

人間の姿のマルグレットが楽しそうに頭を撫でてくる。

「弟には物怖じしない、じゃなくて能天気なだけだって、言われますけれども」

物怖じしないというのは短所なのか長所なのかわからないが、とりあえずは竜に不敬にならない程度にしないと、と思っていると仔竜と一緒になってエステルの肩から下げた小箱を物珍しそうに見ていた水色の子竜が首をもたげた。

『エステル、鱗が欲しいんだ？　俺のをあげるよ』

そう言うなり自分の鱗を抜こうとするので、エステルは慌てて止めた。

「あっ、抜いたら駄目ですよ！　頂けるのは嬉しいですけれども、必要な色が決まっていますから。それに、成竜の方の鱗じゃないといけないんです」

『そうなんだ……。何色が欲しいの？』

しょんぼりと尾を垂らしてしまった子竜を、エステルは宥めるように撫でた。

「今の所は、橙色と青と藍色と紫です」

『藍色！　藍色なら母上がそうだよ。向こうの森にいるから、俺、貰ってきてあげる。待ってて！』

「え……？　ちょ、ちょっと待ってください！」

エステルの静止も聞かずに舞い上がった水色の子竜は、去年まで飛べなかったのが嘘のように、あっという間に空の彼方へと飛んでいってしまった。

「……マルグレット様、あれ、絶対に親御さんの機嫌を損ねますよね？」

うちの子をそそのかして鱗を奪おうとするなんて、と激怒されたら弁解の余地なく襲われそうだ。身の危険を感じてぶるりと身を震わせる。

「んー……大丈夫よ。多分」

煮え切らない返事をするマルグレットに、エステルが頭を抱えていると、何事だと周囲に集まってきていた子竜たちが俄かに騒めき出した。

「鱗を集めるの？」

「そういう遊びなら、貰ってくるよ！」

『おとーさんがくれるかも。一番早くにエステルの所に持ってくれれば勝ちなんだよね』

わくわくとした空気が漂い始め、エステルは頬を引きつらせた。

これはかなりまずい状況だ。とにかく子竜たちを止めなければ、親から苦情が殺到してしまう。

「皆さん！　おやつ、おやつの時間にしましょう！　クッキーを焼いてきていますから!!」

慌てて声を張り上げると、飛び出しかけていた子竜たちが一斉に振り返った。

『おやつってなぁに？』

「あたし知ってる！　ご飯だよね」

『ご飯じゃないよ。さくさくっとしたおかしっていうのを食べるんだよ』

わっとエステルの傍に戻ってきた子竜たちをその場に待たせ、ジークヴァルドの部屋に置いておいたクッキーの袋を取りに戻る。当初から配る予定だったが、用意しておいてよかった、と思いつつエドガーに手伝ってもらいながら一枚ずつ配っていくと、子竜たちはようやく落ち着いてくれた。大切そうに食べる子竜もいれば、あっという間に飲み込んでしまい、首を傾げる子竜もいる。そんな様子に微笑ましくなりながらも、エステルはぐったりと座り込んだ。

「迂闊な発言は本当に気をつけないと、ってつくづく思います……」

「あらー、エステルちゃん。安心しているところ悪いけれども、来たわよ」

マルグレットがニタリと笑う。来たとは誰がだろうと疑問を浮かべていると、強風が吹きつけてきた。そうしていくらも経たないうちに、空に藍色の竜が現れる。その首にぴたりとくっつく水色の子竜の姿が見えて、エステルはごくりと喉を鳴らしてそろそろと立ち上がった。

『――長の番、私の子に鱗を貰ってきてほしい、と言ったのは本当かしら』

「……せ、正確に言いますと、夏至祭を行うために鱗が必要だという話はしていました」

固い声で問い質されたので正直に告げると、藍色の母竜はそう、と呟いてしばらく考えるように滞空していたが、やがてもっと詳しく聞かせて、とゆっくりと地上に降りてきた。

とりあえず話を聞いてくれるらしい。エステルがなるべく丁寧に事情を説明すると、藍色の母竜はどうにか納得してくれた。

『話は理解したわ。……でも、私は貴女が私の子に魅了の力をかけて鱗を貰ってきてほしいと言わせたのではないかと、疑っているの。そうでないとこんな無茶なことをこの子が言うはずがないわ』

思わぬ言葉に、エステルは大きく目を見開いた。

激高されるよりはましだが、疑われていることに肩を落としてしまっていると、水色の子竜が母竜に食ってかかった。

『母上！　俺は魅了になんかかかっていないよ！　エステルの手伝いをしたかっただけなんだってば』

『だから、そう思わされたのかもしれない、と言っているでしょう。鱗を渡すのは自分自身が信用できる人間だけ、と教えたはずよ。母上は長の番を信用できていないから、あげられないの』

『だから、かかっていないんだって！　どうしてわかってくれないんだよ』

　反論した子竜の声と共に、母竜に向けて突風が吹き付ける。それを留めるように母竜が水の膜のようなものを出現させた。おやつを貰って満足げにしていた他の子竜たちが、慌てて邪魔にならないように庭園の端へと移動していく。

「エステルちゃん、こっちよー。ウルリーカ、大興奮中のエドガーちゃんも引っ張ってこないと巻き込まれるわよう」

　エステルの目の前で親子喧嘩を始めてしまった彼らに呆然としていると、マルグレットに腕を引っ張られて木の陰へと誘導された。視界の隅で、ウルリーカに襟首をくわえられて避難させられているエドガーの姿が見える。その長靴に食らいついてぶら下がっている仔竜がいるが、何やら楽しそうだ。

「マルグレット様、どうしたら止められますか!?」

「放っておいていいわよー。ただの親子喧嘩なんだから。子を持つ親は心配性になるから、仕方がないわ。すぐに終わるから大丈夫よ」

「でも、わたしがきっかけです」

自分のせいで仲たがいをさせてしまっては、申し訳がなさすぎる。

(間に飛び込めば魅了の力が発揮される？　でも、お母様はわたしの魅了の力を嫌がっているし……)

マルグレットはあまり深刻に受け止めていないようで、止める気はさらさらないらしい。ウルリーカはと見ても、親子喧嘩に交ざろうとする仔竜の尾を噛んで留めるのに忙しそうだ。エドガーもまた言わずもがなだ。

まごまごしていては子竜が怪我をしてしまう。

覚悟を決めたエステルは下げていた鱗入りの小箱を下ろした。気合いを入れるように大きく息を吸う。

その時だった。雲一つなくよく晴れていたというのに、俄かに空が曇り出し、あっという間に今にも雨が降りそうな雲が重く垂れこめた。

「急に曇って……」

天気の急変にしては、あまりにも急すぎる。竜たちもまた、落ち着かない様子で空を見上げた。親子喧嘩をしていた母子もぴたりと動きを止める。どこからともなく吹いてきた冷たい風が、ざわざわと庭園の木々を大きく揺らした。気温が一気に下がったのか、肌寒い。

「あらー、この感じは……」

マルグレットが小さく呟くのと、まるで蜘蛛の巣のような稲光りが空全体を覆いつくすように走るのはほとんど同時だった。

目が潰れそうな閃光に、エステルはとっさにきつく目を瞑った。次いで、鼓膜を破るのではないかと思うほどの轟音が届く。

「――――っ!!」

大きく肩を揺らして身をすくめる。本能的な恐ろしさに、心臓がどきどきと激しく波打ち、呼吸が乱れた。

『ははは、帰ってきたぞーっ。幼子たちよ、ニコラウスの帰還じゃ！』

唐突に耳に飛び込んできた雷鳴にも負けないほどの陽気な声に、わけもわからずそろそろと目を開けたエステルは、割れた雨雲の隙間からまるで後光のように太陽の光と青空を背負って降りてくる一匹の竜に瞠目した。

夜明けの空と同じ、頭から尾に向かって濃い紫からオレンジ色に変わっていく鱗を持った優美な竜だ。金色に光る竜眼は明けの明星にも似て、何とも美しい。その周囲に降り注ぐ細い雨は、さながら水の帳のようで神々しさに拍車をかける。

（うわぁああ、綺麗！　神秘的っていうか……。あんなふうに濃淡がかった鱗なんて見たこと

がない……。描きたい！　今この場面を描かなくちゃ）

ポケットに手を入れようとして急ぐあまりあたふたとしていると、怖がっていると思ったのかマルグレットが宥めるように肩をぽんぽんと軽く叩いてきた。

「危険はないから大丈夫よー。おじじ様は派手好きなだけだから。すぐに長がすっ飛んで――あ、来たわ」

『ニコラウス殿！　帰ってくる度に盛大に力を使わないでくれと、あれほど言ったはずだがな』

氷交じりの冷風を纏い、【塔】を留守にしていた銀竜が戻ってきた。地上に降りようとしていた夜明け色の鱗の竜の背後に追い付く。

『なんじゃ、なんじゃ、華麗に降り立とうとしている儂の背後を取るなんぞ、偉くなったもんじゃの。――いや、長を継いだとなれば偉いか。ははははっ』

『笑っている暇があるのならば、力をおさめてくれ。俺の番がそこにいる』

雷鳴が轟き、陽光が雲の切れ間から差し込み、雨雲からは驟雨が降り注ぐ。木の陰に避難しているものの、エステルはすでに顎の先から雨がしたたり落ちるほどずぶ濡れだ。ただ、その頭の中は対峙する二匹の竜の姿をどう描くかでいっぱいだったが。

（すごい迫力だわ。ジークヴァルド様と張れるかも……。あれ？　でも少し小さいような）

成竜のようだが、これまでに見た竜騎士を持てる一般的な大きさの竜より少し体が小さいような気がする。力の弱い竜は体が小さいということは知っていたが、ここまで自然に影響を与える力を使えるのだ。力の弱い竜ではないはずだ。

『そうそう、番じゃ、番。アレクシスから聞いておるぞ。おまえさんが随分とかわいらしい人間の番を見つけたと。どれどれ……』

楽しそうに喉を鳴らした夜明け色の竜が一声鳴くと、あれほど荒れていた天気がぴたりとおさまる。瞬く間に元の晴天を取り戻した空を真っ直ぐに降りてきた夜明け色の竜は、唖然とするエステルの目の前に着地するとずいと顔を近づけ、金色の竜眼でひたと見据えてきた。

「――っジークヴァルド様と番になりましたエステルです。リンダールから来ました」

いつも以上に感じる威圧感に声が引っ繰り返らないようにどうにか自己紹介をすると、ニコラウスは返事をするように尾を一つ揺らした。

『ほほう、本当に人間の娘じゃの。うんうん、魅了の力があるのはけっこうなことじゃ。【庭】で生きるのなら、持っていて損はないが……。生き残るためにはうまく利用するんじゃな。ジークヴァルドを魅了にかけた、と言われて他の竜に殺されんようにの』

くつくつと喉で笑うニコラウスに、エステルは緊張に震える手を握りしめた。

(こ、怖い……。なんかこう、説明はつかないけれども、怖い)

長命の実の騒動で知り合ったカルムのフレデリクは、三物騒竜と言われていてもまだ理由がわかる怖さだったが、ニコラウスは得体のしれない怖さだ。笑顔で会話をしながら、さくっと殺されてしまうような。強いて言うのならば悪気なく暴れる弟の主竜セバスティアンにもう少し老獪さを足したような感じがする。

「エステルちゃんこの方ね、先代の長と長の座を争っていた方なの。怖いけど怖くないから大丈夫よー。おじじ様、あんまりエステルちゃんを怖がらせると長がすっごく怒るわよー」

先代の長とその座を争ったというのなら、確かに強そうだ。

（怖いけど怖くないって、結局どっちなんですか……）

どう判断していいのか迷うエステルをよそに、マルグレットがニコラウスに向けてそう忠告すると、夜明け色の竜は悪びれなく尾を揺らした。

『ああ、わかっとる。後ろが寒くて凍りそうじゃ』

『わかっているのなら、早くそこから離れてくれ。エステルを着替えに行かせないと、濡れたままでは風邪をひく』

氷交じりの風をニコラウスに向けて吹きつけながら、その後ろに舞い降りたジークヴァルドが、表情を強張らせるエステルに気遣うような視線を向けてきた。ちなみに氷の風はエステルまでは届いていない。

『……おまえさん、本当にジークヴァルドか？　いくら番でも、人間の娘の体調を心配するようなそこまで気の回る雄ではなかったはずじゃが。先代の長に言葉が足りないだの、情緒が心配だの、番が見つかっても愛情を持てずに愛想をつかされるのではないかと言われて、散々気をもませていたではないか。冗談ではなく、魅了にかかっとらんか？』

驚き半分、疑い半分といった様子でジークヴァルドをしげしげと見つめるニコラウスに、エステルは慌ててその間に割り込んだ。

「あの……ニコラウス様？　ジークヴァルド様は魅了の力にはかかっていません。わたしは初め、番になるのをお断りしたんです。かかっていたとしたら、その時点でわたしの希望通り国に帰してもらえていたと思います。竜騎士にも番にもなっていませんでした」

おそらく、今【庭】に残ってはいないだろう。

『断った？　竜の申し出をおまえさんは断ったのか？　何とも剛毅な娘じゃな。怒りに触れて死ぬかもしれんというのに、よほどこの堅物が嫌だったと見えるの。ははは、なるほど。ジークヴァルド、おまえさん一旦ふられたから逃がしたらまずいと、優しくしたんじゃな。負けず嫌いは相変わらずじゃのう』

ばしばしと面白そうに尾を揺らして笑うニコラウスに、エステルは目を大きく見開いた。

「負けず嫌いなのはわかっていましたけれども……。わたしに断られたから優しく接してくれたんですか？」

『お前に気に入られようと媚をうったつもりはない。そうしてやりたいと思ったからそういう行動になっただけだ。ただ、お前に断られて腹が立ったのは事実だ。セバスティアンが止めなければ、危うくお前は俺の怒りに触れて氷漬けにされるところだっただろう』

「ああ……はい。そんなこともありましたね」

今よりもジークヴァルドの沸点が低かったのは覚えている。あの時はかなり恐ろしかった。

懐かしそうに苦笑いをすると、ジークヴァルドが尾で包み込むようにエステルを引き寄せて、鱗で覆われた口先をエステルの頬に押し付けてきた。ひやりとした冷たさに一瞬首をすくめたエステルだったが、すぐに笑みを浮かべてその顎下を撫でる。

その様子を唖然と眺めていたニコラウスが困惑したように首を傾げた。

『……わからん。氷漬けからどういう経緯を辿れば、あの冷徹な氷の竜などと恐れられても気にもしなかったジークヴァルドがこれほど溶けるのかの……？』

ニコラウスはうんうんと唸っていたが、やがて気を取り直したようにエステルを見据えた。

『まあともかく、長が番を得たのは喜ばしいことじゃ。……じゃがのう――エステル。おまえさんに一つ聞きたい』

すっと真剣みを帯びた金の竜眼に、何を言われるのだろうと身構える。

『【庭】は人間の国とはありようが違う。人の国ならば他国に嫁いだ娘が国と国との結びつきの証になるだろう。何か危機があれば支援することもある。【庭】にはそれがない。もし母国が飢饉や戦争等で危機に陥った時、おまえさんはジークヴァルドに助けを求めるかの？』

突きつけられた言葉に、エステルは息を呑んだ。

エステルの母国リンダールには多くの友好国があるが、当然諍いを繰り返す非友好国もあるのだ。ニコラウスの言っていることは、必ずしも絵空事ではない。

（ニコラウス様はわたしがどういう行動をするのか、見極めようとしているんだわ）

いきなり現れた人間だ。竜としてはどんな人間なのか知りたいだろう。

エステルは手を握りしめ、ちらりとジークヴァルドを見上げた。小さく頷いてくれるのに微笑んで、再びニコラウスに目を向ける。

「求めません。【庭】は、長は一つの国に肩入れすることは絶対にしない。それをしてしまったら、他国に対して示しがつきません。なおさら混乱に陥ります。個々の竜が自分の竜騎士の願いを聞き入れるのとは訳が違うと、お聞きしています」

去年のエステルの母国リンダールでの竜の卵や、カルムでの【長命の実】の騒動のように、竜の長が人間の国に介入するのは、竜側の問題でのみだ。

「わたしは竜の長の番です。【庭】の意向には従います。――とは言っても、その時になってみないとわかりません。その時まだ家族が生きていれば、助けを求めてしまうかもしれません。でも、ジークヴァルド様は絶対に聞き入れないと思います。それだけは信じています」

ニコラウスは黙ったままエステルに視線を向けていたが、やがて静かに喉の奥で笑った。

『――ちと綺麗事がすぎるような気もするが、おまえさんくらいの年の娘ならば、それが妥当な答えじゃろう。まあ……、自分の生国がそんな間違いを犯すわけがありません、と言わないだけましじゃな』

大満足、というわけではなさそうだが、そこそこ納得のいく答えができたようだ。

緊張のあまり力が入ってしまっていた肩を、いつの間にか人の姿になっていたジークヴァルドがそっとさすってくれた。

「ニコラウス殿、もういいだろう。――エステル、早く着替えに行け。冷えてきている」

そう言われてしまうと、急に寒くなってくる。初夏とはいえ、濡れ鼠になってしまっては体が冷えるのは当然だ。寒さを自覚してしまうと、体も反応するのか、ついくしゃみが出る。

「……っしゅん。は、はい。ちょっと着替えてきます」

「大丈夫か？　俺が連れて行こう」

心配そうに眉を顰めたジークヴァルドに抱き上げられようとしたので、エステルは慌ててその手を留めた。

「いいです、大丈夫ですから！　ニコラウス様と他に何かお話がある――」

「せっかちな御仁ではない。少しくらい待たせてもかまわない」

エステルの言葉をやんわりと遮り、ジークヴァルドが膝裏と背中に手を回してさっさと抱き上げる。そうして歩き出そうとすると、ニコラウスがぐるぐると唸り声を上げた。

『ほほう、この儂を放置し番を優先すると。――ならばこちらにも考えがある。覚悟するのじゃな、ジークヴァルド』

ぱりぱりとニコラウスの周りに小さな雷が発生した。遠巻きにこちらを窺っていた子竜たちが、なおさらその輪を広げる。

（あ、怒らせた。ちょっとこれ、まずいですよね⁉）

下ろしてくれとジークヴァルドの胸元や肩を叩いても、その手は微塵も動かない。そればかりかニコラウスの力に対抗するように氷交じりの風が周囲に吹き始める。

「何の覚悟だ」

『決まっているじゃろう。――おまえさんと番のやり取りを、儂に無茶苦茶からかわれる覚悟じゃ！』

高笑いをしたニコラウスの背後に、どん、と雷が落ちる。それとほぼ同時に滝のような雨がざっと降り注いだ。きゃあきゃあ、と歓声を上げて子竜たちが庭から逃げ出し、藍色の母竜と水色の子竜も呆れたのか、先ほどまでの親子喧嘩を忘れたように、ぴったりと寄り添って去っていく。

エステルは唖然としたまま、抱えてくれているジークヴァルドを見上げた。

「……………ジークヴァルド様」

半眼になったジークヴァルドが嘆息する。マルグレットが怖いけれども怖くない、と言った意味がわかる気がした。

「ニコラウス殿が【庭】に戻ってくるといつも騒がしくなる。先代の長と同年代だというのに、あちこちに出没するからな。陽気で滅多に怒ることはないが……。怒らせた時には恐ろしいぞ」

エステルが妙に納得していると、くるりとニコラウスに背を向けたジークヴァルドの背後で、マルグレットの明るい声が響いてきた。

「一息ついたところで聞いていいー？　ねえ、おじじ様、わたしずーっと気になっていたんだけど、その背中の人間、どうしたの？　竜騎士よね、それ」

マルグレットの発言に、エステルはぎょっとした。竜騎士、と聞こえた気がするが、聞き間違いだろうか。

『ああ、これか。そうじゃ、儂の竜騎士じゃ。竜騎士契約を切りたいと言ってきかぬから、とっ捕まえて連れてきたんじゃ。【庭】ならそうそう逃げられんからの。じっくりお話をするつもりじゃ』

「あらー、それ拉致してきた、って言うんじゃないかしら。竜騎士、生きてる？」

マルグレットはあっけらかんと言っているが、竜が人間をそれも竜騎士を拉致して連れてくるなど聞いたことがない。

歩き出しかけていたジークヴァルドが盛大な溜息をつく。

「厄介事の気配がするからと、指摘をしなかったというのに……」

「初めから気づいていたんですか!?　無事かどうか確かめないと駄目じゃないですか！」

竜騎士の姿など全く見えなかったが、本当にいるとすればこの騒ぎのなか一言も言葉を発しなかったのが不思議でならない。マルグレットの言う通りその生死が心配だ。

エステルが慌ててジークヴァルドの腕から下りようと身動きをすると、納得しないと思ったのか、ジークヴァルドは渋々とだが下ろしてくれた。

「その竜騎士の方はどこに――。え」

ニコラウスの方へ駆け寄ろうとしたエステルは、行く手にごろりと転がった大きな壺に、思わず足を止めた。何を入れておくものなのか知らないが、人一人は余裕で入れそうな巨大な陶器の壺だ。滑らかな白い肌は東風の華やかな模様や牡丹が描かれているが、一面が編み目のような細かい雷で覆われている。

『この中じゃ。暴れて仕方がなかったからの。その辺の壺に突っ込んで、蓋をきっちりと閉め、儂の力でぐるぐる巻きにして背負ってきたんじゃ』

「待ってください。それ、本当に生きていますか？　窒息していませんか⁉」

エステルはさっと青ざめた。いくら竜騎士が普通の人間よりも頑丈だとはいえ、こんな密閉されているように見える壺の中で生きていられるのだろうか。

（どこの国から戻ってきたのかわからないけれども、相当な距離のはず……。あ、あれ？　さっきアレクシス様の名前を口にしていなかった？　もしかして、その国から帰ってきたのかしら……）

アレクシスは竜騎士を亡くした後、その国に幽閉まがいのことをされ【庭】に戻れなくなってしまった竜だ。長いこと戻らず、死んだと思われていたが去年亡霊のような姿で戻り、幽閉されていたことが発覚した。体力を取り戻したら帰る、と聞いているがまだ帰ってきていない。

『ははは、こやつなら大丈夫じゃ。ほれ、解くぞ。危ないから下がっておれ』

大笑したニコラウスがふうっと息を吹きかけると、壺を覆っていた網目状の雷が皮を脱ぐように剥がれた。

雷がたちどころに消え、エステルが竜騎士の安否を確かめようと近寄りかけた時、後ろからぐいとジークヴァルドに抱え込まれた。

「——……っ⁉」

何が起こったのかわからなかった。ただ、壺が真ん中から真っ二つに割れて、エステルの足先の土がわずかに抉れている。ジークヴァルドが引っ張ってくれなければ、足がなくなっていたかもしれない。

「——おのれ、レイメイ。己の竜騎士を問答無用で拉致拘束するとは、そなた本当に竜か？　竜の慈悲はどこへ置いてきた」

朗々としたよく通る男性の声が響き渡る。はっとしてそちらを見たエステルは、両刃の真っ直ぐな双剣で交差するようにニコラウスに切りかかる青年の姿に息を呑んだ。

刃が硬い鱗に当たりそうになるその寸前、夜明け色の竜の姿が揺らいだかと思うと、そこに現れたのは鱗と同じ濃い紫からオレンジへと変わる長い髪を複雑な形に結い上げた子供の姿だった。

（えっ、あれがニコラウス様なの!?　それにあの竜騎士の方、レイメイって呼んでいたような……）

先代の長と同年代だと聞いたと思ったが、それならば人間の姿も年老いた姿のはずだ。

エステルが驚きに目を見張る前で、金色の竜眼を面白そうに細めたニコラウスは竜騎士の双剣を蹴り上げると、くるりと身を翻してその頭を踏み、着地しようとした。そこを再び竜騎士の剣が襲う。身軽に飛び上がったニコラウスは、突き出された剣の上に飛び乗ると、にこりと微笑んだ。髪を飾る何本もの簪の飾りがゆらゆらと揺れるのが妙に優雅だ。身に纏っているのは黒に金糸で刺繍が施された東風の重そうな衣装で、あんなにも軽快に動けるのが不思議だった。

「やはり威勢がいいのう。契約を切れとの一点張りで譲らぬから、竜の慈悲で風も当たらぬように丁寧に運んでやったじゃろうて」

「花瓶に突っ込むことのどこが竜の慈悲だ。そなたは私を殺す気か。竜鍋にして食らってやろう。寿命も延びて、さぞや美味かろうぞ」

不敵な笑みを浮かべるニコラウスの竜騎士の元気どころの話ではない動きに、エステルは無事でよかったと安堵するよりも開いた口がふさがらなかった。

（竜鍋……。それに壺じゃなくて花瓶だったのね。どうりで花びらとか葉っぱがくっついて……。いやいやいやそうじゃなくて！　かなり険悪だけれども、これ大丈夫なの!?）

いくら契約を切ってくれないからとはいえ、主竜に切りかかる竜騎士など見たことがない。主竜が主竜なら竜騎士も竜騎士だ。常識から外れまくっている。

まるで剣舞でも見ているかのような主従のやりとりに、エステルが呆然と立ち尽くしていると、ジークヴァルドが引き寄せていた腕を解きエステルの背中をそっと押した。

「気が済むまでやらせておけばいい。あれはニコラウス殿が遊んでいるだけだ。そうでなければあの竜騎士はとっくに殺されている。今の内にお前は着替えに行け。そろそろクリスがアレクシス殿とその番を連れて【塔】に来るはずだ」

「アレクシス様が帰ってこられたんですか⁉」

「ああ。ニコラウス殿と共に【庭】に入ったのを感じて向かったが、さっさとあのご老体が【塔】に来てしまったからな。アレクシス殿の元へはクリスを向かわせた。まだ万全ではないのだろう。ゆっくりと飛んでいるようだ」

ほぼ百年もの間、光も差し込まない洞穴の中に閉じ込められていたというのだから、【庭】に戻れる体力をかろうじて取り戻しただけだったのだろう。

亡霊ではなく、実体のアレクシスに会えるのだ。亡霊でも華やかな朱金の竜だった。実物はさらに美麗な竜に違いない。

「アレクシス様の絵も描いてありますし、渡さないと……。お会いできるのが楽しみです！」

「再会を喜ぶのはいいが、あまり俺を妬かせない程度にしてくれると嬉しいがな」

浮き立つ思いのままエステルが笑いかけると、微苦笑をしたジークヴァルドにするりと首筋を撫でられた。

ちょうどその時、がつん、とぶつかるような音が耳に届く。驚いたエステルがそちらを見ると、ニコラウスの前にうずくまって頭を押さえるニコラウスの竜騎士の姿があった。

「なんじゃなんじゃ、どこを見ておる。よそ見をするのはおまえさんらしくないのう。まあ、気持ちもわからなくはないがの」

口元をゆったりとした袖口で隠していてもにやにやと笑っているのがありありと想像できるニコラウスの前で、竜騎士がゆっくりと立ち上がった。エステルが見ていたことに気づいたのか、目が合う。

ニコラウスと同じ金色の切れ長の双眸に、癖毛のエステルからすれば羨ましいほど真っ直ぐな髪の一部だけを結い上げている。身に着けているのは東風の確かあれは武官の衣装だ。

ジークヴァルドが高貴で怜悧な冴えざえとした月の印象だとすれば、こちらは生命力溢れる生きいきとした印象だ。力強い美丈夫とでもいうのだろうか。がっしりとした体格ながらも粗野ではなく品格を失っていない。少し驚いたように目を見開いているのは、つい先ほどのやり取りのせいだろうか。以前の人も竜も寄せ付けなかったジークヴァルドを知っているのかもしれない。

エステルが挨拶をしようと口を開きかけると、それよりも先に竜騎士が言葉を発した。

「つかぬことを聞くが……。そなたがレイメイの言っていた竜の長の番か？」

「はい。そうです。エステルと言います。あの、レイメイというのは、ニコラウス様のことで合っていますか？」

互いに疑問をぶつけあい、不可解そうな表情を浮かべると、人の姿のままのニコラウスが竜騎士の両肩に飛び乗った。

「そうじゃ、レイメイじゃ。こやつはその方が似合うとかなんとか言いおって、この儂に別の名前をつけてのう。まあ、なかなか気に入っておる。エステル、そなたも呼んでいいぞ」

「気に入っていたのか。それは初耳だ。初めは返事もしなかったであろう」

「すぐに返事をしてやるほど、儂は安くはないんじゃ。その代わり尾で返事をしてやったじゃろう」

「その尾で何度弾き飛ばされたかわからぬがな。手癖ならぬ尾癖が悪い竜よ」

ふはははと豪快に笑うニコラウスに、竜騎士が負けじと不敵な笑みを浮かべる。

（この方たち、叔父様とアルベルティーナ様を思い出すわ……）

あの主従もよく口喧嘩をしている。こちらは手も足も口も、色々と出るが。

エステルが何となく懐かしくなっていると、ふいにジークヴァルドが肩に手を置いてきた。

「お前の言う通り、エステルは俺の番だが、何の用だ」

ジークヴァルドが威嚇するように睥睨すると、竜騎士は怯えるでもなく表情をすっと改めて膝をつくと、拳を片方の手で包み込む、風変わりな仕草をした。かしこまった雰囲気からすると、エステルの国でいう騎士の礼のようなものなのかもしれない。

「竜騎士に着任した際にお目通りさせていただいたと思いますが、再度名乗らせていただく。我が名はサイ・ヒエン。ショウ皇帝の末子、第十皇子であります。——竜の長におかれましては、竜を幽閉するなどといった我が国の非礼、誠に遺憾に存じます」

ショウとはエステルの母国リンダールと【庭】を挟んで真東にある国だ。西側の文化とは異なり、王ではなく皇帝を頂点に形成された国は金属の加工では他の追随を許さないほど際立っている。細かい細工物を得意とするらしいが、ニコラウスの簪の細かさがその確かな技術を示している。——と学んだが、合っているかどうかいまいち自信がない。

(確か、言葉も違うはずだけれども……。さすが皇族の方だわ。こちらの言葉をちゃんと喋れるなんて。それにしても……やっぱりアレクシス様を幽閉していた国から来たのね)

だが、ショウの出身にしては彫りの深い顔立ちのような気がする。あちらの国の人々は目や鼻といった部位がもう少し控えめだ。

「それはすでに処分が決まり、終わった話だ。もし、俺の番を通して処分を軽くしてくれ、などと嘆願を持ち掛けても、俺は覆すことはしない」

ショウの処分はしばらく竜騎士選定への参加を控えさせる、というものだったはずだ。しばらく、がどのくらいの期間なのか期限は聞いていないが、もし決められていないとすればかなり重い処分だ。

「そちらは粛々と受け止めております。そうではなく……我が竜騎士契約を破棄する口添えを番の方にしていただきたいのです」

竜の長を目の前にしてもゆるぎない視線を向けていたヒエンが首を横に振り、すぐにエステルの方へと目を向けた。

「わたしからニコラウス様に進言をしてほしい、ってことですか？」

「俺の番がそれをする義理がどこにある？　自分で説得しろ。竜騎士契約は当事者同士の問題だ」

エステルとジークヴァルドがそれぞれ疑問と拒否を口にすると、ヒエンは不可解そうに片眉を上げた。

「番とは竜騎士よりも格上の人と竜との調停役の名なのでは？　確かに夫婦になることは番うとも言います。ですが、竜と人がそのような関係になるとは聞いたことがありません。竜と竜騎士との問題が起こった際、言葉を伝え調停を諮る巫女のようなものと理解していたのですが」

「ミコ、がわかりませんけれども……。調停役というのなら、違います。竜の伴侶のことを番といいます。わたしは竜の長のジークヴァルド様の……っ、妻です」

エステルは聞き慣れない言葉に首を傾げた後、言い慣れない言葉に顔を赤らめた。

（番です、はすんなり言えるけれども、妻です、は初めて言ったかも……）

ジークヴァルドから言われたことはあっても、自分からは口にしたことがなく、何ともいえない別の気恥ずかしさがある。頬を染めるエステルの言葉が予想外だったのか、ヒエンはぽかんと口を開けて固まってしまった。

「は……？　妻？　そなたは正気なのか？　人智を超えた竜の力を目の当たりにした恐怖で、気が触れたのではあるまいな。本当だとすれば、よほど丹力のある娘だ」

「気が触れてなんかいません。わたしの夫はジークヴァルド様です！」

ついむきになって睨みつけてしまうと、ジークヴァルドが宥めるように肩を叩いた。

「落ち着け。相手は竜騎士だ。魅了の力がもれるぞ」

「ははは、いっそのこと魅了をかけてしまえばいいんじゃ。そうすれば竜騎士契約を破棄しろなどと駄々をこねることもなかろうて」

ヒエンの肩に乗ったままその頭をばしばしと叩くニコラウスに、竜騎士は顔をしかめてその体を引きずり下ろしたかと思うと、片腕に抱え直した。

「駄々をこねるのはどちらであろうな。私は筋を通して説明をしたはずだが」

「おまえさんの筋など知らん。儂のふかーい親愛を蹴り飛ばせるものなら、蹴り飛ばしてみればいいんじゃ」

がつん、と額が割れそうな音を立てて文字通り突き合わせた主従に、エステルは怒っていたのも忘れて、今日何回目なのだろうと思いつつも唖然としてしまった。

「行くぞ、エステル。あれに付き合っているときりがない」

「あ、はい」

ジークヴァルドも相手にするのを諦めたのだろう。エステルの肩を抱えて歩き出す。そのまま立ち去ろうとして、ふとジークヴァルドが立ち止まった。そのまま眉根を寄せてニコラウスたちを振り返る。

「ジークヴァルド様？　どうかしましたか？」

「……いや。少しニコラウス殿の力が乱れているような気がしたが……。帰ってきたばかりで疲れているからだろう」

「お疲れだとそういうこともあるんですね。何だか便利ですね。すぐに休むように言えますし」

「それは便利というのか？」

ジークヴァルドに呆れ交じりで苦笑されながら、再び歩き出すと、後ろでマルグレットと人の姿になったウルリーカがくすくすと笑い合い出した。

「おじじ様も無茶するわー。あの竜騎士もまずい竜に目をつけられたわね」

「ニコラウス様が楽しそうで何よりだと思います。ただ、我が子が影響を受けるとさらに大変なことになりそうな気はするのですが」

ウルリーカの心配に、エドガーが眉を下げてこくこくと頷く。

エステルもまた、母竜の腕に抱かれ好奇心に満ち溢れた目でニコラウスとヒエンのやり取りを見ている仔竜を見て、ジークヴァルド共々深く頷いてしまった。

＊＊＊

「わたくし、人間になど名乗りたくはありませんわ」

アレクシスの番だという薄水色の髪をした儚げな女性から向けられる鋭い視線に、エステルは笑みを貼り付けたまま身動き一つできなかった。

棲み処へ戻るというウルリーカたちと別れ、濡れた服を着替えに行ったため、ジークヴァルドよりも遅れて【塔】のジークヴァルドの部屋でエステルが対面したのは、精悍な青年姿の朱金の竜アレクシスだけではなく、不機嫌そうな表情を浮かべるその番だった。クリストフェルとマルグレットは部屋の片隅に静かに控えている。

（……考えてみれば、番が人間に幽閉されたんだもの。恨まれても仕方がないわよね。わたしは顔を見せなかった方がよかったのかも……。少し配慮が足りなかったわ）

魅了の力を恐れることなく、桃色の竜眼でエステルを睨みつけている姿は可憐だが、今にも絞め殺してきそうな雰囲気を纏っている。

番のあからさまな嫌悪の態度に、アレクシスが宥めるようにその首筋を撫でた。

「わかった、わかった。俺はかまわないが、長の怒りを買うかもしれないぞ」

場を和ませるためなのだろう。少しだけ茶化すようなアレクシスの言葉にも、番は返答することなくふいと視線を逸らした。アレクシスが小さく肩をすくめる。

「まったく……。悪いな、エステル。——ああ、そうだ。鱗といえば夏至祭のために鱗を集めていると聞いたが、赤の鱗は手に入ったのか？　もし必要ならば俺の鱗を——」

「アレクシス！　貴方、体調が万全ではないでしょう。赤の鱗の竜は他にもいますわ。それよりそろそろお暇しましょう。——長、お忙しいところ、帰還の報告にお時間を取らせてしまって申し訳ございませんわ」

アレクシスの番はそう口にすると、すぐさま座っていた椅子から立ち上がった。そのままくるりと身を翻すと、開け放たれた窓からバルコニーに出た。そうしてさっさと薄水色の竜の姿になり空へと舞い上がってしまう。

「——相変わらず貴方の番は感情の起伏が激しいな」

エステルと並んで座っていたジークヴァルドが嘆息し、戸惑ったままのエステルの手をそっと撫でた。

「そこが可愛いところでもあるんだがな。まあ、寂しい思いをさせたのは悪かったが……。あれは元々そこまで人間が好きじゃなかったからな。今回俺が帰れなくなったことでなおさら拍車がかかっているんだろう。エステルも気まずい思いをさせたな」

困ったように笑うアレクシスは、幽閉されたとしても人間嫌いにはならなかったのだろう。そうでなければエステルに謝罪などしない。

「いえ、とんでもないです。わたしの方こそ、番の方のお気を悪くさせてしまったみたいで、考えが足りずに、申し訳ありません」

懐が広すぎるというか、鷹揚というか。ともかく幽閉されたのがアレクシスでなければショウという国は竜の逆鱗に触れて、この世界からその名を消していたかもしれない。そう考えてみればかなり恐ろしい話だ。

「――ではな、ジークヴァルド、エステル。何か困ったことがあれば言ってくれ。俺にできることがあれば力を貸すぞ」

腰を上げたアレクシスはそう言い残すと、亡霊の時よりも一段と華やかな朱金の竜の姿になって番の後を追い飛び去った。

朱金の竜の姿が見えなくなってしまうと、エステルはがっくりと肩を落とした。

「……アレクシス様の絵を渡さなくてよかったと思います。人間の描いたアレクシス様の絵なんて、番の方には不愉快でしかないですよね」

部屋に入った途端にアレクシスの番に睨まれてしまったので、こっそりと自分と椅子の背の間に隠したスケッチブックを取り出し、膝の上に載せる。

睨まれるだけならまだいい。人間憎し、と一緒くたにされ、危害を加えられた挙句殺されてしまうよりははるかにましだ。

「ああ。あそこまで人間嫌いが進んでいるとなるとな」

「許可を貰わないで勝手に絵を描いてしまったわたしも、考えなしだったと反省しています。次からは本竜の方からだけじゃなくて、必ず番の方からも許可を貰うようにします」

スケッチブックを胸に抱いて、反省と決意を口にすると、ジークヴァルドがくすりと笑った。

「描かない、という選択肢がないのがお前らしいな。俺だけでは物足りないというのは、少し面白くはないが」

「物足りない、って……。浮気者みたいに言わないでください。ジークヴァルド様が一番綺麗で描きたくなるっていつも言っていますよね。スケッチブック何冊分描いても満足しないと思います！」

エステルがスケッチブックを開いて竜の姿のジークヴァルドの絵を撫でつつ力説すると、ジークヴァルドはするりと首筋を撫でた後、頬を摺り寄せてきた。

「スケッチブックが憎らしくなる日がくるとは思わなかったな。紙の上の俺よりも、実物を愛でてくれる方が俺としては嬉しいが」

絵を撫でていたエステルの手を取って、自分の首筋に当てさせるジークヴァルドに、エステルは一気に真っ赤になり固まった。

(だからっ、本当に、どこでそんな言葉を覚えてくるんですか!? ちょっと前まで初めて知る感情ばかりだって言っていたのに!)

こちらに向けられた眼差しから漂う色香に、くらりと眩暈を覚える。番になってからというもの、こういった誘うような視線を向けられることが増えたが、未だに緊張してしまう。

「……め、愛でるのはわたしも実物がいいです」

それでも期待するような視線に突き動かされて、ジークヴァルドの首筋に触れた指先を動かそうとすると、部屋の片隅から咳払いと笑い声が響いてきた。

「――仲睦まじいのは大変よろしいかと思いますが、ジーク様、エステルが私たちの前では恥ずかしがるのでは?」

「初々しくて、見てるこっちが恥ずかしくなっちゃうわー。あ、いいのよ。こっちは気にしないでどんどんいちゃいちゃしていて。わたしはすっごく楽しいから」

クリストフェルとマルグレットの発言に赤面したエステルは、慌ててジークヴァルドの首をぐいと押しやった。小さく舌打ちが聞こえたが、聞かなかったふりをした。

「おや、終わりですか? ――では、尋ねてきた者を呼び入れてもよろしいでしょうか」

にこりと笑ったクリストフェルがつい先ほどアレクシスたちが飛び去ったバルコニーに視線

を向ける。釣られるようにそちらを見たエステルは、顔を覆いたくなった。

　見知らぬ深緑色の竜が窓の陰に半分隠れてこちらを窺っていたのだ。隠れきれていないその仕草はなんとも愛嬌があるが、怯えるように頭を若干下げて上目遣いでこちらを見ている。

（何か約束があったのなら、早く教えてください……っ）

　目に見えてわかる愛情表現は竜の間では恥ずかしがることではないそうだが、エステルにとってはまだまだ慣れないものだ。

「え、ええと、ジークヴァルド様にお客様のようですから、わたしはこれで――」

　そそくさと立ち上がろうとすると、クリストフェルが首を横に振った。

「いえいえ、貴女のお客ですよ。――どうぞ、入ってください」

　クリストフェルに促されても、深緑色の竜は中へ入ろうとはしなかった。おそらく下位の竜なのだろう。落ち着かなげにジークヴァルドをちらちらと見ている。

　尋ねてこられる理由がわからなかったが、ジークヴァルドが警戒する素振りを見せなかったのでエステルは立ち上がってバルコニーの端へ出た。

「あの、何の御用でしょうか」

　近づいてみて、初めてその尾が申し訳程度にしかないことに気づく。

【奥庭】の竜だ。と察したエステルは、緊張に背筋を伸ばした。【奥庭】は力の弱い竜や通常の竜とは違う特徴を持った竜たちが集まって暮らしている場所だ。そして人間嫌いの竜も多い。

『フレデリク様に長の番が何か困っていたら、命を差し出すつもりで協力しろって脅され……ううん、言われたんだ。子供たちからあんたが鱗を集めているって聞いた。だから要らないかな』

「フレデリク様から……」

【奥庭】の竜のまとめ役を担っていたという去年訪れたカルムの竜フレデリクは、エステルが【奥庭】の竜に腕を食べられかけたことを聞いて、今度帰ったらきつく言っておかないとね、と静かに激怒していたが、本当に注意したらしい。

(脅された、って言いかけたわよね？　ミルカから番の誓いの儀式の時にお祝いの手紙が来ていたけれども……。もしかしてそれと一緒に【奥庭】宛てにも送っていたのかしら)

フレデリクの竜騎士であるミルカの字は、主竜と同じく飾っておきたくなるほど綺麗だったと思い出しつつ、そう予想する。

人間側から【庭】の中の竜に連絡を取りたい時には、【庭】の外に設けられている竜騎士候補の待機場に手紙や荷物を置けば、気づいた竜が持っていく、というものだ。竜たち間の連絡方法は大体が飛んでくれば一日かそこらで行き来できてしまうので、問題がないらしい。そもそもよほどのことがない限り連絡を取り合うことはない。

『ねえ、要らない？　駄目？　あんたを食べたら力が増すなんて冗談を言ったのも謝るよ！』

涙目になってがたがたと震え出した深緑の竜に、エステルは瞠目した。

（あ、この方、わたしの腕を食べようとしたあのベッティル様に入れ知恵をした方なのね）

あの件の後、この深緑色の竜は謝罪に来たようだが、ジークヴァルドは会わなかった。それによって謝罪を受け入れない、と示したのだ。それがここへきて何も言わない、ということはエステルに判断を任せたのだろう。

確認するようにジークヴァルドをちらりと振り返ると、彼は眉間に皺を寄せつつも一つ頷いてくれた。そのやり取りの間も、深緑の竜は泣き続けている。

『許してほしいなんて言わないから、貰ってぇええええっ！　フレデリク様に沈められる……っ』

もはや号泣だ。耳が割れそうな泣き声と、ぼたぼたとこぼれる涙がバルコニーを流れていく。フレデリクが相当怖いらしい。もしかするとまだかなり若い竜なのかもしれない。

（な、なんだか貰わないと、フレデリク様がすごく凶悪な笑顔で怒るのが想像できる……）

フレデリクは【奥庭】でそれだけ恐ろしい存在だったのだと思うと、よく自分はあれだけ好き放題言っていたのに殺されなかった、と焦りを覚える。

「ありがとうございます。頂けるのなら、すごく助かります！」

緑の鱗はアルベルティーナから鱗の使用許可を貰うついでにセバスティアンから貰えないか頼むつもりだったが、今手に入るのなら貰ってしまいたい。

エステルからリンダールに連絡をとる手段は竜の誰かに頼むしかない。今回の件では夏至祭のため、ひいてはジークヴァルドのためだからと、ジークヴァルドの配下の一匹が連絡役を引き受けてくれることになっていた。長の許可を得て、なおかつ命が危ぶまれるような非常事態以外で力を使わないのなら、庭の外へ出ても問題はないらしい。

エステルが頷くと、深緑の竜はしゃくりあげながら鱗を引き抜き、エステルの手に慎重に載せると、安堵したのか、ふらふらと空を飛んで去っていった。

「……フレデリク様のおかげと言えばおかげなんですけれども、ちょっと罪悪感が……」

冗談で腕がなくなるところだったのにもかかわらず、つい同情してしまっていると、いつの間にかすぐ傍に来ていたマルグレットが「はい、どうぞー」と鱗入れの小箱を差し出してくれたので、礼を言って受け取り鱗を収める。

不機嫌そうに深緑の竜が飛び去った空の彼方を見やっていたジークヴァルドが嘆息した。

「貸しがあったのだから、フレデリクの指示がなくとも鱗を集めていることを耳にすれば、あの者の様子ならばすぐさま飛んできただろう。お前が気にすることはない」

そうかもしれないが、あの怯えっぷりを見てしまうと、さすがに気の毒になってきてしまう。

ふと小箱に収めた鱗に目を落とす。ウルリーカに貰った金糸雀色の鱗と、【奥庭】の竜に貰った深緑色の鱗が燦然と輝く様は貴重だ。こんなふうに別の竜の鱗が同時に手元にあることはないのだから。

「でも、危うく番が死ぬところだったのに、鱗を渡しただけで許された、って思われるのは嫌よねぇ」

「ええ。私なら鱗を出させるのは当然のこと、さらにあの者を使って鱗を集めさせます」

マルグレットとクリストフェルが執念深さと腹黒さが垣間見える意見を口にする。竜なら受け入れられるだろうが、人間がそんなことをすれば命が危ない。

冷や汗をかきつつ、エステルは気を取り直すように声を張り上げた。

「――ともかく、二枚目を確保しました！　あと五枚、頑張りますね」

意気込んで笑いかけると、つい先ほどまで眉間に皺を寄せていたジークヴァルドは目元を和らげて頷いてくれた。

＊＊＊

二枚の鱗を手に入れた翌日、アルベルティーナに鱗使用許可の手紙をしたためたエステルは、【塔】の着地場で届けてくれるという栗色(くりいろ)の竜に手紙を託した。

子竜たちのために焼いてきた胡桃(くるみ)入りのクッキーを感謝の意を込めておすそ分けすると、栗色の竜は目を輝かせて瞬く間に食べてしまい、それからすぐに今日(きょう)は薄曇りの空へ飛び立っていった。

「思ったよりもクッキーを喜んでもらえて、よかったです」

竜騎士の作ったものは竜の力が混ざるので、体力の回復によく効く。早まった番の誓いの儀式を行うため、力を使い果たすまで尽力してくれたジークヴァルドの配下たちにお礼にと持っていったことがあったのだが、大半の竜には助かる、と喜んでもらえたのだ。

「そうだな。番の俺の目の前で貰えるほど、口に合ったのだろう」

一緒に見送っていた人の姿のジークヴァルドが面白くなさそうに眉を顰める。

（ん？　もしかしてあっという間にクッキーを食べて行ったのって……。ジークヴァルド様が睨んでいたから？　そうだったら、ちょっと申し訳ないことをしたかも）

苦笑いをしつつエステルはクッキー袋の中から一枚取り出すと、不機嫌そうに空を見据えるジークヴァルドに差し出した。

「ジークヴァルド様もどうぞ。あ、でも、さっき朝食を食べたばかりですから、いりませんか？」

手をひっこめようとすると、それよりも先にジークヴァルドは身を屈めてエステルが持ったクッキーに齧りついた。ふわりとミュゲの花と冬の夜の香りが鼻先をくすぐる。

「――っ!?」

「お前の作ったものをいらないなどと、言うはずがないだろう」

思わず取り落としそうになったクッキーを全て食べてしまったジークヴァルドは、エステルの手を引き寄せて指先についた残りかすをぺろりと舐めとると、真っ赤になって硬直したエステルの首筋を小さく笑いながら撫でた。そうして踵を返したジークヴァルドは、赤面したままのエステルに「気をつけていけ」と注意をし、傍に控えていたクリストフェルを従えて【塔】から出かけてしまった。

「――エステルちゃん、惚けているところ悪いけれども、長はもう行っちゃったわよー」

「……っ、はい！　わ、わたしたちも行きましょう」

微笑ましげに声をかけてきたマルグレットに促され、はっと我に返ったエステルは慌てて歩き出した。熱くなった頬を冷ますように、手で仰ぐ。

（だ、だめよ、わたし！　番の誓いの儀式のことを思い出して恥ずかしがっている場合じゃないわ！　色ぼけている場合じゃないのよ！）

儀式の時、石を口に含ませ合った時のことを思い出してしまい、悶絶しつつもマルグレットと庭園へと向かう。鱗を貰いにいく前にエステルに遊んでもらおうと、庭園に集まっているはずの子竜たちに番の役目を任されたことをきちんと説明し、お詫びにクッキーを渡しにいくのだ。昨日、物珍しそうに食べてくれていた子竜たちの様子を思い浮かべて頬を緩める。

エステルが庭園に姿を見せた途端、追い駆けっこをしていた子竜たちが歓声を上げて近寄ってきた。その数は昨日集まっていた子竜の数よりも少ない。

子竜が少ない理由を教えてくれたのは、エステルの影響で絵を描くことが好きになった砂色の子竜だった。

「あの子がね。番のお役目があってエステルはこられないって、おとうさんのクリストフェル様から聞いたって教えてくれたの。だから帰っちゃった子がいるんだよ。みんなで遊んで待っているから、終わったらまた遊んでくれる？」

砂色の子竜が指を差した先には黒みを帯びたオレンジ色の竜がマルグレットに執拗にかまわれて嫌がる姿があった。どうやらあれがクリストフェルとマルグレットの子らしい。

「はい。もちろんです。早く終わるように頑張りますね」

笑って頷いたエステルは持参したクッキーを一枚ずつ配り始めた。その中に昨日、親子喧嘩を繰り広げていた水色の子竜の姿はない。気になりつつも、次の子竜に渡そうとして思わず二度見してしまった。

「……あの、ニコラウス様。しれっとお子様方の間に交ざらないでください」

「なんじゃ、幼子たちにしかくれんのか？　つまらんのう」

期待に輝いていた目を眇め、拗ねたように頬を膨らませたのは、人間の子供の姿をした陽気な老翁竜だ。いつからいたのかわからないが、ちんまりと子竜たちの間に交じっていたので、気づかなかった。

（あれ？　でもどうして子竜たちが怯えていないの？）

力のある竜ならば子竜は怯えるはずだ。実際、ジークヴァルドが飛んできた時は怯えて固まっていた。

少し気になったが、エステルは笑ってニコラウスの手にクッキーを載せた。

「いいえ、沢山あるのでどうぞ。……あの、サイ・ヒエン殿下もお召し上がりになられますか？」

ニコラウスの後ろでまるで順番を待っているかのように膝を抱えてこちらを見上げているヒエンの姿を見つけ、エステルは笑顔のまま固まった。ヒエンの表情は主竜と同じく期待に満ち溢れている。

（そういえばこの方、昨日どこで休んだのかしら……）

昨日庭園で強烈な出会いを果たした後、アレクシスとの再会や深緑色の竜との対面を終えると、この主従は庭園からいなくなっていたのだ。ジークヴァルドは棲み処へ帰ったのだろう、と言っていたが、食事等はどうしたのだろうか。

「ああ、くれるのなら貰おう。それとヒエンでよい。ここはショウではないからな。敬称もいらぬ」

言い方は尊大なのにもかかわらず素直に手を差し出してくるヒエンは、疲れた様子も腹を空かせている様子もない。聞いてもいいものかどうか迷い、結局エステルは何も聞かずに残っていたクッキーを袋ごとヒエンの手の上に載せた。

するとヒエンは少し驚いたように片眉を上げ、すぐに爽やかな笑みを浮かべた。

「これは助かる。この主竜は食いたければ契約破棄発言を撤回しろ、という鬼畜ぶりだ。礼を言うぞ」

「え……、ニコラウス様、それは……」

「おじじ様、自分の大切な竜騎士にそれはないわー」

マルグレット共々、思わず責めるような目を向けてしまうと、ヒエンに渡したクッキー袋からもう一枚取り出そうとしていたニコラウスは、慌てたように弁解を始めた。

「こやつに騙されるのではないぞ！　ショウの料理が早く食いたければ契約破棄発言を撤回しろ、と言ったんじゃ。こいつはちゃあんと儂が用意してやった食事を食っておるからの」

「熊一頭を狩ってきて、さあ、食え、という食事だったがな。おかげで捌くのに苦労したぞ」

それは食事とは言わない。食材の提供だ。

(捌いたの!?　皇子殿下なのに!?)

黒っぽい服なので血の染みが飛んでいてもわからないが、本物のショウの皇子なのかと疑いたくなってしまう。弟のユリウスでさえも熊なんか捌けるか、とぼやいていたことがあったというのに。やはり竜騎士は変わり者が多いらしい。

そして昨日から思っていたが、どうもニコラウスは竜騎士の扱いが雑だ。もしかすると、ヒエンはそれが原因で契約破棄をしたいと言っているのだろうか。

「あの、契約のお話が長引きそうでしたら、【塔】の竜騎士候補用の設備の使用許可をジークヴァルド様にお願いしてみますけれども、どうしますか？　お食事はわたしがお作りすることもできます。お口に合うかどうかはわかりませんけれども……」

クリストフェルの計らいで、エステルのために食材が準備されている。一人分くらいなら使っても大丈夫だ。熊を捌けるヒエンなら、竜をも腹を壊すほどの料理音痴のエドガーほどではないだろう。エステルがそう提案してみると、ヒエンは意外にも首を横に振った。

「いや、そなたには番の役目があると聞いた。そこまでしてもらわずともよい。竜騎士候補用の設備や食材が使えるのならば、ありがたく使わせてもらおう」

「ははは、そうじゃな。ジークヴァルドの嫉妬で氷漬けにされてはかなわんからの」

口を挟んできたニコラウスがからかい交じりの笑い声を上げたので、エステルは小さく笑って首を横に振った。

「さすがに人の命がかかっているんですから、ジークヴァルド様も嫉妬してやめろとは言わないと思います。わたしの食事を作るついでですし、エドガーさん……あ、ウルリーカ様の竜騎士も時々一緒に作りますし……」

「……わかっとらんのう。これはジークヴァルドも必死に気を引こうとするはずじゃ」

面白そうに呟いたニコラウスに同意するように、エステルの傍らにいたマルグレットが頷く。

「エステルちゃんはちょっと鈍感さんなのよねー。番になったんだから、人間の男性に作ってあげるなんて、今まで以上に気に食わないどころの話じゃないと思うわ」

「鈍感……」

自覚がないわけではないが、おそらく自分が思っている以上に鈍感なのだろう。ジークヴァルドがやけに寄り添いたがるのはそのせいもあるのかもしれない。

「ええと、それじゃ、とりあえず、ヒエンさんの竜騎士候補用設備と食材の使用許可だけジークヴァルド様に頼んでおきます」

二匹に止められてしまったので食事作りをするのは諦めると、ヒエンは鷹揚に頷いた。

「ああ、すまないがよろしく頼む。竜の長の勘気を被るのだけは回避したいからな」

「ちと嫉妬にかられるあやつの顔も見てみたい気もするがの。――まあ、それはともかく」

声を上げて笑ったニコラウスが何の前触れもなく、竜の姿へと戻った。すると、こちらのことは気にせずに少し離れた場所で遊んでいた子竜たちから歓声が上がる。やはり子竜たちが怯えていないことを不思議に思っているエステルの前で、ニコラウスは首を傾げるようにして鱗を一枚引き抜き、すぐさま人間の子供の姿になった。

「エステル。おまえさん、鱗が必要なんじゃろう。儂の鱗をいらんか？」

にこにこと笑いながらエステルに見せつけてきたのは、たった今抜いたばかりの濃い紫色の鱗だった。神秘的な美しさは抜かれてもなお、底知れない美麗な輝きを保っている。それを惜しげもなく差し出してきたニコラウスに、エステルは喜ぶよりもたじろいだ。

「そ、そんなに簡単に頂いてしまってもいいんですか？　確かに、紫の鱗はまだ手元にはありませんけれども……」

「いいんじゃよ。鱗集めも大変じゃろう。力の制御が下手な連中はなおのこと気が立っているからの。それに――」

ニコラウスは一度言葉を切って、エステルを見据えた。金色の竜眼は人間の姿でもやはり明けの明星のように澄んだ輝きでつい見惚れてしまう。

「おまえさんがジークヴァルドの番にならなければ、あやつは短命で終えたじゃろう。その礼と祝いじゃ。儂も思うところがあるからの。遠慮なく受け取れ」

好々爺然としてこちらを見据えるニコラウスに、エステルは少し間を置いた後、躊躇いがちに手を伸ばした。古老は気難しい竜が多いと聞いた。せっかくの祝いの品を恐れ多いと断ってしまってはさすがのニコラウスでも機嫌を損ねるだろう。

「ええと、それじゃ、頂きます。大切な鱗をありがとうございます」

「うんうん。喜んでくれるのは何よりじゃ。前払いをしたかいがあるというものじゃの」

さも嬉しそうに笑うニコラウスの口から、聞き捨てならない言葉がこぼれた。

「前払い、ですか？」

不穏な気配を感じたエステルは、おそるおそる聞き返した。貰ったばかりの鱗が急に重みを増したような気さえする。

「そうじゃ、前払いじゃ、前払い」

「ちょっと待ってください。番祝いですよね？」

「礼と番祝いと、前払いじゃ。儂も思うところがある、とそう言わなかったかの？」

わざとらしく首を傾げ、とぼけたように返してくるニコラウスに、エステルは盛大に唇を引きつらせた。「思うところがある」とは他に考えていることがある、とも思い当たる節がある、とも取れるが、いくらなんでも前払い、などという要求をしてくるとは思うわけがない。

(前払い、ってことはわたしに何かを頼むってことよね？　とてつもない無理難題を押し付けられたらどうするのよ!?)

どうにかして鱗を返せないかと考えを巡らせていると、その肩にぽん、と静観していたマルグレットの手が載せられた。

「諦めた方がいいわー。おじじ様はこういう方だから。わたしが口出ししてもよかったけれども、おじじ様がこうするって一度決めたら強行突破されるのよー」

「ああ。レイメイは嘘も誠も織り交ぜて、どちらかわからないように言いくるめるのは得意中の得意だ」

何故か自分のことのように自慢げに頷くヒエンを尻目に、ニコラウスが得意そうに胸を張る。

(ヒエンさん……契約を破棄したいのに主竜を自慢しているように聞こえますけれども、どうして破棄したいんですか!?)

そこのところの事情は知らないが、何かしら彼らの間で問題があるのだろう。

強い力を持ち、口がうまくて腹芸上等。だが陽気でなぜか憎めない老翁竜は、慄くエステルを安心させようとでもしたのか、エステルの手の上にある自分の鱗の上に先程ヒエンに渡したクッキーを一枚載せた。

「まあまあ、これでも食べて落ち着くんじゃゃな。安心せい。そんな無茶な頼み事はしないつもりじゃ」

つもり、ということはぎりぎりを狙ってくる、ということだろうか、と勘繰ってしまう。

脅迫されているような気分になってきたエステルは、慌ててクッキーを載せたままの鱗を無理だろうと半ば思いつつ、突き返した。

「大変申し訳ありませんが、お返しします！」

「返品不可じゃ」

クッキーだけを受け取り、口に放り込んだニコラウスがにやりと笑う。

エステルの脳裏に、人間姿のジークヴァルドが眉間の皺を深くして呆れとも怒りともつかない溜息をつく姿が浮かび、内心で頭を抱えた。

＊＊＊

小刻みに震える指先を押さえるように、薄紅色にオレンジがかった色の鱗をつかむ手に力を込める。体に感じる爽やかな初夏の風はふわりと柔らかいはずだが、エステルにとっては強風の中にいるような感覚だ。

（本当に、他の竜に乗る度に毎回思うけれども、ジークヴァルド様の背中が恋しい……）

竜の姿のマルグレットがどんなにゆっくり飛んでくれていたとしても、番であり主竜でもあるジークヴァルドの背中以上の安定感は、他の竜では絶対に得られない。高所恐怖症が治ったのかと勘違いしてしまうほど快適なのだから。

『もうすぐ着くから頑張ってねー』

マルグレットがまるで子供をあやしているかのような、優しい声をかけてくれる。しかしエステルは恐ろしさのあまりただ頷くことしかできなかった。

少しだけ身動きした拍子に、鱗を収めた小箱が肩から下げた紐の先で揺れる。傷つけ合わないようにと、貰った鱗を一枚ずつ絹布で包んで入れているが、かすかにこすれるような音がした気がした。

（アルベルティーナ様が許可を出してくれたら、あと三枚……っ）

ニコラウスに騙し討ちのような形で押し付け――いや、貰った鱗を入れるとあと三枚だ。鱗を「前払い」したニコラウスは、頼み事はそのうちする、と意味深に笑ったので、エステルはそそくさと他の色の鱗を譲ってもらうためにマルグレットと共に【塔】を出発した。

（似たような力で集まると大体似たような鱗の色だから、まとめて会えて楽よ、なんてマルグレット様は言っていたけれども……。ちょっと不安よね）

昨日の藍色の母竜の様子を思い出すと、正直不安だ。エステルに子を預ける竜でも、こちらからの要求には応えられない、という竜は他にもいるだろう。

『あ、見えてきたわよー。青の竜が集まっている場所。うふふ、今年も殺気立っているわねぇ』

エステルの不安に拍車をかけるように、そんな言葉を口にしたマルグレットにぎょっとする。空の上にいる恐怖と、殺気立っている竜たちと交渉しなければならない緊張に身を強張らせていると、マルグレットは上空で楽しそうにくるくると旋回し始めた。

『いーい、エステルちゃん。わたしが先に声をかけるから、それから話を始めてね』

マルグレットの助言にエステルが頷くか頷かないかといったところで、彼女は淡い紅色にオレンジ色がかった鱗に覆われた喉を少しそらし、高く鳴いた。

「――っ!?」

聞き慣れない鳴き声に思わず肩をすくませると、怖くて下は見られないが地上の方から同じような鳴き声が一声返ってきた。

『来てもいいそうよー。降りるからしっかり掴まっていてね』

マルグレットが注意を促してくれたので、エステルは鱗についた手に力を込めた。

（マルグレット様って、竜騎士がいたことがあったのかしら……）

人間を乗せることに慣れているのか、ほとんど揺れずに地面に降り立ったマルグレットはぐるりと周囲を見回して、ふとある方向へと顔を向けた。

『久しぶりー。夏至祭の話、耳に入っているわよね？　長の番を連れてきたから、話を聞いてあげて』

ようやく辺りの状況を見る余裕を取り戻したエステルは、マルグレットが明るく声をかけた先を見て、ごくりと唾を飲み込んだ。

新緑の森の中の開けた場所で、はっとするほど鮮やかな蒼天色の鱗を持った竜が、真っ直ぐにこちらを見ていたのだ。牙を見せて唸ることはなかったが、苛立っているのかその尾が下生えの雑草を散らすように激しく動いている。目を逸らさない、ということはエステルの魅了の力など全く気にしていないのだろう。

（……すごく機嫌が悪そう。鱗をください、なんて言っても大丈夫なの？　でも……怖気づいている場合じゃないわ。ジークヴァルド様に夏至祭は絶対に失敗させない、って断言したのよ）

一抹の不安を抱いたが、覚悟を決めたエステルはマルグレットの背中から滑り降り、蒼天色の竜の前に出ると膝を軽く折って敬意を示してから、口を開いた。

「初めてお目にかかります。エステルです。お時間を頂きましてありがとうございます。夏至祭の――」

『僕は人間に協力をしない』

エステルの言葉に被せるように拒絶の言葉を発した蒼天色の竜は、灰色の竜眼でこちらを睥睨してきた。淡々とした声ながらも、嫌悪とも怒りともつかない感情が混じっているのに気づき、エステルは息を詰めて唇を閉ざした。

黙ったエステルを見据えた蒼天色の竜はさらに言葉を続けた。

『僕の子は今年夏至祭に挑む予定だった。だが、人間が関わるくらいならば、僕の子に限らず、今年は成竜になれない竜が出てもかまわない。人間と違って竜の寿命は長い。お前のようにあくせくと生き急ぐ必要はない』

蒼天色の竜はぱしん、と一際強く尾を打ち鳴らした。二本の真っ直ぐな藍色の角が光を反射してこちらを威嚇しているようにも見える。

『どうしてもと言うのなら、夏至祭後、お前も含めた【庭】にいる人間を全て追い出すと確約するのならば鱗を渡す。できないのならば、僕は鱗の提供はしない』

そう宣言する蒼天色の竜の後ろの広場を取り囲む木々の陰から、数匹の竜の頭がこちらを窺うように覗いていた。色の濃淡はあるものの、全て青い竜だ。そのうちの一匹、小さな白い点が散った青い竜がエステルを興味深げにちらちらと見ていたが、その目には嫌悪も怒りもない。

少し細めの捻(ね)じれた白い角が温和そうだ。

(青い竜全部がこの方の意見と同じ、というわけじゃなさそうよね?)

エステルはジークヴァルドの鱗があしらわれた耳飾りに一度手をやると、大きく息を吸ってすっと背筋を伸ばした。

「そのようなお約束はできません。ジークヴァルド様はお認めにならないと思いますし、わたしも呑めません。条件があるのでしたら、他のことでお願いします」

問答無用で襲われることなく、冷静に話を聞いてくれているのだ。感情的にならずに訴えかければ、受け入れてくれるかもしれない。

(ニコラウス様みたいに先に鱗だけ押し付けて、あとで要求を呑め、って言わないし)

ニコラウスは嘘をついていないものの、流れるように要求を呑まされたのだ。普通はこの蒼天色の竜のように条件を出す方が先だろう。

「お子様がいらっしゃるのでしたら、成竜になるのを楽しみになさっていると思います。お子様や他の竜の方々のためにも、鱗を頂くことはできませんでしょうか」

真摯(しんし)に訴えかけると、蒼天色の竜はぐるぐると低く唸り声を上げた。

『人間ごときが随分と不遜(ふそん)な口をきくものだ。お前が僕の子の何をわかっているという。長の番だからといって竜の事情に首を突っ込んでくるな』

ざわりと木々が揺れたかと思うと、霧状の雨がぱらぱらと降り出す。

ざあっと音を立ててエステル目掛けて針のように鋭くなった雨が吹き付けてきた。逃げることもままならず身構えたエステルの体をふと暖かな風が包み込んだ。鼻先をかすめたのは南国の花のような香りだ。暖かい風は針の雨を押し返し、地面へと落とす。

エステルの隣で交渉を見守ってくれていたマルグレットが力を使ったのだ、と気づいた時にはその尾で守るように引き寄せられていた。

『長の番だから、人間なのに竜の事情に首を突っ込まなくちゃならないのよねー。それが屈辱で怒って力をぶつけてくるなんて、いくら夏至が近いから苛々しているとはいえ、小さいわぁ』

『…………っ』

マルグレットの煽るような言葉に、エステルはひやりとした。これ以上激高されてはたまったものではない。しかしながら、蒼天色の竜はそれ以上怒ることはなくしばらく微動だにせずにこちらを見下ろしていたが、やがて顔を背けた。

『ともかく、僕は鱗を渡さない。長にはそう伝えろ』

話は終えたとばかりに、蒼天色の竜は身を翻した。そうして翼を広げると呼び止める間もなく飛び去ってしまった。その後を追い、数匹の竜が舞い上がる。最後に一匹だけ残った竜は、先ほどエステルに興味深げな視線を向けていた白い点が散った竜だったが、躊躇いがちにこちらと蒼天色の竜が飛び去った方とを交互に見比べると、やがて謝るように頭を一つ下げて飛んでいってしまった。

「ああ……。飛んでいっちゃった……」

こちらを気にしていた竜まで去ってしまったことに落胆して、肩を落とす。マルグレットが慰めるように翼を揺らした。

『まあ、当然の反応よねー。あの竜、竜至上主義のいけすかない竜で、ルドヴィック様の配下だったから。貰えたとしたら、奇跡よう』

「それって……、絶対にくれないと思いますよ⁉」

下手をするとルドヴィックを昏睡させた一因でもあるジークヴァルドの番ということで、笑えない事態になっていたかもしれない。今更ながらぞっとして背筋が凍りつく。

『だから奇跡なのよー。でもエステルちゃんがかたっぱしから青の鱗の竜に鱗をください、なんて言いまくっていたら、どうして一番に自分の所に来ないんだ、って怒るわよ。鱗をあげる気なんかさらさらないくせに、プライドだけはめちゃくちゃ高いのよねえ』

うふふ、と笑うマルグレットはあっけらかんとしていて明るい彼女にしては、珍しく怒りを帯びた笑い声だ。どうも嫌いな竜らしい。

「あ、あのでも、これで一応筋は通したようなものですよね。さっき、わたしのことを気にしてくれていた方もいましたし、他の方に――」

ともかく第一段階は済んだのだから、次へ行こうと気を取り直した時だった。広場の周囲を囲む木々がざわざわと揺れ、聞き覚えのある声が頭上から降ってきた。

『ヒエンや、どこまで逃げる気じゃ。どうせ【庭】の外へは出られん。そろそろ【塔】へ戻った方がおまえさんのためじゃぞ』

陽気な老翁竜ニコラウスの声だと気づくのとほぼ同時に、茂みから彼の竜騎士が怒りを帯びた真剣な表情で駆け出てきた。

「なにが私のためだ！　こちらが礼を尽くして話をしているというのに、儂は聞きとうない、とそっぽを向いて子竜様方と遊ぶ主竜には愛想が尽きた！　――ああ、竜の長の番。役目の最中か。ご苦労なことだな」

走ってきたヒエンは、ぽかんとそのやり取りを見ていたエステルの前を速度を落とすことなく走り抜けると、再び木々と茂みの間に消えていった。頭上では、夜明け色の竜がゆったりと飛びながらその後を追っていく。

「……ヒエンさん、足が早いですね」

マルグレットの翼でここまできたのだ。いくら【塔】からそれほど離れていない場所とはいえ、人間の走る速度でここまで辿り着くにはもう少し時間がかかるだろう。

エステルが唖然と見送ってしまってからそう呟くと、マルグレットが笑うように喉を鳴らしながら尾を打ち鳴らした。

＊＊＊

暮れ始めた空が焼けるような赤から徐々に深い紫となり、夜が濃さを増してくる。

ジークヴァルドの棲み処の中庭へ下りる階段に座り込み、エステルは大きく溜息をついた。

視線の先には、暮れゆく空を背景に美しい林檎(りんご)のような色とりどりの実が成る巨木——長命の木があった。ただ、半分は葉を落とし枯れている。その根元では、新芽の小さな葉が夕風に揺れていた。

鱗集めを始めてからすでに五日。明日(あす)からはいよいよ夏至祭が始まってしまう。

マルグレットに送ってもらい、鱗集めからジークヴァルドの棲み処に戻ってきたところだが、部屋に戻る気分になれずにここにいる。忙しいジークヴァルドはまだ戻ってきていない。

「ここまでうまくいかないなんて……」

鱗は三枚集まったところで、ぴたりと止まってしまった。蒼天色の竜が鱗を渡すのを拒んだ話と、水色の子竜親子が喧嘩をした話が広まったらしく、皆渡すのを躊躇っているようだ。

(様子見、って感じの方がけっこういるのよね……)

蒼天色の竜のように激高して力をぶつけてくる竜は今のところいないが、エステルが鱗を貰えないかと尋ねると、信用に足る人間なのか見定めようとしてくる。そうして、もう少し様子を見てから、となってしまうのだ。もしくは、かなり難しい条件を出してくる竜もいる。おそらくそういった竜は渡したくはない、というのを遠まわしに示しているのだろう。

（もし、ジークヴァルド様が番に鱗を渡してくれ、なんて指示を出したら、鱗は貰えても反感を買うのがよくわかるわ）

竜は力の強い上位の者には基本的に逆らわない。夏至祭を無事に開催するには、長のその言葉が一番効率的だ。エステルが竜たちに大歓迎されて迎えられた番ならば、それでも問題はないのだ。ただ、現実はそうはいかない。

そして、アルベルティーナの鱗の使用許可を貰いに行ってくれた栗色の竜も戻ってこない。

（まさか国で何か問題が起こった？　それでアルベルティーナ様に会えていないのかしら……。でも、それだったら何も連絡がない、なんてないわよね）

ニコラウスが災害や戦争という言葉を口にしたのを思い出し、不安にかられそうになって慌てて首を横に振る。再び溜息をつこうとした時、夕暮れの空を二匹の竜が通り過ぎていった。鮮やかな赤い竜と、それを追うように飛ぶ杏色の竜だ。間を置かずに別の方向からも寄り添って飛ぶ暗い青と灰緑の竜が通り過ぎていく。

夏至祭を前に、竜が棲み処の上空を飛ぶ姿が増えた。明日はこれ以上の数の竜が空を飛び交うというのを想像すると芳しくない鱗集めの憂鬱も少し和らいだ。つい頬が緩んでにやけてしまう。

（あああっ、描きたい！）

許可も得ずに勝手に描いてはいけない、とわかってはいるものの、無意識のうちにポケットに入れているスケッチブックに手が伸びかけて、慌てて我に返る。

（危ない、危ない……。描くなら、貰った鱗か長命の木にしておかないと）

ウルリーカやニコラウスにはすでに許可を貰っている。傍らに置いておいた鱗入りの小箱をいそいそと開けると、ふいに影が差した。何だろう、と顔を上げたエステルはそのまま固まった。夜明けの空の色の髪をした美丈夫の青年が、興味深そうに金色の双眸で上から小箱を覗き込んでいたのだ。

「なかなか集まりが悪いようだな」

「ヒ、ヒエンさん？　どうしてここにいるんですか!?　ここ、本当だったら、人間が入るのは禁止されているんですよ」

いるはずのない人物の登場に、エステルは悲鳴を呑み込んで叫んだ。

「勝手に入ってきてすまない。立ち入りを禁じているのはわかっていたが、露台から何度も声をかけても返事がなかったのでな。何かあったのかと思ったのだ」

「……すみません。全然聞こえていませんでした」

まだ驚きのあまり踊る心臓の辺りを押さえながら謝罪を口にすると、ヒエンは苦笑した。

「何もなかったのならばよい。レイメイが鱗集めがうまくいっていないようだから、分けてやろう、と言い出してな。ショウの菓子を持ってきた」

「え、わざわざすみません。お気遣い、ありがとうございます」

露台、ということはジークヴァルドと出入りするバルコニーのことだろう。この棲み処には竜の出入り口はあるものの、人間の出入り口はない。出入りするには竜の助けが必要なのだ。

だが、ヒエンを連れてきたはずのニコラウスの姿が見当たらず、エステルは首を傾げた。

「あの、ニコラウス様はどうされたんですか？」

「ここは弔い場でもあるのだろう。あやつは辛気臭いのは好かん、と中に入るのを嫌がってな。その辺りを飛んでくると行ってしまった。言い出したのはあやつだというのに」

ジークヴァルドの棲み処は確かに弔い場――墓のようなものであり、本来なら竜は自由に出入りできる。ただ今はジークヴァルドの棲み処となっているためか、ずかずかと遠慮なく入ってくる竜はいない。ニコラウスもそうなのだろう。

憤慨したように呟いたヒエンはふと、長命の木に目を留めた。その表情が驚きに染まる。

「あれは……もしや噂に聞く長命の実の木か？」

「はい、そうです。でも、絶対に食べては駄目です。人間には猛毒ですし、食べたその場から土地を腐らせます。わたしは実際にそれを見ていますから、間違いありません」

驚愕していたヒエンの目が、気のせいか悔しそうに細められた。

「ああ……、それはレイメイから教えられた。食べれば不老長寿となり、どんな病もたちどころに治る実などあるわけがない、と。偽りの言い伝えには迷惑している、とな」

知っている、と言いながらもヒエンはじっと長命の木に視線を注いだままだった。

(……やけに見ているけれども、ヒエンさんも間違った言い伝えを信じていたのかしら。誰かを癒したかった、とか？　勘繰りすぎかしら)

だが、そうでもなければニコラウスはわざわざ長命の木のことを話さないだろう。

「まあ、そのような夢物語を信じるのは、童子の頃だけだろうが……」

「そのまま信じて盗みに来る人間はいるみたいです」

「なんと。滑稽な者もいるものだな」

ヒエンは苦笑いをしつつ手にしていた布包みを広げた。そこには縄のように捻じれた形の茶色い菓子が鎮座していた。確かに見たことはないが、こんがりとした色とほんのりと甘い香りが美味しそうだ。油紙らしきものが敷かれていることから、揚げ菓子だろう。

「初めて作ったからな。レイメイにはまあまあじゃな、とは言われたが、食べられぬほどではない。私もきちんと味見をしてある。そなたに貰ったクッキーの礼だ」

「ヒエンさんが作ったんですか!?」

てっきり日持ちする菓子を国から持ってきていたのかと思った。

「ああ。レイメイが食いたいから作れ、と我が儘を言ってな。作り方など知らぬと拒否したというのに、あやつはなぜか作り方を知っておったのだ。まったく、食い意地が張った竜だ」

初めてにしては上出来すぎる。教えられれば作れてしまう器用さがあるのだろう。

仕方のない奴だ、と肩をすくめるヒエンはそれでも心底嫌がっていないように見える。

（本当にどうして契約破棄をしたいのかしら……）

こうして主竜と共にエステルの元に差し入れを持ってきてくれたり、ニコラウスを語る口調の端々に親愛の情が見え隠れする。前々から思っていたが、やはり理由がわからない。

ニコラウスとヒエンは【庭】に帰ってきたあの日からずっと、数日前に見た逃走劇や手合わせをしているようにしか見えない攻防を繰り広げている。そしてそれらを楽しんでいるようにさえも思えてしまうのだ。

エステルも鱗集めに奔走しているので詳しい事情を知らないのだが、このままではいつまでたっても平行線なのではないだろうか。

（契約破棄の口添えの話も、結局うやむやになったままなのよね……）

エステルが竜と竜騎士の仲介役だと思っていたからこその発言だったのだろう。あれから何も言ってこないところを見ると、竜の伴侶に頼む話ではない、と納得したのかもしれない。

「食い意地が張っているといえば、あのセバスティアン様はそなたの弟の主竜になったそうだな。エドガーに聞いたぞ」

エステルの疑問をよそに、ヒエンは思わぬ話題を振ってきた。エドガーはヒエンが滞在を許された竜騎士候補用の宿泊施設で生活をしている。おそらくエステルよりもヒエンと会話をすることは多いだろう。

「セバスティアン様をご存じなんですか？」

「ああ。私が三年前に竜騎士候補として【庭】に来た際、やたらとショウの食事はどんなものなのか尋ねられてな。だが私の身分を聞いた途端、珍しい物が食べられそうだけれどもなんとなく面倒くさそうだからいいや、などと言われて竜騎士には指名されなかったが」

「……その時の状況がよくわかります」

ヒエンはどんなに変わり者だとしても一国の皇子だ。その皇子があの世話の焼ける竜の竜騎士を務められるわけがない。そしてセバスティアン自身も国を動かしてしまえる可能性のある立場の人間は嫌いそうだ。ユリウスに怒られつつも、のんびりと過ごす方がよほど似合っている。

「あの方の欲望に忠実で素直な性格は私とは合わぬ、と思っていたのでな。あの時ばかりは身分に感謝した」

苦笑するヒエンの金色の双眸が、ほんのわずか陰りを帯びた気がして、エステルは目を瞬(まばた)いた。

（あの時ばかりは……って、もしかしてヒエンさんは皇子の身分が嫌だった？）

となると、今回の契約破棄もその辺りが関係しているのだろうか。あの国は確か正妃の他に側妃を迎えることが認められていたはずだ。第十皇子ということは、もしかしたら皇女を含めるとさらに皇帝の子供は沢山いるのだろう。色々と複雑な事情がありそうだ。

（けっこう竜騎士と竜の関係って、難しい問題があったりするのね……。相談できる人がいないとなおさらなのかも。竜騎士は国に一人だけしかいない、なんていう所も珍しくないし）

何か問題があっても当事者同士で話し合いがつかなければ、いつまでたっても解決しない。もしくはおかしな方向へと走って悲劇を生みかねない。フレデリクの元竜騎士が関係をこじらせた挙句契約を一方的に切られたことを恨み、二国を巻き込む事件に加担してしまったように。

ジークヴァルドも言っていた通り、普通は竜騎士契約に他の者が首を突っ込むことはない。去年のフレデリクとミルカの件は異例だ。

エステルが口出ししてもいいものかどうか葛藤（かっとう）していると、ふいに長命の木の枝葉が大きく揺れた。

『――ヒエン、早く出てこい！　ジークヴァルドが帰ってきそうじゃ。夫がいないというのに愛の巣に忍び込んだ間男扱いされるぞ』

上空から少しだけ焦ったようなニコラウスの声が聞こえてきた。はっとしてエステルが見上げると、長命の木のかなり上の方を夜明け色の竜が旋回していた。

「その夫が留守の所へ届けに行く、と言い張ったのはそなたであろう」

『おまえさんも面白そうだと乗ってきたじゃろうが』

「一度、竜の長の棲み処をこの目で見てみたかっただけだ。すぐに露台に出る。そちらへ回ってくれ。――竜の長の番、邪魔をしたな」

呆れたように嘆息したヒエンがエステルに菓子を渡した。そうして身を翻しかけて、ふとこちらを振り返る。ヒエンを見送ろうと鱗を入れた小箱を肩にかけ、菓子の包みを抱えてその後に続こうとしていたエステルは、思わずたたらを踏んだ。

「大きなお世話かもしれぬが……」

ヒエンはそう前置きをして、エステルを見据えてきた。その強い視線は皇族特有の威厳とでもいうのか、自然と背筋が伸びてしまう雰囲気がある。

「そなたは鱗を集めきれずとも仕方がない、と言われているとレイメイから聞いた。ぎりぎりまで粘るのも手だが、引き際も重要だ。無駄に夏至祭を開催できるという期待を持たせるのは、中止となった場合に落胆をさらに増幅させるであろう。恨まれるぞ」

ヒエンの忠告にエステルはぐっと唇を引き結んだ。

明日からは夏至祭が始まる。七色集めるのは不可能だからと今開催を取りやめるのならば、確かにまだ落胆は小さくて済むだろう。過酷な試練を乗り越えた後の最後の儀式ができないとなれば、なおさら恨みは深くなる。それを全く考えなかったわけではない。

薄々そう感じていたことをはっきりと指摘され、エステルは小さく笑みを浮かべた。

「……そうですね。ご忠告、ありがとうございます。でも、わたしは――竜の長の番ですから」

真っ直ぐに見返すと、ヒエンは探るように目を眇めた。

「そなた……」

『――ヒエン！　早く来いと言っておるじゃろう。ジークヴァルドが怒り狂って、おまえさん死ぬぞ！』

ニコラウスの切羽詰まった声に、ヒエンははっと表情を引き締め、弾かれたようにバルコニーへと続く階段を駆け上がっていった。ヒエンがふいに肩越しに振り返る。

「その菓子を作る際、ウルリーカ様や仔竜様も手伝ったが、エドガーは手を出してはおらぬ。安心して食せ」

エドガーは早々に料理下手がばれたようだ。

沈んだ空気を吹き飛ばすように明るく言い放ったヒエンは、そのままバルコニーへと出ていった。慌てて後を追い駆けて階段を上ったエステルは、ちょうどバルコニーの手すりを乗り越えるヒエンの姿を目にして、悲鳴を上げかけた。

「――っヒエンさん！」

未だにバルコニーの端まで行けないエステルの体を強風が襲う。とっさに閉じかけた目を必死で開けると、夜明け色の竜がバルコニーのすぐ下を通り、舞い上がったところだった。その背にはヒエンを乗せている。

その時だった。バルコニーの向こうの上空に銀に一滴の青を垂らしたかのような鱗の竜が現れた。ニコラウスが言っていた通り、ジークヴァルドが帰ってきたのだ。

かなりの速度で飛んでいるのだろう。棲み処の前の湖面が激しく波立ち、瞬く間に凍り付いていく。さながら氷の道のようだ。

『おお、怒っとる、怒っとる。エステル、ヒエンが棲み処に入ったことをおまえさんがジークヴァルドに責められたら、儂の名を出していいからの。あやつが幼子の頃のことは、いいことも悪いことも儂がよ～く知っておるからのう。今度話してやるぞ』

はははは、とニコラウスが悪びれもせずに笑いながらぽつぽつと星が輝きだした空を飛んでいく。

（鱗が集められなくて、焦って落ち込んでいるのを見かねたのかも……）

集め始めた当初の勢いがなくなりかけていたのはわかっている。少し意気込みすぎたのかもしれない。

貰った揚げ菓子の包みを感謝の思いで握りしめ、その姿を見送っていたエステルだったが、間を置かずに棲み処の上空に到着したジークヴァルドの姿に、思わず笑みを浮かべた。

「お帰りなさい、ジークヴァルド様」

『ああ、今戻った。ニコラウス殿は――』

バルコニーに降り立ったジークヴァルドだったが、ふと言葉を切ると竜の姿のまま鼻を鳴らした。

『ニコラウス殿の竜騎士は中に入ったのか？』

「はい。ニコラウス様とお菓子の差し入れをしに来てくれたんですけれども、外から呼んでもわたしが気づかなかったので心配してくれたんです。あ、ニコラウス様が今度、ジークヴァルド様の幼い頃のことを話してくれるそうなんです」

　少しばかり不機嫌そうな声に、ニコラウスの言葉を思い出して言い添えると、ジークヴァルドはニコラウスが飛び去った方向を見据えて、嘆息した。『あの御仁は姑息なことを』と呟くのが聞こえて、少し苦笑してしまった。

　その間に竜の姿から人間の青年へと姿を変えたジークヴァルドは、エステルに向けて軽く両手を広げた。その胸に躊躇いなく飛び込むと、しっかりと受け止めてくれる。人間ほど体温が高くはないものの、ほのかな温もりにほっとするのと同時に、少しだけ鼓動が速くなった。

「どこか体調でも悪いのか？　呼ばれても気づかないほどとは……」

「いいえ、元気です。少し考え事をしていただけで……。ジークヴァルド様は今日は早かったですね」

「ああ。今日までにやることはすべて終えた。後は明日だ。――お前もあまり根を詰めるな」

　労わるような声に、エステルはジークヴァルドの胸元に頬を寄せたまま頷いた。

　ヒエンが言ったことをジークヴァルドがわかっていないはずがない。それでもやめろと言わないのは、エステルが集めると決めたからだろう。番としてのエステルの覚悟を尊重してくれているのだ。

（それに、ここでやめたら鱗を出してくれた方々に失礼になる）

だからぎりぎりまで粘りたい。

ふとジークヴァルドがエステルの首筋に頬を摺り寄せてきた。その仕草に自然と顔を傾けてしまうと、そのまま軽く噛みつかれる。久しぶりのそうした触れ合いに自分から首を見せたというのに、つい小さく肩を揺らしてしまうと、ジークヴァルドはくすりと笑ってわずかに身を離した。そうして少し屈むと、こちらに向けて首をさらしてくる。

（これって……、わたしからも甘噛みをしてほしい、ってこと？）

一度だけエステルから甘噛みをしたことはあったが、あれ以来ない。ジークヴァルドに拒絶されたと思い込んでから、誤解は解けているものの、番の誓いの儀式の時でさえも自分から噛みつくという気持ちや雰囲気にならなかったのだ。

「エステル、してくれないのか？」

色香漂う流し目とともに、形のいい唇が催促の言葉を紡ぐ。そう言われると余計に羞恥が募り噛みつきにくくなるが、嫌なわけではない。

少しだけ頬を染めつつ、ジークヴァルドの胸元に菓子の包みを持っていない方の手をついて踵を上げる。竜の姿から人間の姿になったばかりのせいか、うっすらと鱗が浮かぶ首筋にそっと歯を立ててすぐに離れると、ジークヴァルドは目元を和らげてエステルの耳飾りを撫でた。

そのついでとばかりに耳元に口づけをしてくる。くすぐったくなってしまい、緊張が緩んで笑ってしまうと、その唇に軽く噛みつかれた。柔らかく食まれるのに誘われ小さく口を開けると、そのまま深く口づけをされる。与えられる熱に頭の芯がしびれるような心地よさが思考を奪う。無意識のうちにジークヴァルドの胸元についた手に力がこもった。

拒絶することなく受け入れたエステルに満足したのか、ジークヴァルドが唇を離し屈めていた背を伸ばした。その際、鱗入りの小箱の紐をエステルの肩から外して持ってくれる。ぼんやりとしてしまっていたエステルはそれにはっと我に返った。

「あ、ありがとうございます。帰ってきたばかりで、お疲れなのに」

「俺がしたくてしているだけだ。気にするな。それはそうと……ニコラウス殿は長命の木の様子を見ていかなかったのか？　竜騎士の匂いは残っているが、ニコラウス殿の匂いがしない」

頬を染めたエステルの腕を自分の腕に絡ませ、建物の中へと入りながら問いかけてくるジークヴァルドに、エステルは小さく頷いた。

「はい。ヒエンさんに、辛気臭いのは好かん、と言って入るのを嫌がったそうなんです。でも多分、ジークヴァルド様の棲み処なので遠慮してくれたんだと思います」

竜は番以外の他の者が棲み処に入るのを嫌う。その点、ジークヴァルドは初めこそ嫌がっていたが、エステルの弟が風邪を引いた際に棲み処に入れてくれるなど、比較的寛容だが、おそらく元は弔い場という場所柄のせいだろう。

エステルの返答に、ジークヴァルドは不審そうに眉間に皺を寄せた。

「何か気になりますか？」

「――ああ。ニコラウス殿がここを忌避したことは一度もない。むしろ、庭に戻ってくる度に長命の木の様子を見にきていた。あの御仁は俺より前に木の管理を任されていたからな」

「そうなんですか⁉　……それなのに入らないなんて、おかしいですね」

ジークヴァルドが不審に思うはずだ。長命の木は今代替わり中なのだ。以前の管理者で頻繁に様子を見にきていたのならば、気になるはずだというのに。

ジークヴァルドはしばらく考え込んでいたが、エステルの部屋の居間に入ると、ようやく口を開いた。

「俺が幼竜の頃はニコラウス殿の力に引っ張られて力の暴走を起こすからと、俺に近寄らなかったが……。それでも木の管理だけはしにきていたのだがな」

「もしかして、ジークヴァルド様が長になって番も得たのを見て、もう見守る必要はないと思ったんじゃないでしょうか」

ジークヴァルドに番がいないままでは不安だったかもしれないが、今はエステルが番となったので力も安定している。胸を撫で下ろしたのではないだろうか。

「――そうだといいがな。まあ……一応、ニコラウス殿に理由を聞いておこう」

ジークヴァルドが居間の長椅子に鱗入りの小箱を置き、腰を下ろそうとしたので、エステルはやんわりとその腕を解いた。

「お食事をされますよね。わたしもこれからなので、一緒に食べましょう。今、持ってきますから……。あ、頂いたお菓子も食べますか？」

ここのところ、ジークヴァルドは長命の木の実を自然に還す役目のために夕方戻ってくると、すぐに出かけてしまい帰ってくるのは夜も更けてからだったのだ。一緒に食べられるのは嬉しい。

ジークヴァルドが頷いたので、菓子の包みをテーブルの上に置き、少しだけ浮かれた気分で居間の隣にある小さな厨房へと向かう。朝、出かける前に食事の用意をしておいたので後は温め直すだけだ。

「ニコラウス様は面倒見のいい方ですね。……でも、ちょっと不思議なんですけれども、力の強い竜なのに、子竜様方が怯えないのはどうしてなんですか？」

「ああ、それか。ニコラウス殿は力の威圧感を抑えることに長けているからな。子の相手をする時にはそうして――」

唐突に言葉が切れ、がりん、と背後でとてつもなく大きな音がした。

何の音だろう、と振り返ったエステルは深く眉間に皺を寄せたジークヴァルドが手にした茶色く捻じれた縄のようなものを見て、目を瞬いた。

「あの、今の音は……。もしかしてヒエンさんから貰ったお菓子を齧った音ですか？」

「……そうだ。お前は食べない方がいい。味は悪くはないと思うが、これは人間には硬すぎる。石のようだ。歯が折れるぞ」

「……え？　ヒエンさんはそれ、味見をしたそうなんですけれども……」

竜に石と言われてしまうものを平然と食べられるなど、いくらなんでも歯が強すぎる。

エステルが唇の端を引きつらせると、ジークヴァルドは真顔になってしまった。

「あの竜騎士は本当に人間か？」

「そのはずですよね……？」

竜をも腹を壊す劇物料理製作者エドガーに比べればはるかにましだが、熊を捌けるヒエンは繊細さを必要とする菓子作りには向いていなかったようだ。いや、もしくはニコラウスのレシピが間違っていた可能性もあるが。

（お茶にでも浸して、柔らかくしてから食べよう……）

せっかくの気遣いを無駄にするのは申し訳ない。

エステルは食事よりも先にお茶の用意をするために、慌てて厨房へと向かった。

エステルが厨房へ向かったその背を見送ったジークヴァルドは、ヒエンが作ったという菓子を矯めつ眇めつ眺めた。

（ニコラウス殿の竜騎士が作ったものにしては、含まれている竜の力がかなり弱いな……。下手をすると成竜になったばかりの竜と同じくらいではないか？）

番を得ていないため力の巡りが悪く、竜騎士に分け与える力の調整がうまくいっていない竜の竜騎士が作ったものというのならばわかるが、番を持ち、長にもなれるほど強い力を持ったニコラウスの竜騎士が作るのならば、もう少し強いはずだ。

ふと思い出すのは、数日前、ニコラウスが帰還した際に感じた力の乱れだ。あの時は疲れているのだろう、と思ったが【庭】に戻ってきて数日経つというのに、菓子にまで表れてしまうのは少し妙だ。

（それに、あれほど長命の木の管理に誇りを持っていた御仁が、代替わりを見届けない、ということがあるのか？）

孵ったばかりの幼い頃、ニコラウスが木の実を自然に還す様子を遠くから眺めるのが日課となっていた。近づいて話すことはできなかったが、それでも誇らしげな姿はしっかりと記憶している。エステルが言ったようにジークヴァルドを見守る必要がなくなったから、という理由だけでは弱くはないだろうか。

（幼子の頃といえば、エステルが先ほど言っていた幼竜たちの前での威圧感のことも、よくよく考えればおかしくはないか？）

かなり盛大に力を使ったというのに、威圧感を完璧に抑えることができるのだろうか。いくらニコラウスでも【庭】に帰ってきた直後に子竜たちを怯えさせることのない威圧感に抑えることは難しくないだろうか。あれでは、まるで――。

次々と湧いてきた疑問に、徐々に確信めいたものを引き寄せたジークヴァルドは、つい手の中にあった菓子を握り潰してしまった。

「あ、お菓子を細かくしてくれたんですか？　ありがとうございます。お皿を持ってきますね」

ふとエステルの明るい声が耳に届き、ジークヴァルドは辿り着いた答えを振り払うように目を数度瞬いた。いくらも経たないうちにテーブルの上に用意された皿に菓子の破片を落とすと、エステルは食べやすくなったと嬉しそうに笑った。その笑みに、波だった感情が凪いでいく。

（まだ確実ではない。ニコラウス殿に確かめてからだ）

エステルにこの可能性を伝えるのは尚早だ。今は鱗集めに必死になっているのだから、別の件に頭を煩わせることはさせたくない。

お湯が沸いたと慌てて厨房に駆け込むエステルを再び見送りながら、ジークヴァルドは言葉を呑み込むように菓子のかけらを口に放り込んだ。

第三章　竜からの難題

朝からしとしとと降り注ぐ雨が、ジークヴァルドの棲み処のバルコニーに立ったエステルの足元の水溜まりに跳ねて水紋を作る。

夏至祭の初日は、生憎の雨だった。

それなのにもかかわらず、雲が重く垂れこめた空を無数の竜が飛び交っていた。

去年、初めて【庭】に足を踏み入れた時にも沢山の竜が空を飛ぶ光景を見たが、あの時と似ているものの、圧倒的に竜の数が違う。ぶつからずに飛べているのが不思議なくらいだ。灰色の空が色で埋め尽くされてしまうのでは、と思うほど華やいでいる。竜たちが飛ぶ真下には雨が降り注ぐ弔い場の湖があるが、その湖面にも色が溶けてしまいそうな錯覚を覚えた。

雨避けの外套を纏い、空に釘付けになっていたエステルは湧き上がる興奮を抑えきれずにふるふると肩を震わせた。すぐ隣で同じように身震いをしているエドガーに呼びかける。

「エドガーさん」

「エステル殿」

「「生きていてよかったですね!!」っすね!!」

二人してほぼ同時に叫ぶ。その声もまた、竜たちの羽音にかき消されてしまいそうだ。

夏至祭はまず、日の出に合わせて夏至祭に挑む若い竜と一部の成竜が弔い場の湖の上を飛翔することから始まるそうだ。

そうして正午を前に、若い竜のみが飛ぶ中成竜が力を使って飛行を妨害する。それが七日間続くらしい。その頃になると力の制御が苦手な成竜や子竜は影響を受けないようにと、同じような力を持つ竜同士で集まり夏至当日までを過ごすという。

初日の早朝ならば見ていても大丈夫だとジークヴァルドに言われ、お守りのマルグレットや子に見せたいと言ったウルリーカにエドガーといった顔ぶれで、ジークヴァルドの棲み処のバルコニーで見学させてもらっている。鱗集めは竜たちがもう少し落ち着いてから向かう予定だ。

感動のあまり少しおかしな言葉になっている二人の背後から、竜の姿のマルグレットの楽しそうな笑い声が響いてきた。

『ただ飛んでいるだけよー？　人間が大勢走っているのと同じじゃないかしら』

「でも、わたしたち人間が着飾って集まっても華やかなんですから、それと同じ……いえ、それ以上の感動なんです！　もう、圧巻なんです。こう空を埋め尽くす数の竜なんて、一生に一度見られるかどうかなので、見逃せません。ああもう、うまく称賛の言葉が出てこなくて、自分が悔しくなります。……ああ、描きたい」

前のめり気味に力説してしまうと、傍らのエドガーが鼻血が出ないようにしているのか、鼻をつまみつつ激しく首を縦に振ってくれた。

「そのもどかしい気持ち、オレもわかるっす。なんかこう体の奥底からこみ上げてくる何かがあって、叫びだしたくなるっすよね。さすが同志っす！」

「りゅし！」

身をくねらせて語るエドガーの足元で、空に向かって楽しげに歓声を上げていた金糸雀色（カナリアいろ）の仔竜が、その言葉を真似（まね）して叫んだ。その仕草は非常に可愛（かわい）らしいが、口にした言葉は可愛くない。エステルはおそるおそるウルリーカを見た。

「あの、ウルリーカ様。この『同志』なんていう言葉を覚えてしまっても大丈夫ですか？」

『ああ、問題ない。ニコラウス様の方がもっと色々と吹き込み――いや、教えたがっている』

ニコラウスが吹き込む、ということは本当に色々といいことも悪いことも雑多なのだろう。ウルリーカの苦労が忍ばれてしまって、苦笑いしか返せない。

「えすてりゅ、りゅし！　えぷがーもりゅし！」

得意げに連呼する仔竜をウルリーカたちと共に温かい目で見守っていると、ふとマルグレットが不可解そうに空を見上げた。

『そういえば、そのおじじ様がいないわねー。あの方、若い竜に試練だ、って言って夏至祭でちょっかい出すのが生きがいみたいなのに』

「さすがに今回は竜騎士契約のお話に集中しているんじゃないでしょうか？」

『そうかしらー？　事情が許すなら、竜騎士の国に出向いているのにわざわざ夏至祭のために【庭】に帰ってくることもあったのよ。【庭】にいるのに参加しないなんて、珍しいわ』

　空を見たまま首を傾げるマルグレットと同じように、エステルもまた空を飛び交う竜たちを振り仰ぐ。すぐに銀竜の姿は見つけられたが、夜明け色の竜の姿は見当たらない。

（あ、背中に金の筋があるからあれはマティアス様よね。クリストフェル様は……駄目だわ。黒っぽい竜が多くてわからない……。アレクシス様は当然いるわけが……待って、いたわ）

　病み上がりのようなものだというのに飛んでいる朱金の竜の傍には、薄水色の番が寄り添うように飛んでいる。アレクシスの体調を心配していた番をどうやって説き伏せたのか疑問だ。

　そうやって眺めていると段々と飛ぶ竜の数が減ってきた。成竜が離脱し、若い竜のみになり始めたのだろう。それに比例するように徐々に雨の勢いもおさまってくる。

『そろそろ鱗集めに行っても大丈夫そうねー。行く？』

「はい、今日もよろしくお願いします。マルグレット様」

『はいはーい、任せて。エステルちゃん、いい顔が戻ってきたわねー。昨日まではちょっと怖い顔だったもの。長と何か……ってちょっと待って』

　機嫌よく尾を揺らしたマルグレットが、ふと警戒するように声を落とす。なんだろう、とエステルが身構えると、傍らのエドガーもちょこまかと歩き回っていた仔竜を慌てて捕まえ、ウルリーカの翼の下へと潜り込んだ。

『――おいっ、ニコじい！　じーさんっ、毎回毎回始まった途端に突っ込むなよ！　まだ飛び始めたばっかりだろ。少し加減して……。ちょ、待て、待てって！　おいっ、お前らそこ空けろ、落ちるぞ！』

マティアスの焦った声が周囲に響き渡り、何事だとそちらを見たエステルは飛び交っていた若い竜たちの間を割るように夜明け色の竜が飛び込んでいく姿を見て、息を呑んだ。追いすがっていくのはマティアスだ。

『儂が飛び込んだくらいで落ちるような軟弱者が成竜になれるわけがなかろうて。ほれほれ、頑張れ。マティアスお前も毎回毎回うるさいのう』

『いや、だから俺に向けて力を放つなって……っ。うわぁあああっ！』

ばりばりと音を立ててマティアスの体を覆った雷が翼の自由を奪ったのか、そのまま湖に頭から墜落した。派手な水しぶきが上がり、波紋が広がる。

「……え？　ええっ、マティアス様が落ちましたよ!?」

エステルは驚きのあまり声が引っ繰り返ってしまった。

『やっぱりあのおじじ様が来ないわけがないと思っていたわー』

『マティアス……。ニコラウス様に勝てるわけがないというのに、なぜ毎回止めようとするのだ……。エドガー、少し子を頼む。救出に行ってくる』

あっけらかんと言い放つマルグレットを尻目に、溜息をついたウルリーカが翼を広げた。一緒についていきたがる仔竜をエドガーが必死で抱え込んで抑える。

「ウルリーカ様も大変ですね……。前にそういう面倒なところも含めて愛おしいとは言っていましたけれども」

『そうよねー。いくら番でも愛がないとちょっぴり抜けてて色々とやらかす番の世話なんて、焼けないわよね』

「そ、そうですね」

まるで自分のことを言われている気がして、エステルは気まずそうに苦笑いを返した。

『まあ、番の香りがしても気が合わないと番えないいんだから、何年か前の夏至祭の時のマティアスは必至でウルリーカに気に入られようとして、面白かったわー』

「マティアス様もニコラウス様と同じように、夏至祭の時には戻っていらしていたんですね。その最中に番に出会えるなんて、なんだか素敵ですね」

運命的だとエステルが感動していると、マルグレットがうふふと意味ありげに笑った。

『あら、教えていなかったかしらー？　夏至祭は番を見つける出会いの場でもあるのよ。【庭】中から沢山の竜が集まってくるんだもの。番の香りがする相手に出会える確率は高いのよ。だから番がいない竜は積極的に参加するのよう』

「え、そうなんですか⁉」

そんな話をしながらウルリーカが墜落したマティアスを金色の蔓で救出しているのを眺めていると、その墜とした張本竜のニコラウスがこちらに飛んできた。

『エステル、まさかとは思うが、おまえさんヒエンを匿ってはおらんかの？　あやつめ、話がつかんからと、明るくなる前に【塔】から出ていきおったのじゃ』

「いいえ。そんなことをしたら、多分ヒエンさんはジークヴァルド様に【庭】の外に放り出されていると思います」

昨日、ヒエンの棲み処への侵入を許したのは、エステルの身を案じてくれたためだ。おそらく二度目はないだろう。問答無用で【庭】の外へ叩き出してしまう気がする。それこそヒエンにとっては願ったりかなったりといったところだろうが、命の保証はない。

『それもそうじゃな。全く、あやつはどこへ行きおったんじゃ。方向音痴じゃというのに』

『おじじ様、自分の竜騎士の居場所がわからないの－？　どのへんにいるのかくらいはわからないかしら』

不思議そうに首を傾げたマルグレットに、ニコラウスはぐるぐると悔しそうに喉を鳴らした。

『ああ。夏至の時期じゃからな。力が入り混じって、辿るのが難しいんじゃ。――ではな、鱗集めに行くのじゃろ。気をつけるんじゃぞ。危ないと思ったら儂の鱗を貰ったと言えばよいからの』

「お気遣いありがとうございます。ニコラウス様から頂いた鱗を無駄にはしません」

エステルがしっかりと頷くと、忠告をしてくれたニコラウスは大きく羽ばたいて湖の傍から離れていった。

(確かにニコラウス様の名前を出せば、お守りになるわよね)

力のある竜が鱗を出したと知れば、それだけで牽制になる。

『じゃ、行きましょー』

「はい、お願いします」

エステルに鱗を託してくれた竜たちの思いを無駄にしないために、エステルはマルグレットと共に竜が飛び交う空へと舞い上がった。

＊＊＊

夏至祭二日目。

エステルは頭上から見下ろしてくる数々の竜の頭に、息を潜めて立ち尽くしていた。昨日の雨が嘘のように晴天に恵まれた空には、数多の若い竜が飛んでいるはずだというのに、それさえも見えない。

「……ええと、皆さまのお話を集約しますと、ニコラウス様の竜騎士――ヒエンさんの問題行動をわたしにたしなめてほしい、ということですか？」

『そうだ。お前は長の番で竜騎士だろう。同じ竜騎士のあの者の暴挙をどうにかしろ』

怒りを押し殺した声で代表の山吹色の竜が言い放つ。

昨日は結局何の成果も得られず、今日こそは、と意気込んでジークヴァルドの棲み処から出発したものの、いくらもしないうちに数多くの竜に囲まれて足止めされてしまったのだ。

その竜たち曰く、

「ヒエンが真夜中に棲み処に迷い込んできた」
「番の香りを感じたので接触しようとしたら、近くでニコラウス様との諍いを始められて逃げられた」
「夏至祭に挑んでいる若い竜を妨害する役目をこなそうとしたら、ヒエンが突然飛び出してきて危うく殺すところだった」

等々、出るわ出るわ。ヒエンとニコラウスの契約問題から発生した逃亡劇の苦情が、竜たちから噴き出してきたのだ。

（ニコラウス様とヒエンさんは何をやっているんですか……）

憤る彼らの口から出てきたヒエンの命知らずの行動に、エステルが青ざめたのは言うまでもない。昨日も感謝をしたばかりだというのに、真逆の事実に驚きを隠せなかった。

聞けば、夏至祭が始まる前からあちらこちらで繰り広げられる彼らの攻防に悩まされていたらしい。ただ、ニコラウスの竜騎士なので怒るに怒れずにいたところ、ここへきてとうとう我慢の限界がきたそうだ。

（確かによくニコラウス様がヒエンさんを追いかけまわしていたけれども……。そこまで迷惑をかけていたのは知らなかったわ）

鱗集めに必死だったので、彼らの攻防戦が竜たちの迷惑になるほど激しくなっているとは思わなかった。ジークヴァルドは知らなかったのだろうか。

「わかりました。お話をしてみます」

ジークヴァルドにも聞いてみようと考えつつ、エステルが請け負うと、憤っていた竜たちは
「頼んだぞ」と念を押し、去っていった。

『おじじ様、やけにあの竜騎士に執着するわねー』

苦情を言いにきた竜たちの姿が見えなくなると、いつでも応戦できるように竜の姿で身構えていたマルグレットが緊張を解いて首を傾げた。

「いつもとは様子が違うんですか？」

『そうよー。おじじ様はどっちかっていうと来るもの拒まず、去る者追わず、の精神だもの。竜騎士が契約を破棄したいなら、すんなりと破棄するはずよ。まあ、竜騎士から破棄したいって言うのは稀だけれどもね』

それはそうだろう。どの国だって竜は欲しい。竜に見限られるか、竜騎士が亡くなるまでは

大抵は竜が去ることはないのだから。

「ともかく、ジークヴァルド様に報告に行った方がいいですよね。何かあってからだと困りますし」

マルグレットが「いいわよ」と同意してくれたので、ジークヴァルドの姿を探して向かうと、彼は【塔】の着地場で何やら竜たちに囲まれていた。

『あらー、あれ、さっきエステルちゃんに苦情を言いに来た方たちね』

「そ、そうなんですか……？」

マルグレットが空を旋回しながら恐ろしくて下を見られないエステルのために教えてくれるのに、声を震わせつつもどうにか返答していると、いくらも経たないうちに竜たちはエステルたちがいる所とは別の方角へと飛び去っていった。

それを確認してから下へ降りると、竜の姿のままクリストフェルと共に待っていたジークヴァルドが、エステルがここに来た理由を予想していたかのように口を開いた。

『お前の所にもニコラウス殿と竜騎士の件で苦情を訴えにいったか。俺の所にもニコラウス殿をどうにか大人しくさせてくれと、泣きついてきたが……』

「はい。ジークヴァルド様は知らなかったんですか？」

『いや。夏至祭が始まる前に一度、苦言を呈したのだがな。収まるどころか、悪化したようだ』

深く溜息をついたジークヴァルドは、ちらりとヒエンが滞在していた竜騎士候補用の部屋を見やり、すぐにこちらに視線を戻した。

『もしかすると、あの竜騎士……わざと騒動を起こしているのかもしれないな』

「どういうことですか？」

一歩間違えば命を失いかねない。まだニコラウスの竜騎士だから許されているのだ。そんなことをわざわざするのだろうか。

『大切な夏至祭で騒動を起こすような竜騎士ならば、契約を切ってもらえるかもしれない、と考えた可能性もある』

エステルは大きく目を見開いた。

「もしそれが本当なら、ご自分の命をかけても契約を切りたい、ってことですよね。どうしてそこまで……」

『さあな。それは本人に聞いてみないことにはわからないが……。ともかく、ニコラウス殿たちを探そう。これ以上は放ってはおけない』

ジークヴァルドが乗れ、と言うのでその背中にエステルがよじ登るとすぐさま飛び立った。その後をクリストフェルとマルグレットがついてくる。

（ああ、ジークヴァルド様の背中はほっとする……）

こんな状況だというのに、久しぶりに乗せてもらった背中の安定感に、思わずぴったりとくっついてしまうと、ジークヴァルドが喉の奥で笑った。

『随分と寛いでいるな』

「マルグレット様には申し訳ないんですけれども、やっぱり乗り心地が違います。落ちる心配もありませんから、周りを見る余裕がありますし」

『――夏至祭が終わったら、【庭】巡りに行くか。お前が喜びそうな景色なら尽きない』

ジークヴァルドの提案に、エステルは鱗に頬を寄せながら頷いた。

「楽しみにしていますね」

ゆっくりと過ごすのもいいが、それもいい。見たことのない景色をジークヴァルドと見られるというのは、心が躍った。

『こっそりついていったら駄目かしらー。エステルちゃんに振り回される長が見られそうで面白そうだわ』

『さすがにジーク様のお怒りに触れますよ。せっかくの蜜月ですから。面白そうなのはよくわかりますが』

背後からついてきているクリストフェルとマルグレットがそんなことを言い合っているのに、ジークヴァルドが嘆息する。それを宥めるようにエステルが首を撫でていると、前方で突然水柱が吹き上がった。その周囲を目がちかちかするような雷が覆っている。

『――あのご老体は……。エステル、急ぐぞ』

ジークヴァルドが苛立ったように呟き、速度を上げる。頬に当たる風が痛くなるほどの速さで辿り着いた場所は、すでに水柱は消えていたが代わりにぽっかりと穴が開いていた。そうしてその穴の中心で何やら言い争いをしている大小の人影がある。

「だから、わからぬ奴だな。私はまっとうなことを言っているだけだが」

「わからぬのはおまえさんの方じゃろう。儂がそれでもいてやるというのだから、ありがたがればいいんじゃ」

初めて会った時と同じように剣劇を繰り広げながら言い合いを続けている人の姿のニコラウスとヒエンのすぐ脇に、ジークヴァルドが降り立った。エステルが背中から降りると、すぐさま人の姿に変わる。

ジークヴァルドたちがやってきたことにもニコラウスとヒエンは驚くことなく、ほぼ同時に動きを止めた。そんな彼らを一瞥し、ジークヴァルドが低く声をかける。

「――ニコラウス殿、夏至祭の最中だというのに、いい加減にしてくれないか。一度たしなめたはずだが」

「文句なら、このわからずやに言ってくれんかの。竜の親愛を突っぱねる不敬な奴にの」

ふん、と鼻を鳴らしてヒエンの足を蹴っ飛ばそうとしたニコラウスの足を身軽に避けたヒエンが、ニコラウスの襟首を掴んで吊るした。

「そなたは子供か。わからずやはそなたの方であろう」

「ははは、そうか子供と言うのならその子供の言い分をきいてやるもんじゃろう」

驚くべき身体能力で吊るされたままヒエンの頭を蹴り飛ばそうとしたニコラウスに、手を離したヒエンが飛び退る。そこをすかさずニコラウスの雷を纏った水の槍のようなものが襲い掛かり、エステルが悲鳴を上げかけると、水の槍が瞬く間に凍り付いて地面に落ちた。

「――いい加減にしてくれ、と言ったのがわからないのか」

氷交じりの強風が諍いを続けていた主従を取り囲むように渦巻く。ジークヴァルドの怒りに、ニコラウスとヒエンはようやく手と足と口を止めた。

「……まったく、周囲に被害を及ぼすまで契約の話をこじらせるのは、めったにないぞ。何がそこまで問題になっている」

竜騎士契約は当事者同士の問題だと言っていたジークヴァルドも、さすがに口出しせずにはいられなくなったのだろう。冷風を止めたジークヴァルドが睨み据えて問い質すと、年甲斐もなく不貞腐れたようなニコラウスが口を開いた。

「ヒエンの奴から、竜を幽閉した国に竜を招く資格などないから契約を切りたい、と言われたんじゃや。こんな理不尽なことがあるか。儂はこやつと契約をしたんじゃや。国のどこの誰だかわからん奴らに配慮して契約を切るなんぞ、断固拒否する！」

びし、と音が鳴りそうなほどの勢いでヒエンの横腹を指さすニコラウスに、ヒエンがその指を弾いてジークヴァルドに向けて膝をついた。

「レイメイの言った通りでございます。理由はどうあれ、竜を幽閉した国に竜に留まってもらう資格はありません。このままでは竜の方々の怒りに触れ、滅びてしまいます。国にいる全てのの竜を解放することでしか償うことはできないでしょう。ですから、契約を破棄したいのです」

ちらりとレイメイを見やったヒエンは深く溜息をついた。

「そうだというのに、この主竜は同族を幽閉された怒りはないのかと困惑しているところです」

怒りのままに言い募るニコラウスに対し、淡々と説明をするヒエンを前に、ジークヴァルドは眉間の皺を深くした。

「その話を一体いつからしている？　まさか去年の秋にアレクシス殿の幽閉が発覚した直後からとは言わないだろうな」

「そうじゃな……。直後ではないな。その数日後辺りくらいからじゃ」

少し考える素振りをしたニコラウスが確認するようにヒエンを振り返ると、竜騎士は小さく頷いた。

エステルはさらに眉間に皺を寄せたジークヴァルドの隣で目を見張った。

（……直後、と変わらないと思います。ということは、半年ちょっとくらいずっと同じことを続けている、ってことよね？）

意地の張り合いがすさまじい。どちらかが折れるということがなかったというのがすごすぎる。

ジークヴァルドもまた呆れたのか、一度目を閉じてしまった。

「ショウにいたもう一組の主従は確か契約を切ったはずだな。話し合いではなく、竜が一方的に切ったそうだが」

「あれは駄目じゃ。竜騎士が幽閉の件を知っていて黙っていたんじゃからな。切って当然じゃろう。竜を飼いならせると思っておったのも同然じゃ。——ヒエンはこれっぽっちも知らんかったがの」

ショウの竜騎士は二組いるとのことだったが、アレクシスの幽閉の件で契約を切る切らないは当事者に任せるとジークヴァルドは言っていた。その一組はどうも悲惨な破棄となってしまったようだ。

（ヒエンさんが幽閉のことを知っていたら、そもそも竜騎士になんてならなさそう……）

これまでに認識しているヒエンの性格なら、むしろ暴こうと行動するのではないだろうか。だからこそ周囲の人々はいくら皇子といえどもヒエンには教えなかった可能性もある。

「さすがに知らなかったでは済まないであろう。家臣が契約を切られたというのに、皇子の私がそのままというわけにはいかぬ。そなたは私に肩身の狭い思いをさせるつもりか」

ヒエンが宥めるようにニコラウスに訴えると、ニコラウスは膝をついているため自分よりも低くなった竜騎士を睥睨（へいげい）した。

「ほう、肩身の狭い思いをするというのならすればいいんじゃ。それが罰だと思っておけばいいじゃろう。儂のことは再び馬鹿（ばか）な真似をさせないための監視者だと周囲には思わせておけ。儂は契約を切らん」

竜という上位種の傲慢(ごうまん)さがにじみ出る態度で言い放つニコラウスを、ヒエンが呆れ半分怒り半分といったように睨み上げる。

（竜側は個人との契約だと思っていても、人間側は所属している国込みの契約だと思っていれば、やっぱり話がつかないわよね）

認識が違うのだ。そこのところを擦り合わせなければやはり平行線のままだろう。

互いの言い分を聞いたジークヴァルドが、深く溜息をついた。しばらく何かを考えていたようだったが、やがてニコラウスを見据えた。

「――ニコラウス殿、そういえば先日俺の棲み処に来たそうだな。弔い場の木の様子は見ていかなかったのか」

唐突に全く関係のないことを口にしたジークヴァルドをエステルが怪訝(けげん)そうに見ていると、ヒエンと睨み合っていたニコラウスがこちらに顔を向けた。

エステルはそこに浮かんだ表情に息を呑んだ。

（ジークヴァルド様は、何かおかしなことを聞いた……？）

年を経た竜の威厳とでもいうのか、跪(ひざまず)きたくなるような神秘的な顔にたじろいでしまう。

「――ああ。代替わりも順調なのじゃろう。儂の役目はもう終わりじゃ。あそこに降りることは二度とできん。どうしても降りる時は……まあ、契約破棄後じゃな」

ジークヴァルドがすっと目を眇(すが)め、ほんの少し視線を落とした。

「いつ頃気づいた？」

「情けないことに、アレクシスの件の時じゃな」

「――そうか」

わずかな間の後、ジークヴァルドが全く感情を乗せずに相槌を打つ。

「ジークヴァルド様……？」

妙なやり取りにエステルが戸惑ったように名を呼ぶと、彼はエステルの頭を一つ撫でてからヒエンに向き合った。

「サイ・ヒエン。この我が儘で横暴なご老体にもう少し付き合ってやってくれないか。騒がしくて鬱陶しいとは思うがな」

「おまえさんが儂をどう思っておるのか、よ～くわかったわ！」

ジークヴァルドを睨み上げたニコラウスが憤慨しているぞ、と可愛らしく頬を膨らませて抗議する。

なぜジークヴァルドが突然ニコラウスの味方をし始めたのかわからず、エステルはなかなかついていけなかったが、ヒエンはさすが皇族とでもいうべきか全く戸惑う様子も見せずに首を横に振った。

「例え竜の長の頼みだとしても、これればかりは聞けません」

拒絶の言葉に、ニコラウスがくわっと目を見開いた。

「本っ当に一度決めたら譲らない奴じゃの！　竜の長で駄目なら、おまえさんは誰の説得なら――」

言い募りかけたニコラウスの言葉がぴたりと止まる。そうしたかと思うと、金色の竜眼がすっとエステルの方に向けられた。その双眸が獲物を見つけた、とでもいうように細められる。

「そうじゃ、エステル。おまえさんこのわからずやを説得してくれんか」

「え？　わたしがですか？」

飛び火してきた指名に、ぎょっとして自分を指で差してしまう。一度ヒエンにも仲裁を頼まれたことがあったが、まさかニコラウスにも頼まれるとは思わなかった。

「この堅物ジークヴァルドをここまで感情豊かに変えたんじゃ。それに、大人しすぎたフレデリクの竜騎士にも自信を持たせたと聞いておる。ついでにあのちょっと変わったウルリーカの竜騎士からも慕われておるではないか。ヒエンの考えを変えさせることくらい容易かろう？」

両手を組み合わせて首を傾げるという、自分の子供の姿が人間にはどんな効果をもたらすのか容姿を知りつくしているあざとい仕草で訴えられ、エステルは思わず身を引いた。この竜はどこまで色々と知っているのだろう。

「それは、ちょっと……これまでとは方向性が違うと思います」

「前払いをしたじゃろう。なんならもっとやってもいいぞ。なに、鱗なんぞすぐに生えてくる。それに儂が声をかければあっという間に残りの鱗が集まる。これ以上迷惑をかけんように大人しくもしてやろう。どうじゃ、悪い話じゃなかろうて。ああ、そうか。おまえさんはこっちの姿の方が好きか」

ぐいぐいと迫ってきたニコラウスが、ふっと竜の姿へと戻る。夜明け色の神秘的な竜の姿がすぐ目の前に現れ、エステルは思わず感嘆の溜息をつきそうになった。

『ほれ、触ってもよいぞ。なんなら乗せてやってもいい。絵も好きだそうじゃな。何時間でも好きなだけ儂の絵を描いてもかまわんぞ』

うっとりと見惚れていたエステルは、誘惑の言葉の数々に逆に冷静になって我に返った。

「色仕掛け……いえ、竜仕掛けには乗りません。そこまでしてもらうと、怖いです。申し訳ありませんが、辞退させていただきます」

後でもっとすごい無理難題を押し付けられたら困る。

(そうよ。うっかり見惚れたし、鱗は欲しいけれども！　ニコラウス様からの追加要求も怖いし、何よりジークヴァルド様が怒りそう)

ことあるごとに他の竜に見惚れるな、と言われ続けているのだ。ここで引き受けてしまっては、ジークヴァルドにほいほいと鱗に釣られて安請け合いをするなと呆れられてしまう。ちらりとジークヴァルドに目を向けると、褒めるように目を細めてくれたので、思わず笑みを浮かべてしまう。

誘惑に勝ったと少しばかり得意になっていたエステルに、ニコラウスは首を傾げた。

『ふむ、いいのか？　本当に断ってもいいんじゃな。竜と竜騎士の間を取り持つのは、人間であり竜の長の番でもあるそなたにしかできぬことじゃぞ』

「え？　わたしは長の番ですけれども、竜にも人にもなれないどっちつかずの立場ですよ」

『何を言う。どちらにも意見ができる貴重な立場じゃろう。竜と竜騎士の悩みのどちらにも寄り添える。ヒエンも勘違いしておったように、調停にはもってこいじゃ』

「悩みに寄り添える……」

　ニコラウスの言葉に、フレデリクとミルカのことが思い浮かんだ。そういえば、フレデリクにミルカの笑顔が見たい、と頼まれた時、竜の悩みを解決するのも竜の長の番の務めだ、とジークヴァルドに訴えた覚えがある。契約問題とは全く方向性が違う件だったが、竜の悩みという点は同じだ。それに気づくと、なんとなく心が落ち着かなくなった。

　エステルが揺れているのに気づいたジークヴァルドが、その肩を引き寄せてきた。

「ニコラウス殿、一度断っただろう。エステルを巻き込むな。――エステル、お前は鱗集めをしているだろう。ニコラウス殿の問題まで引き受けるな。なおさら忙しくなるぞ」

「でも……。ここでわたしが引き受ければ、ニコラウス様方は大人しくしてくれると思います。それって、ジークヴァルド様の負担を減らすことになりますよね？」

　自分には竜同士の諍いを力を使って止めることはできないが、竜と竜騎士の話し合いにならば立ち会える。それがジークヴァルドのためになるのならば、引き受けたい。

『おおそうじゃ。ジークヴァルドのためになるぞ。もちろん大人しくしてやろう』

「私の考えを変えさせる、というのは到底受け入れられないが、このままでは埒が明かない。調停をしてもらえるのなら、頼みたい」

いい加減にヒエンも決着をつけたかったのだろう。調子よく頷くニコラウスに同意したヒエンにも頼まれ、エステルはジークヴァルドをじっと見上げた。

「鱗集めもおろそかにはしません。ニコラウス様もそれはわかっていると思います。問題の解決までには至らないかもしれませんけれども、ここまで長引いているのなら、誰かが話を聞くぐらいのことはしないと糸口さえも見えてこないと思います。――鱗も前払いされてしまいましたし」

苦笑いをすると、ジークヴァルドは無言のまま眉間の皺を深めてしまった。どうしても頷かないジークヴァルドに、傍らで話の成り行きを見守っていたクリストフェルがこほんと咳ばらいをした。

「ジーク様、このままニコラウス様を放置なされますと被害が拡大します。いっそのことエステルに任せてみては？　時折、とても斬新なことを提案されますし」

「ああ、あの卵の件でリンダールに行く時、長に人間になりましょう、とか言った、あれねー」

その場にいたかったわー、とマルグレットが面白そうに笑う。エステルは身の置き場がなくて肩をすくませた。

あれは皆を困惑させたのだ。初め、嬉々として賛成したのはクリストフェルぐらいだろう。

(さすがにもうあんなに失礼なことは言いません！　……うん、多分、大丈夫よね？)

やはり考えが甘いだろうか、と思いつつ、ジークヴァルドを見つめ続けると、彼は一度目を伏せてから、はあ、と小さく嘆息した。

「まったく、エステルを使うなと言っているのだがな……。――夏至祭を終えるまでだ。それまでに話がつかなければ、その時の状況を鑑みて俺が決めた判断に従ってもらう。それでかまわないというのであれば、その間のエステルの介入を認める」

了承してくれたジークヴァルドに、エステルはぱっと笑みを浮かべて急いでニコラウスたちの方を見た。

「竜の長、感謝する」

『安心せい、ジークヴァルド。儂もこれ以上無茶なことは言わんからの。ただでさえ少ない最愛の番との時間を奪われるのは面白くないだろうがのう』

ははは、と機嫌よく尾を震わせて豪快に笑うニコラウスが付け加えた余計な言葉に、ジークヴァルドが器用に片眉を上げた。肩に置かれたままの手に力がこもったので、エステルは宥めるように感情が昂って鱗が浮き始めたジークヴァルドの首筋に指先でそっと触れた。

「落ち着いてください。さすがに決着がつくまで棲み処に帰らない、なんてことはしませんから」

「——当然だろう」

不機嫌そうに言い放ったジークヴァルドが睨み下ろしてきたかと思うと、エステルが触れた手を取って引き寄せる。そうしてそのまままるで周囲に見せつけるようにエステルの首筋に軽く噛みついてきた。

「っ何をして——んっ」

いるんですか、と赤面して抗議の声を上げようとしたエステルの口元を、ジークヴァルドの大きな手が覆った。もう片方の手が腰を引き寄せる。首筋から離れた唇が耳元に寄せられた。

「ニコラウス殿はどうも力に不調が出ているようだ。そのせいで長命の木の傍に降りられないらしい。少し、気をつけておいてくれ」

かすかな声が耳に届き、エステルは軽く目を見開いた。

(もしかして、さっきの長命の木の役目が終わりとかなんとかの、ちょっとおかしな質問のやり取りって、それを確認していたの？)

だが、どうしてはっきりと尋ねないのだろう。そしてなぜこんな聞き取れるぎりぎりの小声でエステルにそれを伝えるのだろう。周囲に聞かれたくないのだろうか。

釈然としないながらもこくりと頷くと、「頼んだ」とくすりと笑ったジークヴァルドが耳朶を柔らかく食んできた。

「だからどうして噛むんですか——っ」

油断したところにやらかされ、やはり絶叫したエステルに、周囲の生暖かい視線とニコラウスの爆笑が送られた。

＊＊＊

未だにジークヴァルドに食まれて熱い気がする耳に、吹き付けてくる風が心地がいい。乗せてもらっているマルグレットの背中に半ば顔を伏せていたエステルは、必死でつい先ほどの出来事を頭から追い出そうとしていた。

（ニコラウス様の力の不調をこっそり伝えるためだけに噛む必要はないわよね？　……ヒエンさんがいるから嫌だったのはわかる。わかるのよ！　でも……っと、ともかく、今はニコラウス様たちのことを考えないと）

あれからジークヴァルドはクリストフェルと共に夏至祭に戻っていった。エステルもまたマルグレットと鱗集めを再開している。ニコラウスたちには一旦考えをまとめたいからと、明日ヒエンが滞在している【塔】にエステルが出向くことにして別れたところだ。

（あれだけ言い争いをしていたのに、普通にお喋りしながら帰っていくんだから、不思議よね）

契約の話が絡まなければ、竜と竜騎士の関係としてはかなりうまくいっているのではないだろうか。そうだというのに状況的に契約破棄の話が出てきてしまうのは、何とも切なくなる。

（ヒエンさんが皇子殿下じゃなければ、このまま竜騎士を続けていそう）

セバスティアンがヒエンを面倒くさそうだからと避けたのもわかる気がする。皇族の責任を背負っていれば、ヒエンのような考えになってしまうのは仕方がない。それでいくとヒエンの考えを変えるのは難しいかもしれない。

エステルがあれこれ考えていると、ふいにマルグレットがこちらに首を向けてきた。

『エステルちゃん、ちょっと揺れるわよー』

「え？」

反応するよりも早く、マルグレットが急に速度と高度を落とした。突然の急降下に、内臓が下に引っ張られたような、奇妙な心地悪さに悲鳴が喉の奥に詰まる。

わけもわからず、恐怖で叫び出さないようにどうにかこらえていると、頭上をふっと何かが通り過ぎていく気配がした。巻き起こった風に服が煽（あお）られ血の気が引きそうになったが、マルグレットはエステルが落ちないようにうまく体勢を整えてくれた。

（マルグレット様は、もしかしたら自分の竜騎士じゃない人間でも乗せるのが上手なのかも……）

おそらく飛行がうまいのだ。エステルのお守りを頼まれたのはそれもあるのかもしれない。

『ごめんなさいねー。ずーっと後ろからついてきていた竜がいて、鬱陶しかったから。――あら、戻ってきたわ。うーん……下に降りた方がよさそうね』

マルグレットの判断に、エステルは頷くことしかできなかった。戻ってきたというのなら、自分たちに何か話があるのだろう。付け回していた理由は不明だが。

マルグレットがわずかにせり出した崖の先に降り立つと、いくらも経たないうちに上空に少し濃いが橙色の鱗の竜がぜいぜいと息を切らしながら現れた。随分と疲れているようで、滞空しているものの徐々に崖下へと高度を落としていってしまう。

『――っ、やっと追いついた。マルグレット様、速すぎる……。長の番、俺の話、聞いて……』

『あらー、それだったらもっと早く声をかけてくれればよかったのに。エステルちゃんを狙っているのかと思ったから、吹き飛ばすところだったわー。こっちに降りていいわよ』

橙色の竜は、マルグレットの誘いに最後の力を振り絞るようにして浮き上がると、空けてもらった場所に半ば落ちるように降りた。

「あの、大丈夫ですか？　お嫌でなければ、これ召し上がってください」

マルグレットの背中から降りたエステルが休憩用に持ってきていたクッキーを差し出すと、橙色の竜は首をもたげて躊躇いもせずに頬張った。

（えっ、食べてくれているわ。それに橙色の鱗……。まだ持っていないし、もしかして貰える?)

警戒も何もない姿に逆に驚き、ついでに鱗を貰えるのでは、と期待してしまっていると、一息ついた橙色の竜はゆっくりと身を起こした。

『ありがと。助かったよ。君に食べ物を貰ったなんて長に知られたら、俺殺されそうだけど』

初めて会う竜にしては気さくな態度にエステルが戸惑っていると、橙色の竜はふわりと人間の少年の姿に変わった。濃い橙色の髪に青玉石のような竜眼がやんちゃそうだ。

「君さ、フレデリク様が出向いているカルムでオレンジ色の竜と会わなかった? 俺、力が似ているから、そいつとよく一緒に遊んでいたんだ」

思わぬ言葉に、エステルは目を瞬いた。

カルムにはフレデリクの他に二匹の竜がいた。灰色の青年竜と、もう一匹はオレンジ色の少年竜だ。おそらくあの大人しそうなオレンジ色の竜のことだろう。

「あ、はい。お会いしました。カルムのお祭りに参加させていただいた時に、会場まで先導する役目をその方が任されていましたので」

「祭りの先導? えっ、あいつそんなことできるようになったんだ。……あんなに怖がりで泣き虫で、竜騎士にはついていってあげたいけれども、フレデリク様の威圧感が怖いってびくびくしていたのに」

驚きと嬉しさが混じった笑顔を向けられて、戸惑っていたエステルはようやく緊張がほぐれた。もっとあいつのこと聞かせて、とせがむので、オレンジ色の竜のためのフラワーカーペットの見事さや、しっかりと祭りの先導役を務めていたこと等、少ないながらも知っていることを話すと、橙色の竜は楽しそうに聞いてくれた。

「あいつ全然帰ってこないから心配していたけれども、ちゃんとやれているようでよかった。安心したよ。――話してくれてありがとう」

ほっとしたように笑みを浮かべた橙色の竜は、大人しい性質だという友のことを心底心配していたようだ。

「いいえ、もっと詳しく話せればよかったんですけれども」

「そんなことないよ。十分。――あのさ、お礼といったらあれだけれども、橙色の鱗はまだ必要？」

「――はいっ、必要です！」

半ば食いつくようにエステルが身を乗り出してしまうと、橙色の竜は思わずのけぞりそのまま大口を開けて笑った。

「あははっ、すごい勢い。うん、じゃあ、あげる。でも、もう一つだけ頼みを聞いてくれるかな」

頼み、と聞いてエステルは身構えてしまった。ニコラウスの顔がぱっと脳裏に浮かぶ。

「あっ、大丈夫。そんなに難しくないから。――橙色のミュゲの花を探してきてほしいんだ」

「白以外に、橙色のミュゲの花なんてあるんですか？」

橙色のミュゲの花など見たことも聞いたこともない。これは難題を突き付けられてしまった、と冷や汗をかいていると後ろにいたマルグレットが補足してくれた。

『人の国には咲かないものねー。【庭】では咲くのよ。色んな色のミュゲの花が。ちょうど夏至の時期に咲くから、色々言い伝えがあるの。七色のミュゲの花を集めて食べると早く番が見つかる、とか自分の鱗と同じ色の花を食べると早く成竜になれる、とか。成竜なら体力や力が安定するなんていうのもあるわ。——あ、もちろん人間は食べちゃ駄目よ。猛毒だから』

興味深々で聞いていたエステルは、マルグレットの忠告にぞっとして首を縦に振った。竜と同じような力が手に入れられるのでは、と迂闊に食べたら大変なことになる。

「俺、ちょっと前まで寝込んでいて、けっこう体力が落ちちゃってさ。さっきもなかなかマルグレット様に追いつけなかったし。だから橙色のミュゲの花を食べたいんだ」

眉を下げた橙色の竜にエステルは少し考え、慎重に口を開いた。

「見つけられなければ、やっぱり鱗を頂くことはできませんか？」

「すぐに見つかるよ。橙色のミュゲの花はそんなに珍しくないから」

『そうねー。珍しいのはやっぱり銀とか金の花ね。橙色ならちょっと探せばあるわよ』

どうやら竜の鱗の色の珍しさと比例しているようだ。マルグレットも大丈夫だと頷いてくれたので、エステルは引き受けることにした。

（ミュゲの花にも色んな色があるなんて、やっぱり【庭】は人間の国とは違うのね）

去年は夜になると光るという白銀の木の群生地を見た。長命の木もまたしかりだ。本当に【庭】は竜の力に満ちた不思議な土地なのだと実感する。

「見つけられたら鱗と交換しよう。俺、弔い場の湖の南側の辺りにいるから」

そう言い残した橙色の竜は、エステルが追加でクッキーを渡すと、嬉しそうに頬張りすぐに飛び去っていった。その姿は病み上がりだと言っていた通り、ゆっくりとしている。

「ミュゲの花は、竜の方々にとって色々と特別なものなんですね」

『そうよー。番の香りがする竜がいてもそっぽを向かれたら、相手の鱗の色の花を持っていけば頷いてもらえる、なんて話もあるのよ。番が気持ちを確かめるために互いに贈り合ったりもするわ』

うふふ、と華やいだ笑い声を上げるマルグレットに、エステルは頬を上気させた。

「うわあ、それいつかやってみたいです」

今年は無理だが、いつかジークヴァルドの鱗の色のミュゲの花を贈って驚かせてみたい。そのことを考えると楽しくなってくる。

「でも、橙色の鱗を貰える可能性がでてきたのはほっとしました。あとは……。藍色と青と赤の三枚ですよね……」

赤はまだアルベルティーナを待つつもりだ。最悪、アレクシスに頼み込むことになるかもしれないが、彼の番に恨まれる覚悟はしている。

藍色もまだ目途はたっていないが、問題は青だ。鱗を渡すのを拒否した蒼天色の竜はやはり強いのだろう。エステルが他の青い竜の元に行くと、命じられたわけではないにしろ、蒼天色の竜が渡さないと言ったからと申し訳なさそうに断る竜や、エステルの姿が見えると慌てて逃げ出していく竜までいるのだ。

「やっぱり力の強い竜の言うことは絶対なんでしょうか。フレデリク様もかなり怖がられているみたいですし」

『絶対、というより本能的に威圧感が怖くて体がすくんじゃうのよー。だから上位の竜の言葉には下位の竜は大体従うわ。でも、ちょっとの力の差くらいだったらそんなに怖くないから、逆らったりもするわね』

「それって、ある意味、諍いは少なそうですね」

すでに力の優劣がはっきりしているのだ。無駄な争いにはならないのだろう。手を出せば怪我を負うのがわかっているのだから。

(人間にはそれがわからないから、竜が親身になってくれるのをいいことに無茶な要求をして、たまに怒らせるけれども……。感じ取れなくても力が強いって目に見えてわかれば、交渉しようなんて気も——。ん?)

ふとあることが頭に引っかかる。同時に脳裏に浮かんだのはニコラウスとヒエンの攻防だ。

「力が強いのが目に見えてわかれば……。ヒエンさんでも……。鱗があれだから……」

『エステルちゃん？　長みたいに眉間に皺を寄せちゃって、どうしたのー？』

マルグレットが不思議そうに首を傾げる。ぶつぶつと考え事を続けていたエステルは、明るくて頼もしい薄紅色にオレンジがかった鱗の竜に向けて、にっこりと笑った。

ニコラウスたちの契約問題に、もしかしたらこれならば決着がつけられるかもしれない。

「マルグレット様、ニコラウス様のことで、一つ聞いてもいいですか？」

『何でも聞いていいわよー。多分、すっごく面白そうなことだもの』

エステルの言葉に、察しのいいマルグレットは竜の顔でもはっきりとわかる笑みをニタリと浮かべた。

＊＊＊

「――夏至が終わるまでに、ニコラウス様からヒエンさんが鱗を奪えたら契約を切る、というのはどうでしょうか？」

翌日。所々に雲が浮かび、その合間を縫うように若い竜たちが飛んでいる空を尻目に、【塔】に滞在しているニコラウスたちを訪ねたエステルは、昨日の面々及びウルリーカ親子やエドガーまでもが集まった庭園で、竜から人の姿になった彼らを前に昨日思いついたことを告げた。

「お前は、また無謀で突拍子もないことを……」

頭痛がする、とでも言いたげなジークヴァルドは昨夜、棲み処に帰ってくるのが遅かった。遅くなったら待たずに寝ていろと言われているのでエステルは先に寝てしまい、顔を合わせたのは今朝のことだ。相談する暇などなかった。

ジークヴァルドは呆れているが、楽しそうなマルグレット以外は困惑したように目を見開いている。そして当事者であるニコラウスはいかにも面白そうに笑っていた。

「話し合いはもう十分されたと思います。それで決着がつかないなら、きちんと勝敗が目に見えてわかれば、お互いに納得すると思ったんです。これなら結論が出なくてジークヴァルド様が決めたことに従わなくてもすみます。わだかまりは少ないんじゃないでしょうか」

議論はもう出尽くしただろう。お互いに譲らないのだから堂々巡りだ。いつまで経っても結論は出ない。だったら目に見える形で決着してしまった方が納得するのではないだろうか。

「マルグレット様からお聞きしました。ニコラウス様はこういった趣向はお好きですよね？」

「ああ。言いくるめるのもいいが、終わりが見えん話し合いなんぞより、よっぽど好きじゃな」

「それに、竜の方々は上位の力を持つ方の言葉には従うものなんですよね。それなら、もしヒエンさんがニコラウス様から鱗を奪うことができたら、力を示したことになりませんか？」

竜が操る自然の力に人間が敵うわけがない。そしてニコラウスは力の不調が出ている。力を使わないで勝敗を決めるのならば、こういう形がいいのではないかと思う。

「ふむ……まあ、竜騎士とはいえ人間だからのう。確かにそのくらいが妥当じゃな。だが、儂から鱗を引っぺがすのは難しいぞ」

にやにやと面白そうに笑うニコラウスは、話に乗ってくれそうだ。

「引っぺがせ、なんて言っていませんよ。契約を切る時には鱗をもう一度飲みますよね。それを紐に通してニコラウス様の首から下げたものを、ヒエンさんが奪うようにするんです」

竜騎士契約をするには、主竜となる竜の鱗に血を染み込ませたものを竜騎士が飲む。破棄する時には同じことをするのだ。その鱗を首から下げればいい。

「あと、わたしが見ている目の前で、という条件をつけます。そうしないとまたあっちこっちで鱗の奪い合いをして迷惑をかけてしまいますし。ただ、わたしも鱗集めがありますから、そう何回も時間は取れないんですけれども……。どうでしょうか？」

全て語り終えると、急に不安になってきた。おそるおそる特に思案顔のヒエンに尋ねると彼はしばらく黙考していたが、やがて自信に満ちた笑みを浮かべた。

「鱗争奪戦、といったところか……。そうだな。それでよい。それならばどちらも悔いることなく契約を切ることができるであろう。――レイメイ、覚悟せよ」

「ほほう、大きく出たものじゃな。おまえさんのその自信満々な態度、ぽっきり折ってやろうぞ。レイメイ様がいないと生きていけません、とでも言わせてやろう。エステル、儂もその提案、乗ったぞ」

傲慢な笑みを浮かべたニコラウスもまた了承してくれたが、エステルは額を突き合わせて互いに勝者宣言をする主従を見て、喜ぶよりも少しだけ不安を覚えた。

（あ、あれ……？　平和的な解決方法だと思っていたけれども、そうでもなかったような……）

焦るエステルの頭に、ぽん、と誰かの手が乗せられた。爽（さわ）やかで奥ゆかしいミュゲと冬の澄んだ香りがふわりと鼻をかすめ、はっとして振り返ったエステルは、そこに眉間に皺を寄せたジークヴァルドを見つけ、体を強張（こわば）らせて笑みを貼り付けた。

「お、怒っていますか？」

「……いや。俺の仕事が減ったのは助かったが、お前のやることが減らなかったからな。それには憤っている」

それは怒っているのと変わらないだろう。エステルががっくりと肩を落としてしまうと、ジークヴァルドは小さく嘆息して頭を撫でてきた。

「だが、もう撤回はできないな。あの変わったことに首を突っ込みたがる、新しいもの好きのニコラウス殿がかなりやる気だ」

ジークヴァルドが半眼になってニコラウスを見やると、傍に控えていたクリストフェルがくすくすと笑う。

「これがうまくいけば、今後は契約の話が拗(こじ)れたら鱗争奪戦で決着する、という手もありますね。深刻になりすぎずによろしいかと」

物は言いようだ。下手(へた)をすると遊戯で決めるなどふざけているのか、と憤慨されかねない。ニコラウスとヒエンだからこそ通じることだと思い、提案したのだ。定着させてしまうのはやめてほしい。誰がこんなことを始めたのだと責められても困る。

「わたしから提案しておいてあれですけれども、お願いですから、今回限りにしてくださいね？」

焦燥感を覚えたエステルが頭に乗せられていたジークヴァルドの手を下ろし、懇願した時だった。

「りゅもやりゅ！」

一際大きな声を上げたのは、ウルリーカが抱いていた仔竜だ。好奇心に目を輝かせ、今にもニコラウスとヒエンの間に入っていって騒ぎ出しそうだ。じたばたと暴れる仔竜を抑えるのにウルリーカが四苦八苦している。傍らのエドガーが慌てて加勢に入った。

「仔竜様、あれは真剣勝負……へぐっ」

「エドガーさん！　大丈夫ですか⁉」

仔竜を宥めようとしたエドガーが蹴り飛ばされているのを見たエステルは、慌ててここのところ持ち歩いている焼き菓子をポケットから取り出しつつ、そちらに駆け寄った。

「仔竜様、これ――」

どうぞ、と言いかけたエステルだったが、ふいに背後から冷風が吹いてきたことに気づいてそちらを見た。いつの間にか竜の姿に戻ったジークヴァルドが空を見据えている。

「何かありましたか？」

『ああ。来るぞ』

誰が来たのか聞き返す間もなく見上げた空にポツンと点が現れた。

『エステル、エステル！　これあげる！』

瞬く間に飛んできた水色の子竜が、地面に降り立つなりエステルの手に何かを押し付けてきた。

「えっ、こ、これ……お母様の鱗ですよね!?」

光も差さない深い湖の底のように深みのある藍色の鱗は、気品溢れる色で惚れぼれとしてしまいそうだ。驚きのあまり固まると、水色の子竜は得意げに胸を反らせた。

『抜けて落っこちてたから、拾ってきたんだ。いらないものだから大丈夫だよ』

「ま、待ってください。それ、許可を貰っていない、ってことですよね？」

全く大丈夫な気がしない。水色の子竜の言葉に、血の気が引いた。

「儂らよりも先に鱗争奪戦を始めておったのう」

はははは、とさも面白そうに笑うニコラウスをよそに、青ざめたエステルが怖々とジークヴァルドを見上げると、彼は深々と嘆息した。

『親に返せ。いくら落ちていたとしても、自分の鱗を許可なく使われるのは――』

ふっと言葉を切ったジークヴァルドが再び空を見上げる。今度はエステルにもわかった。水流のような渦を纏い、轟音を立てて藍色の母竜がこちら目掛けて飛んできたのだから。明らかに激高している。母竜の怒りに、水色の子竜が対抗するように低く唸り始めた。

地面に降り立った藍色の母竜はジークヴァルドやニコラウスといった強い竜がいることに一瞬怯んだが、それでも身に纏った水流の勢いは弱まることはなかった。

『鱗はあげられない、と言ったでしょう。なぜあげてしまったの！　人間に渡してしまったら、戻ってこないのよ』

『落ちてたのを拾って渡しただけだよ！　いらないものじゃんか』

再び勃発してしまった親子喧嘩に、エステルは息を呑んだ。

「人間に渡したら戻ってこないって……」

エステルの呟きを聞き取ったジークヴァルドが苦々しそうに喉を鳴らした。

『人間の手に渡った鱗が戻ってきたことは一度もない。【庭】の外では竜と契約はできなくとも、至宝とされるようだからな。自分の意思とは関係なしにもてはやされるのを嫌がる竜はいる』

ごくりと唾を飲み込み覚悟を決めたエステルは、水色の子竜を宥めるように撫でると、藍色の鱗を握りしめて一歩足を踏み出した。

『エステル、よせ。近づくな』

ジークヴァルドの制止の声と共に冷風が行く手を阻みそうになったが、それを振り切り冷風を抜けると藍色の母竜に向けて鱗を差し出した。

「お子様が持ち出してしまった鱗をお返しします。二度もお心を乱させてしまいまして申し訳ありません」

藍色の母竜はエステルの言葉に、窺うようにかすかに首を傾げた。

『――貴女はこれが必要なのではないの？　もう夏至祭は始まっているのよ。七色集められなければ責められるのは貴女よ。返してしまっていいのかしら』

「もちろん、喉から手が出るほど欲しいです。でも、持ち主の方の許可を得ていない鱗を儀式で使うのは違うと思うんです。禍根を残したくはありません」

期日が迫っているというのに、正論を振りかざしている場合か、と言われても、鱗を勝手に使われた、と思われるのは嫌だ。ジークヴァルドの傷痕になってしまう。

差し出した鱗をじっと見据えた藍色の母竜は、水流を消さないまま迷うように目を伏せた。

落ちた沈黙に、エステルの後ろからそろりと水色の子竜が首を出した。

『母上、お願い。エステルに鱗をあげて。俺がまた飛べるようになったのはエステルが一緒に頑張る、って言ってくれたからだよ。飛べない仲間、って言われて嬉しかった』

飛べない仲間、と言ったのは高所恐怖症のエステルもまた高い所に出る練習をしていたからだ。

水色の子竜の思わぬ言葉に、エステルがはっとしていると、藍色の母竜はしばらく口を閉ざしていたが、やがて視線を上げた。

『――今、何枚集まっているのかしら』

「二枚です。他にもう一枚、条件を達成できれば譲って頂けるお約束をしています」

そこへのんびりとニコラウスが口を挟んできた。

「儂の鱗も前払いとしてやったからのう。よく知りもせん人間にただでは渡さんて」

藍色の母竜は軽く目を見開き、そうしてようやく水流を跡形もなく消した。

『……そうね。長の番には私の子がまた飛べるようになったきっかけをもらったのを忘れていたわ。ニコラウス様が出したというのに、恩がある私が出さないわけにはいかないわね』

藍色の母竜の声から剣呑さが消える。

『――いいわ。そのままあげましょう』

「ほ、本当に頂けるんでしょうか!?」

信じられない思いで聞き返してしまうと、傍らで水色の子竜が歓声を上げた。

『ありがとう、母上！』

「……っありがとうございます！　ご協力、感謝します」

藍色の母竜は応えるように一声鳴くと、大きく翼を羽ばたかせた。そうして「エステル、よかったね」と喜んだ水色の子竜と共に飛び去っていく。

エステルは半ば呆然(ぼうぜん)としつつ強く鱗を握りしめた。ひやりとした冷たさに、手の中にあるという実感がようやく湧き、満面の笑みを浮かべた。

「――藍色の鱗、貰えました！」

背後で様子を見守っていたジークヴァルドたちに向けて、貰ったばかりの藍色の鱗を両手で掲げるようにして見せる。

しかしながらジークヴァルドが深々と溜息をついた。

『貰えたのはよかったが……。激高している竜に近づくのは、これきりにしてくれると嬉しいのだがな。――まあ、無理だろうが』

「な、なるべく近づかないように頑張ります。――でも、これであと三枚になりました」

遅々として鱗集めが進まなかったところへ、思わぬ贈り物を貰った気分だ。

(でも、わたしだけの説得に応じてくれたわけじゃないんだから、あんまり得意になって舞い上がらないようにしないと)

そう自分に言い聞かせながら小箱に藍色の鱗を収める。少しだけ重みが増したそれに再び笑みがこぼれた。

＊＊＊

木々の間隙(かんげき)から時折日の光が差し込む森の中に、爽やかで奥ゆかしいミュゲの甘い香りが漂っていた。

陽光は徐々に強くなっているが、葉の影が差した森の中はひやりと涼しい。木々の下には去年カルムで見たフラワーカーペットにも似た、色とりどりのミュゲの花が咲き誇っていた。

その森の端、所々に草花が生えた岩壁を少しずつ登りながら、エステルはぐっと唇を噛みしめた。

(確かに、すぐ見つかりましたね。橙色のミュゲの花……)

エステルが登っている岩壁の中腹あたりで、ごつごつとした岩の間から生えた橙色のミュゲの花が健気(けなげ)に風にそよいでいる。高さとしては人二人分ほどの位置だろうか。

「エステル、がんばってー!」

「エステてりゅ、がんばりゅ!」

人一人分ほど登った下から、人間姿の子竜たちと、金糸雀色に金粉をまぶしたかのような仔竜の励ましの声が聞こえてくる。

「ひどく危なっかしいが、大丈夫か?」

「なに、落ちてきたら受け止めてやればいいんじゃよ」

「エステルちゃんが自分で採りにいくって言ったんだから、尊重してあげないとねー」

ヒエンとニコラウス、そしてマルグレットの声も耳に届いたが、下など見られるはずがなかった。見たら落ちる。確実に。

鱗争奪戦を提案し藍色の鱗を貰えた後、夏至祭に戻るジークヴァルドやクリストフェルと別れ、ひとまずは昨日橙色の鱗の竜と約束したミュゲの花を探しにいこうとすると、いつも庭園に集まって遊んでいる子竜たちがそれを聞きつけてしまったのだ。

邪魔はしないから一緒に自分の鱗と同じ色のミュゲの花を探しにいきたい、と騒ぎ出す子竜たちを宥めようとしたところ、儂らもいくから一緒に連れていってやれ、とニコラウスとヒエンもくっついてきたのである。

金糸雀色の仔竜の母ウルリーカは、あまり多くても邪魔になるからと、エドガーと共に森の外の草原で待っているはずだ。

(竜の方々やヒエンさんには簡単に採れるかもしれないけれども……)

高所恐怖症の自分にとっては、見た目以上の絶壁に思える。あともう人一人分くらい登れば届くだろうが、亀のようにのろのろと登っているのでは夕方になってしまうかもしれない。

そんな危惧をしつつも、震える足と腕でどうにか花の傍まで辿り着いたエステルは、達成感のせいかまるで輝いているようにも見える橙色のミュゲの花をそっと摘んだ。

（採れた！　よ、よし、あとは下りるだけ……）

ポケットにミュゲの花を差し込み、エステルは強張った体から少しでも緊張を逃がそうと小さく息を吐いた。絶対に下を見ないように、足元の感覚に集中する。そろそろと爪先（つまさき）を伸ばしていった時、草でも生えている場所に足を置いてしまったのか、ずるりと滑った。

「――っ!?」

「あっ」

小さく声を上げたのは誰だったのか。

（落ちる――――っ）

そう認識した途端、ふっと眼前が真っ暗になりエステルはいとも簡単に意識を手放した。

「――は？　高所恐怖症？　竜騎士になるための必須条件は、高所でも恐れないということであろう」

『またまた、冗談じゃろう。高い所が苦手でなぜ竜の番になれるんじゃ。あれだけマルグレットに乗せてもらっておきながら……。いや、本当なのか？』

暗闇（くらやみ）の向こうからヒエンとニコラウスの驚く声が聞こえた気がして、エステルはふっと目を開けた。何をしていたのか思い出せず、ぼうっと葉の向こうに時折見える空を眺めていたが、その空を竜が横切ったのを見て、はっと我に返って飛び起きた。

「ミュゲの花！」

慌ててポケットに入れた橙色の花を取り出すと、運がいいことに潰（つぶ）れずにいてくれた。

「よかった……」

「ぜんっぜんよくないわー。エステルちゃん落ちて気を失っちゃったのよ。受け止めたけれども、どこか痛くはないかしら？」

眉を下げてぺたぺたと顔や体を触って確かめてくるマルグレットに、エステルは急いで頷いた。

どうやらミュゲの花を採った後、足を滑らせて落ちたところをマルグレットが受け止めてくれたらしい。高所には大分慣れたとはいえ、落ちるなり意識を飛ばすとは思わなかった。

「は、はい、大丈夫です。わたし意外と頑丈なので。助けてくださってありがとうございます」

改めて周囲を見回すと、エステルを中心に子竜たちが群がってきていた。その端には興味深げな笑みを浮かべるニコラウスと、ほっとした顔のヒエンもいる。

「心配をさせてしまってすみません。でも、無事に橙色のミュゲの花が手に入ったので、これで橙色の鱗と交換できます。もう大丈夫ですから、ご自分の鱗の色のミュゲの花探しをしてください」

集まっていた子竜たちに笑みを浮かべてそう声をかけると、彼らは「はーい」とそれぞれいい返事をしてくれた。

「りゅい！」

一匹だけ舌ったらずな返事をした金糸雀色の仔竜は、とととっと森の外に広がる草原にいる竜の姿のウルリーカとエドガーの方へと駆けていった。

「怪我がないようで何よりじゃ。——どれ、儂も探してくるかの。幼子たちよ、誰が一番早く花を見つけられるか、競争じゃ！」

ニコラウスが駆けだすと、数匹の子竜がきゃあきゃあと歓声を上げてついていく。それを見送ったヒエンが盛大な溜息をついた。

「またか。本当にあやつは遊んでばかりで、やる気があるのかと思うが……。やはりなかなか隙を見せないな。——竜の長の番、怪我がなくてよかった」

「すみません。ご心配をおかけしました。——やっぱりそう簡単には鱗を奪えませんよね」

エステルは苦笑いをして、子竜たちと競ってミュゲの花を探すニコラウスの首元に目をやった。ショウ風の派手な衣装や、いくつもの煌めく簪にも負けない存在感を放つニコラウスの鱗が首から下げた金鎖の先に下がっている。鱗争奪戦を承諾するや否や、ニコラウスはさっさと自分の鱗を引き抜き、簪や身に着けていた金鎖を駆使して、あっという間に鱗の首飾りを作ってしまったのだ。まるで魔術でも見ているかのような手際のよさに、エステルは感嘆の溜息しか出なかった。

「あの、本当に鱗争奪戦の時間をちゃんと設けなくてもよかったんでしょうか。わたしの鱗集めについていって、その合間に審判してもらえればいい、とのことでしたけれども……」

エステルはニコラウスの動きを注視するヒエンに尋ねた。

主従は驚くことにきちんと時間を設けなくてもいい、と揃って口にしたのだ。

「ああ、かまわぬ。こちらから頼んでいるからな。それはレイメイも了承したはずだ。改めて時間を設け相対したとしても、あやつが隙を見せるわけがない。それならばふとした瞬間に油断したところを狙った方が、奪える確率は高いであろう。私にはその方が有利だ」

ヒエンは爽やかな笑みを浮かべたが、言っていることは強かだ。三年も一緒にいれば、大抵のことはわかってくるのだろう。自分の有利になることは見逃さないようだ。

（そういえば、ヒエンさんはニコラウス様の力の不調に気づいているのかしら……）

こっそりとジークヴァルドにニコラウスの様子に気をつけるように言われていたが、竜騎士であるヒエンはそれに気づいているのだろうか。

ニコラウスの一挙手一投足に注意しているヒエンの様子をじっと窺っていると、ふいに子竜たちと戯れていたニコラウスが数本のミュゲの花を持ってこちらに戻ってきた。

「儂から鱗を奪う隙がないからといって、暇そうじゃのう。すこし屈め」

「暇ではない。算段をつけているのだ。——っなにをする」

にやにやと笑ったニコラウスが、素直に両手を膝について身を屈めたヒエンの髪に、持っていた数本のミュゲの花を適当に挿した。

「おお、似合っておるぞ。待て待て、取るな。――暇そうじゃからのう。幼子の相手をしてやれ。儂は少し休憩じゃ。皆、今度は儂の竜騎士が遊んでやるそうじゃぞ！」

ニコラウスが声を張り上げると、ニコラウスと遊んでいた数匹とは別に、思い思いに花を摘んだり、木々の合間を飛ぶ蝶などを追いかけていた子竜たちが一斉にこちらを向いた。

「よ、よせ。レイメイ。私は子供が苦手だと知っているであろう。どう相手をしていいのかわからぬ」

主竜にさえも切りかかり、竜の長にも動じない等、何も怖いものなどなさそうなヒエンは珍しく焦った表情を浮かべ、じりじりと距離を取るように後ずさりをした。

「ああ、よーく知っとる。おまえさんは初めの頃、儂を子供だと思って避けておったからのう。まあ、これも試練じゃ。そら行け、幼子たちよ。あの竜騎士にくっついている自分の鱗の色のミュゲの花を取った奴が勝ちじゃ。そうそう、竜の姿になったらいかんぞ」

子竜たちが歓声を上げて突進してくる。竜の姿ではいくら子竜とはいえ押し潰されるかもしれないが、人間姿なのでその心配はない。だが子供が苦手だと申告しているヒエンにとってはたまったものではないだろう。

顔を引きつらせ回れ右をして逃げ出すヒエンは、頭の花を取ればいいと考える余裕もないようだ。

「ヒエンさん、ミュゲの花を取って渡せばいいんですよ！」

「おじじ様、竜騎士をいじめたら駄目よー？」

エステルが助言を叫ぶ横で、マルグレットが肩をすくめると、老翁竜はむしゃむしゃとまるでブドウを食べるように紫色のミュゲの花を食べながら、意地悪く笑った。

「何を言う。これも鱗を取られまいとする儂の作戦じゃ。体力を消耗させれば、奪う気力もなくなるだろうて」

「あらー、目的のためなら手段も選ばない本当の鬼畜だったわ」

呆れたように笑うマルグレットに、エステルもまた頷いてしまっていると、頭上の木々が大きく揺れた。とっさに上を見たエステルは、葉陰に切り取られた空を華やかな朱金の竜と薄水色の竜が並んで飛んでいるのを目にし、軽く目を見開いた。

「アレクシス様たちだわ……」

「ミュゲの花を食べに来たんじゃろう。体力が安定するからの。おお、こちらに気付いたな」

ニコラウスの言葉通り、一度通り過ぎたアレクシスたちはこちらに気づいたのだろう。ウルリーカたちがいる草原の方へと旋回し、ゆっくりと降りてきた。

上位の竜のアレクシスの威圧感が恐ろしいのか、ウルリーカは静かに頭を下げると仔竜やエドガーと共に森と草原の境界からかなり離れた草原の端の方へと行ってしまった。その後を追うように、ヒエンを追いかけていた子竜たちも半ば逃げ出すようにそちらへと行ってしまう。

（これが普通の上位の竜への反応よね）

上位の竜だというのに子竜たちと遊べてしまうニコラウスが異常なのだ。そのニコラウスの竜騎士は、少しだけ息と服を乱しながら助かったとばかりにこちらに戻ってきて、エステルの隣に並んだ。一輪だけ残った薄紫のミュゲの花が妙に似合う。

「ニコラウス様、エステルも、ミュゲの花探しですか？」

人の姿になって森の中に入ってきたアレクシスは、真っ直ぐにこちらに歩み寄ると、にこやかにそう声をかけてきた。アレクシスの番が不満げな表情でアレクシスの腕を抱きしめるようにしてくっついている。

「ああ。エステルの鱗集めの条件で、橙色のミュゲの花が欲しいと言われたそうじゃからの。くっついてきたんじゃ」

「子竜様たちに、花探しを手伝っていただけました」

エステルが橙色のミュゲの花を見せると、順調そうだなと笑うアレクシスの隣でヒエンやエステルを睨み据えていたアレクシスの番が、可憐な唇を歪めて小馬鹿にしたように笑った。

「いくら長の番でも幼子よりも役に立たない人間なのだから、長から離れてさっさと人間の国に帰ればよろしいのに。迷惑なことですわね」

一切エステルの方を見もせずにあくまでニコラウスに話しかけている、といった様子でエステルを非難する番をアレクシスが困ったように窘める。

「――お前はまたそんなことを言って。突っかかるのはよすんだ」

エステルは笑みを貼り付けつつ、内心で嘆息した。

(すごい嫌われようだわ……。根拠があって嫌われているから仕方がないといえば仕方がないけれども、どうすれば態度を和らげてもらえるかしら……)

アレクシスは力のある竜だ。おそらく体力を取り戻せばジークヴァルドの手助けをするようになるだろう。そうなるとエステルがその番と顔を合わせる機会は増える。会う度にこういう態度をとられては、エステルは受け入れることができてもジークヴァルドがそのうち怒り出しそうだ。

頭を悩ませていると、ニコラウスがやれやれといったように大仰に溜息をつき、アレクシスの番の腕を引いたかと思うと、その額を指先で弾いた。

「――っ!? おじじ様、なっ、何をなさいますの!」

(い、痛そう……。あ、でも赤くなっていないわ)

すごくいい音がした割に、白い額は赤くはなっていない。ただ、アレクシスの番は驚きに目を見張っている。

「アレクシスを幽閉したのはショウの国の一部の人間じゃ。そちらは大いに恨め。どうしようとも止めはせん。だが、幽閉をしたのはエステルではない。そこを間違えんようにの」

若干、物騒な言葉が入った気がしたが、ニコラウスの窘める言葉にアレクシスの番は額を押さえたまま押し黙り、ふいとそっぽを向いてしまった。その肩をアレクシスが引き寄せて、頭に頬を擂り寄せる。

「さあ、わたしたちはもう行きましょー。橙色の鱗とミュゲの花を交換しに行かないとね」

マルグレットが場の空気を変えるように明るく急かす。

「そうじゃそうじゃ、早く行かんと待ちくたびれているじゃろうて。ではな。――エステル、ヒエン、ほれ行くぞ」

呵々と笑ったニコラウスがアレクシスたちにひらりと手を振り、なぜかヒエンの腕を軽く引っ張ると身軽にもその肩に飛び乗った。

「そなたは……いつもそこに乗るなと言っているであろう。自分の足で歩け」

「おまえさんは儂の背に乗るじゃろう。おあいこじゃといつも言っている。儂がおらんとおまえさん自分の宮でも迷子になる方向音痴じゃろうが」

しかめ面をしたヒエンが、引きずり下ろして片腕に座らせるようにして抱える。その際、流れるようにニコラウスの鱗を獲ろうとしたが、手を弾かれていた。

いつも、ということはこれが通常のことなのか。いくら見た目は子供とはいえ、竜を抱える竜騎士を見たショウの人々の反応が気になるところだ。

ニコラウスたちの日常を想像しつつ、マルグレットに促されるまま、森の外へ向けて歩き出したエステルだったがしばらくして後ろをそっと振り返ると、アレクシスが番の手を引いてミュゲの花を差し出していたところだった。その花色はここから見た限りでは白っぽい。

（あれは……番同士が気持ちを確かめるために贈るっていうミュゲの花よね）

相手の鱗の色のミュゲの花を贈るのだ。つんと顎を上げていたアレクシスの番は、差し出されたミュゲを見て、固い蕾が開くように笑った。その表情は可愛らしい。つい先ほどエステルに向けて役に立たない番と言ったことが嘘のようだ。本来はああいった竜なのかもしれない。

（鱗を全部集めて夏至祭が開催できれば、少しは認めてもらえるかしら。――よし、なおさら気合いを入れないと）

そして、人間だからできなくて仕方がない、ではなくジークヴァルドや他の竜に頼らなくても何か【庭】に対してできることがあればなおさらいい。

そっとジークヴァルドの鱗があしらわれた耳飾りに手をやる。ひやりとした感触に身が引き締まる思いがした。

エステルは橙色のミュゲの花を持った手に力を込めると、森が切れ草原になるその境界を顔を上げて踏み越えた。

――「うん、これだよ。ありがとう！　じゃあ、あげるね」

そう大喜びした橙色の竜の鱗とミュゲの花を無事に交換できた、その次の日の正午。

【塔】のジークヴァルドの部屋につながるバルコニーで、手の平の上に山盛りになるほど載せられた紅玉石のような色の鱗に、エステルは喜ぶよりも恐怖と緊張を覚えて、身動き一つできないでいた。その頭上を時折若い竜の影がふっと通り過ぎていく。

そんなエステルの様子を、室内からジークヴァルドの他、クリストフェルとマルグレットが同じように怪訝そうに眺めていた。

「あ、あのこの大量のアルベルティーナ様の鱗は……」

恐ろしさと重さによって小刻みに腕を震わせつつ、エステルの両手の上に大量の鱗を乗せた栗色の竜に尋ねると、心底疲れ切った溜息が返ってきた。

『いくらでも持っていって、とのことだ。時折抜けたものを集めていたそうだからな。安心していい。アルベルティーナ様の皮膚に支障はない』

要するに地肌が見えて禿げるほど抜いていないから安心しろ、ということだろう。

そろそろ昼になろうかと思う頃、アルベルティーナの鱗の使用許可を貰いに行ってくれていた栗色の竜がようやく帰ってきた。安堵したのも束の間、人の頭ほどもあるのではないかという大きさの袋から取り出されたのは大量のアルベルティーナの鱗だった。恐怖以外のなにものでもない。

（皮膚の心配がないのはいいんですけれども、そういうことを聞いているんじゃないんです！　どこにこんなに隠していたのかしら……）

ジークヴァルドも言っていたように人間の国で鱗は国宝級の代物だ。鱗を顔料にして絵を描いてみたいと常々言っているエステルでさえも、ここまでの量を目にすると慄いてしまう。

小刻みに腕を震わせるエステルを見かねたのか、室内の長椅子にゆったりと座っていたジークヴァルドが横に来たかと思うと、そっと腕を支えてくれた。そうしてジークヴァルドを前にして緊張気味に身を強張らせた栗色の竜を見据える。

「鱗使用の許可を貰いに行っただけにしては随分と遅いと思えば、これほどの量を持ち帰るとはな。何があった」

『は……、それが』

ジークヴァルドに問われ、ちらりとエステルに怯えるような目を向けた栗色の竜は、そのまま怒涛の勢いで喋り出した。

『アルベルティーナ様がリンダールに戻った翌日から私が到着した日までのエステルの毎日の様子を事細かに教えるまで帰さない、と脅され、セバスティアン様とその竜騎士が傍にずっと張り付いている恐怖にも耐えつつなんとか思い出し、ようやく話し終えたのが今朝のことです』

がくりと首を垂れた栗色の竜に、エステルは鱗を落としそうになりながらもぽかんと開けていた口をようやく動かした。

「あの……、アルベルティーナ様とわたしの弟が大変ご迷惑をおかけしました」

栗色の竜はよほど早く帰りたかったのだろう。リンダールから【庭】まで一日はかかるところを、半日で戻ってきたというのがそれを表している。

(国に何もなくてよかったけれども、アルベルティーナ様も無茶を言うわよね……。もし次があったらジークヴァルド様の許可を貰って、日記でも書いておいて渡してもらおうかしら)

まるで日報のようだが、おそらくその方法が一番被害が少なくて済みそうだ。

出発する時に渡したクッキーが美味しかったと言うので、後日作って渡す約束をしてから帰ってもらうと、エステルは大量のアルベルティーナの鱗を袋にしまい、室内のテーブルの上に置いた。そうしてもう一つ栗色の竜に渡された袋を手に取る。こちらは拳くらいの大きさだが何が入っているのだろう、と何気なく開けたエステルは、中身を見てすぐに袋の口を閉じた。

「何が入っていた」

エステルの挙動不審な行動に、長椅子に座り直しつつ怪訝そうに尋ねてきたジークヴァルドに、エステルはつい遠くに向けてしまった視線を戻した。

「セバスティアン様の鱗です。手紙には緑の鱗も必要だとは書かなかったんですけれども、気を利かせてくれたみたいで……。ユリウスがセバスティアン様にどれだけ沢山の好物を作ってあげたのかと思うと、ちょっと気が遠くなりました」

袋の中にはアルベルティーナの鱗の量には及ばないが、朝露に濡(ぬ)れたような若葉色の鱗がみっちりと詰まっていたのだ。呑気(のんき)で大ぐらいのセバスティアンが、ユリウスの作る食事に釣られて気前よく鱗を抜く姿が簡単に脳裏に浮かぶ。

(どうか、セバスティアン様の体が、鱗を抜きすぎて斑(まだら)になっていませんように……！)

あの弟ならそこまでやりかねないというのが想像できてしまって、怖い。

「くれるというのなら、もらっておけばいい。どうせすぐに生えてくる」

「そういう問題じゃないと思います……。——でも、これであと一枚になりました」

嬉(うれ)しさと安堵で、自然と笑みが浮かんでくる。ほくほくとしつつアルベルティーナの鱗を一枚だけ手に取り、鱗を集めている小箱へと収める。六色の鱗が入った小箱の重みは、それだけの想(おも)いが詰まっていると思うと、感謝で胸がいっぱいになった。

「夏至祭の方はどうですか？」

「大分飛んでいる者が減ってきた。ここまでくればあと一息だ。落ちるか落ちないかのぎりぎりを成竜たちに邪魔されるのを避けるのは、気力の問題だな」

ジークヴァルドの言葉を聞きながらエステルは窓の外へと視線を向けた。若い竜が飛んでいる姿は確かに減った。そしてふらついている竜を見かけることも増えてきている。

「人間が休むことなく七日間走り続けることなんてできるわけがありませんから、やっぱり竜の方々の体力はすごいですね……」

人間が寝食も取らずにそんなことをしたら確実に死ぬだろう。やはり竜は自然の力をその身に宿す人間とは違う種族なのだと思い知る。

「竜だとて水は必要だ。雨が降れば多少は楽だが、最後まで飛び続けるのはかなりきつい。その分、飛びきった時の達成感と喜びは何ものにも代えがたかったな」

きつい思いをして飛び続けた後の爽快感(そうかいかん)と達成感は確かにそうだろう。それを思い出しているのか、懐かしそうに笑みを浮かべるジークヴァルドの気持ちを想像して清々(すがすが)しい気持ちになっていると、マルグレットが薄ら笑いをして肩をすくめた。

「そう思える長(おさ)はすごいわー。わたしは達成感よりもう飛び続けなくていい、っていう脱力感がすごかったわ。終わった後、二、三日ずーっと眠っていたもの」

「私は終える前後の記憶がありません。ジーク様は次の日からすぐに先代の長の側仕(そばつか)えをなさっていましたが……。さすが次代の長だと言われていましたね」

珍しくクリストフェルが青ざめながらその時のことを語るのに、エステルは恐る恐るジークヴァルドを見た。

「ジークヴァルド様の体力はどれだけあるんですか……」

「体力というよりも持っている力の大きさの差だろう。力が大きければ大きいほど体力の消耗は少なくて済む」

それで力を制御するのもうまいというのだから、他の竜とはどれだけ差がついているのかと思うと空恐ろしい。

（ジークヴァルド様と一緒に夏至祭に挑んだ方々がちょっと可哀そうになるわ……）

圧倒的な力の差を見せつけられて、それだけで飛ぶ気力が萎えそうだ。

「でも、そんなに過酷な儀式なのに、鱗が集められずに途中で中止して、また来年参加してくださいって、なんて言えませんね。あと一枚、絶対に頂いてきますから！」

小箱を抱きかかえ言い募ると、ジークヴァルドはかすかに唇の端を持ち上げて笑ってくれた。

「あまりにも意気込みすぎて、怒りをかうことにはならないようにしてくれ」

「ど、努力はします。――ええと、あと、このアルベルティーナ様の鱗は、使わない分はどうしたらいいでしょうか。宝石箱には全部入りませんし、その辺りの棚にしまっておくのはさすがに怖いです。夏には竜騎士選定で竜騎士候補の方々が沢山来ますし……」

万が一のことがあって盗まれでもしたら、アルベルティーナは激怒するだろう。盗人を殺しかねない。軽々と鱗袋を持ち上げて眺めていたジークヴァルドが、思案しつつ口を開いた。

「……以前、竜の番になった娘が大切なものを収めた部屋が俺の棲み処の地下にあったな。そこへ入れておけばいい」

「それって宝物庫ってことですか？」

エステルが目を輝かせると、ジークヴァルドはくすりと笑った。

「さあな。俺は入ったことはないが……。お前にとって興味深いものがあるかもしれない。鍵は俺の寝床の隅の石床の下にあるはずだ。——マルグレット、一緒に中に入ってやってくれ」

これまで人間に興味のなかったジークヴァルドのことだ。開けてみようとは思わなかったのだろう。ジークヴァルドさえも知らない部屋の中には何があるのだろうと想像すると、楽しくなってくる。それと同時にふとあることに気づいた。

(竜の番になった方の使っていた部屋なら、もしかして竜と人との子の消息がわかる何かが残っているかも)

ジークヴァルドにそれとなく聞こうと思っていたが、あれからその暇がなかった。思い出してしまうと、やはり気になってくる。エステルは少し考え、じっとジークヴァルドを見据えた。

「もし竜の番になった方の遺品があれば、色々とわかるかもしれませんよね。お子様のこととか……」

我ながら直球すぎると思いつつ、ジークヴァルドの様子を窺うと、アルベルティーナの鱗が入った袋を机に戻したジークヴァルドは何の気もなさそうに嘆息した。

「——……どうだろうな。その番の娘が字を書けたかどうかもわからないからな」

やはりジークヴァルドは竜と人との子の消息は教えてくれないようだ。マルグレットが禁忌と言っていたのは間違いないのかもしれない。残念な気持ちと、聞きたくないという恐れが胸を占め、エステルは誤魔化すように苦笑いをした。

「ニコラウス様なら知っているかもしれませんよね。あとで聞いてみます」

　弔い場の前の管理者だったというニコラウスなら知っている可能性はある。一応、聞いてから開けてみようと考えていると、ジークヴァルドが片眉を上げた。

「それはそうと……。そのニコラウス殿はどうだ」

「え？　体調ですか？　特に悪そうには見えません。昨日もヒエンさんとちょこちょこ鱗争奪戦をしていました」

　突然始まって、突然終わる、という小さな攻防戦を繰り返していた。余裕の笑みさえ浮かべてヒエンの手を躱すニコラウスは、力も体調も不調を来しているようには見えなかった。

「引き続き、様子を――」

『ジークヴァルド！　東の森の長老がぶち切れた！　西の泉の奴らが喧嘩をふっかけたらしいけどよ、力が暴走して手が付けられねぇ』

　ふいに外からマティアスの焦った声が響いてきた。眉間の皺をきつく寄せたジークヴァルドが、すっと立ち上がってバルコニーへ出る。見れば東の森の方から煙が上がっていた。時折火花のようなものも見える。すぐさまクリストフェルがジークヴァルドの後に続いた。

「明後日は夏至ですからね。力の制御が苦手な者が長老に喧嘩を売ったのでしょう」

「ああ。あちらへ若い者を行かせるな。夏至祭中盤も過ぎてかなり体力が落ちている。巻き込まれて落ちたらしばらく飛べなくなるぞ。マティアス、力が弱い者は逃げさせたか？」

指示を出しながらバルコニーの端へと出ていったジークヴァルドが、窓辺に立ち尽くしたまま見送ろうとしていたエステルを振り返る。そうしてこちらに向けて目元を和ませると、軽く両手を広げた。

(……ん？　これは抱きついてこい、ってこと？)

そんなことをしている場合なのか、と躊躇(ためら)っていると、ジークヴァルドが急(せ)かすようにさらに腕を広げた。

「——こないのか？」

疲れているのかそれとも触れ合いに飢えているのか、ねだるような言葉に根負けしたエステルはバルコニーに出る恐ろしさを振り払うように大きく息を吸ってからジークヴァルドに駆け寄った。そのままぶつかるような勢いで抱きつくと、びくともせずにしっかりと抱き止めてくれた。

「鱗集めにいくのならマルグレットやニコラウス殿から絶対に離れるな。夏至が近いからな。今の話のようになおさら気が立っている者が多い。これまで以上に気をつけろ」

「はい、わかりました。ジークヴァルド様も気をつけてくださいね」

「ああ、わかっている」

ジークヴァルドはエステルを抱える腕に力を込めて頭に頰(ほお)を擦り寄せると、すぐに離れてクリストフェルやマティアスと共に東の森の方へと飛んでいってしまった。

この世界の全ての竜を統べる最強の竜の長なのだ。めったなことでは危機に陥らないだろうが、それでも心配にはなる。エステルの心配をよそに、マルグレットがひょいと肩をすくめた。

「忙しないわねー。さて、わたしたちも長の棲み処にアルベルティーナたちの鱗を置きにいく？」

「はい、行きます。ニコラウス様たちにもそうお伝えしないと。今の時間ならまだ食堂にいますよね。……エドガーさんが変なやる気を発揮しておかしな物を作っていないといいんですけれども」

昼食を作っているところへ栗色の竜が戻ってきたのだ。あとはエドガーとヒエンに任せてしまったが、順調にいっていればおそらく出来上がって食事を終えた頃だろう。

階下に下り【塔】の隣の竜騎士候補用の建物の中にある食堂に顔を出すと、予想通り彼らはそこにいた。

「おお、エステル。アルベルティーナは許可を出してくれたかの？」

「はい。それに、追加でこんなに沢山鱗を貰っちゃいました」

人間のように食後の茶を飲んでいたニコラウスが問いかけてきたので、苦笑いをしながら鱗が詰められた袋を見せると、陽気な老翁竜は腹を抱えて笑い出した。

「はははっ、気前のいいことじゃ。おまえさんは随分とあの気の強い竜に愛されとるのう」

「可愛がられすぎて、時々怖くなります。あと、セバスティアン様からもいただいてしまって」

もう一袋を見せると、ニコラウスのカップに茶を注ごうとしていたヒエンがなぜかむせた。

「……っげほんっ。すまない。あまりにも驚きすぎた。それが全て竜の鱗だとすれば、国が一つ買えそうだと思ったのでな」

「それはいいのう。もう一つ【庭】を作ってしまえばいいんじゃ」

冗談なのか本気なのかわからないニコラウスの言葉に、エステルは手にした鱗を慌てて抱え直した。それだけ価値のあるものを貰ってしまったと思うと、余計に怖い。

「エステル殿、それ絶対に俺たち以外の人間に見せたら駄目っすよ。目の色を変えてあの手この手で奪おうとしてくるのは間違いないっす」

エステルの指導でお茶だけはどうにかまともに淹れられるようになったエドガーが動揺しているのか、ティーポットからウルリーカのカップに注いでいたお茶をどぼどぼと溢れさせながら忠告してきた。その声は若干震えている。

「わかっています。ジークヴァルド様の棲み処の地下に保管できる部屋があるそうなので、そこに入れておこうと思っていて……」

鱗袋をマルグレットに預け、エドガーのこぼした茶をウルリーカと共に慌てて拭き取ったエステルは、床にこぼれてしまった茶で遊ぼうとする仔竜を抱きかかえて引き離しながらそう口にすると、ニコラウスがああ、と思い出したように手を打った。

「あそこか。あの大昔に竜の番になった娘が避難場所にしていた部屋じゃな」

「え、どういうことですか？　ジークヴァルド様は大切な物をしまっておいた部屋だ、って言っていましたけれども……」

　避難場所とは穏やかではない。ぎょっとして聞き返すと、ニコラウスは頬杖をついてにやりと笑った。

「おまえさんより過酷な状況だった、ということじゃ。あの頃は【塔】もまだ建てられてはおらず、竜騎士になろうという人間も少なかったそうだからの。番の竜が目を離した隙に、他の竜に襲われそうになることもあったようじゃ。そのための地中深くの避難場所じゃ」

　エステルはごくりと喉を鳴らした。軽率に宝物庫などと言ってしまったが、そんな夢のある部屋ではなかった。身を強張らせたエステルの肩を、ふいに後ろからマルグレットが抱きかかえた。「きゅ？」とエステルが抱きしめていた仔竜が不思議そうに首を傾げる。

「おじじ様、エステルちゃんが怖がっているわよー」

「怖がるようなことを言ったから、当然じゃろう。ジークヴァルドの言っていたことも間違ってはおらん。失ったら困る物や、失いたくない物は全部その部屋に入れておったようだからの」

　事実を静かに語るニコラウスに、エステルは腕に抱いた仔竜を抱え直した。

「――わたしは能天気な幸せ者なんですね」

　一部の竜から疎まれているとはいえ、番になってから命の危機を感じたことはない。しかも同じ竜騎士のエドガーもいて相談相手には困らない。さらに【庭】の外との連絡をとることも可能だ。これで不平不満をこぼしたら、昔番になった娘に恨まれそうだ。

「まあ、その番の娘もおまえさんのように図太く逞しかったようじゃからの。他の竜に殺されることなく、病で倒れるまで番の竜に愛されて幸せに生き抜いたようじゃ」

やけに生涯やその心情に詳しいニコラウスに、エステルはどことなく違和感を覚えた。

「ニコラウス様はまるで見てきたようによく知っていますね」

「見ているわけがなかろう。儂が生まれる前のことじゃぞ。読んだんじゃよ。番の娘の手記を。避難部屋のどこかにあったはずじゃ。波瀾万丈で面白かったぞ」

「手記があるんですか⁉」

ジークヴァルドは字が書けたのかどうかわからないと言っていた。だが、あるというのなら是非とも読みたい。そして今後の参考にしたい。

エステルの叫びに、テーブルの上を片付けていたエドガーがうっとりと頬を染めた。

「うわあ、いいっすねえ。竜騎士の祖の手記っすか。俺も読みたいっす。時代的に古語っすよね。エステル殿が読めそうにもなかったら俺が訳したいっす。あの頃の竜の文献はかなり少ないんすよ。どんな発見があるのかと思うと眠れなくなりそうっすねえ……」

「竜騎士の祖……。あ、そうですよね。番になった方から竜騎士の仕組みができたんですよね。わたしも古語は単語しか知りませんし、エドガーさんに訳してもらっても大丈夫か、ジークヴァルド様に聞いておきますね。あ、でもちゃんと古語を勉強して自分で原文も読みたいかも……」

「……竜愛好家の情熱ってすごいわー」

大興奮している二人にマルグレットは若干引いたのか、エステルから身を放して仔竜を引き取ると、ウルリーカに渡してしまった。

気づけば、ヒエンも少しだけ驚いたようにこちらを見ている。急に恥ずかしくなってしまったエステルは、落ち着かせるように大きく息を吸ってからニコラウスに向き直った。手記があるというのなら、聞いておきたいことがある。

「ニコラウス様、一つお聞きしたいんですけれども……。その手記の中にお子様のことは書かれていましたか？」

「んん？　竜と人の娘との子のことか？　それは……」

エステルの問いかけに、ニコラウスはふと言葉を止め、両手で頬杖をつき探るようににやりと笑った。

「それを聞くということは、おまえさんは竜との子を成すつもりはあるということじゃな」

「こ、この先そういうこともあるかもしれませんけれども、単純に消息が知りたいだけです。――ジークヴァルド様は知らないそうですけれども、どうしても気になってしまって……」

頬を染めつつ訴えると、ニコラウスはどういうわけか困っているようにも見える、不思議な笑みを浮かべた。

「そうか。あやつは知らぬか。――……そうじゃな。成長記録は書いてあったのう」

のんびりと簡潔に言うニコラウスは、嘘をついているようには見えない。

（成長記録……。ということは消息までは書かれていないかもしれないわよね）

番の娘がどのくらい生きていたのかわからないが、子の消息までは不明の可能性がある。

エステルが考え込んでしまっていると、ニコラウスの給仕を終えて席についたヒエンが声をかけてきた。

「竜の長の番、とりあえず食事をしたほうがよい。午後も鱗集めに出かけるのであろう。身がもたなくなるぞ」

「――あ、はい。いただきます」

エステルはマルグレットの分のお茶を淹れてから、パンとベーコンを焼いたものを載せた皿が二人分用意されている席にマルグレットと並んでついた。向かいの席のヒエンから、綺麗に剥いて切り分けられた林檎の小皿も差し出され、エステルは笑みを浮かべた。

「ヒエンさんはやっぱり器用ですよね」

自分で調理すると言ったヒエンは初めから切る、焼く、煮るといった基本の調理はできていた。熊を捌く、という豪快なこともするが出来栄えはともかく、菓子まで作れるのだから林檎を剥くぐらい雑作ないのだろう。

「軍にいると、野営演習があるのでな。若い女人には顔をしかめられそうな適当料理しか作れぬが」

何でもないことのように笑うヒエンに、エステルは興味を惹かれて目を瞬いた。

「皇族の方でも、野営演習で料理をするんですね」

「皇族といえども、私の母の身分が低かったのでな。臣下と大して変わらぬ。兵に交じって作るのはなかなか面白かったぞ。竜騎士に着任してからはレイメイのためにしか作ってはおらぬが」

さらりと言われすぎて流すところだったが、それは皇族でもかなり下の身分だったのではないだろうか。エステルが少しだけ気まずい思いをしているのに気づいたのか、ヒエンはそれを払拭しようとするかのように爽やかに笑った。

「後ろ盾のない第十皇子など下に見られて当然だ。そこは今のそなたと境遇が似ていたかもしれぬ。昨日も国に帰れと、邪見にされていたのを目にしたばかりだ」

「……竜の方々から信頼を得るのはなかなか難しいですね」

つい溜息をつきそうになって、エステルは誤魔化すようにお茶を口に運び笑みを浮かべた。

「でも夏至祭を成功させれば、竜の方々も少しはわたしを受け入れてくれると思うんです」

「意欲を失わないのはけっこうなことだが……。おまえなどいらぬ、と言われるのは堪えるであろう。国に帰りたいとは思わぬのか？」

まともな感覚の者なら当然抱くだろう質問をされ、エステルは両手を腹の前で組んで真っ直ぐにヒエンを見据えた。

「――その言葉は何度も言われましたし、聞きました。もちろん、竜の番として【庭】で生きることに迷いがなかったわけじゃありません。今だってうまくいかなくて落ち込むことはあります。でも、もう帰りたいなんて全く思いません」

ジークヴァルドに帰れ、と言われない限り、離れたくはない。だが、そう言われたとしても納得のいく理由がなければ帰るつもりなどこれっぽっちもないが。

「わたしの居場所はジークヴァルド様の隣です。ジークヴァルド様が穏やかに過ごせるのを見ることがわたしの幸せなんです」

そのためだったら、少しくらいの竜の冷たい視線や態度などは気にしない。

エステルが毅然と言い返すと、ヒエンはしばらくエステルを見据えていたが、やがて憂うようにわずかに眉を顰めた。

「そなたが幸せでも、そなたが消息を気にしていたように子供が肩身の狭い思いをする可能性はあるがな。そうだとしても、帰りたくはないのか？」

エステルは言葉に詰まってしまった。

（それが不安だから消息を知りたいんです！　でも、どうしてこんなにわたしに帰りたくないのか、って聞くのかしら）

正直な話、ヒエンにとってはエステルのこれからのことなど全く関係はないのだ。

「帰りたいとは思わないと言っていても、気が弱ることもあろう。竜は一途だと聞いている。もしもそなたが帰りたくなったとしても、おそらく手放してはもらえまい。その時、恨み言を聞かされるのはそなたと竜の長との子供だぞ。そうなったとすれば憐れだ」

優しさから出たにしては、随分と穿った見方の言葉を口にしたヒエンに、エステルは怒るよりもまじまじとヒエンを見返してしまった。

(普通、想像でそこまでの言葉が出てくるかしら……。まさか、ヒエンさん自身のことを言っているわけじゃないわよね？)

母親の身分が低く臣下とそう変わらないと言っていた。後ろ盾がない末皇子は頼る先もなく心細さと肩身の狭さを感じて育ったのではないだろうか。もしかするとその母親も。

「それは――」

「めっ、めーよっ！　エステりゅ、これってしたら、めーっ！」

唐突に可愛らしい声が響き渡ったかと思うと、瞬く間に食堂の窓が金色の細い枝に覆われた。雷を帯びているのか、ぱりぱりと小さな破裂音が耳に届く。思わずそちらを見たエステルは、ウルリーカに抱きかかえられたまま、怒り心頭といったように尾と頭を振っている仔竜から金色の枝が伸びているのを見て、驚愕した。どうやらエステルが怒られていると思ったらしい。

「仔竜様!?」

エステルが驚いているうちに、金の枝は警戒して椅子から立ち上がったヒエンの足元に延びていった。襲いかかってくる金の枝から飛びのいたヒエンはさらに足をすくわれそうになったが、その間に割り込んできたニコラウスが金の枝を雑作もなく踏み潰す。小さな破裂音が響き、我に返ったように仔竜が目をぱちくりとさせるのと同時に、全ての金の枝が瞬く間に消えた。

「これこれ、こんな所で力を使ったらいかん。おまえさんの大好きなエステルも怪我をするぞ。ヒエンは儂が叱っておくからの」

にこやかに仔竜をたしなめたニコラウスは、ヒエンの足元を払った。慣れたようにヒエンが飛び上がってニコラウスの足を避ける。ニコラウスの動きに合わせてふわりと浮き上がった鱗の首飾りに、ヒエンの手が伸びたが、寸でのところですり抜けた。ヒエンが小さく舌打ちをする。それに対してニコラウスはにやりと不敵に笑った。

「油断も隙もないのう。――おまえさんの言う通り、竜は一途なんじゃ。それは竜騎士に対しても同じじゃぞ。大人しく儂の恩恵を受けておけばいいじゃろうに」

「大きすぎる恩恵は返済に困るであろう」

残念そうに肩をすくめたヒエンが、突然始まり終わった鱗争奪戦に口を挟めないまま立ち尽くしていたエステルに向き直った。

「食事をしろと言っておきながら、中断させてしまってすまない。余計なことを言った。先に後片付けをしに行くが、気にせずゆっくりと食べていてくれ」

先程のことなどまるでなかったように親しみを込めた笑みを浮かべたヒエンは、食べ終えた食器を持って食堂から出ていってしまった。手伝うっす、とエドガーがその後を慌てて追いかけていく。エステルはヒエンの後ろ姿を見送りつつ少しだけ釈然としないものを感じたが、気を取り直してウルリーカを振り返った。

「ウルリーカ様、大丈夫ですか？」

不満げな仔竜を宥めていたウルリーカに声をかけると、疲れたように笑った。

「ああ。まったくこの子は……。少し外へ出てくる。他の子らもいるだろう。——ニコラウス様、竜騎士への不敬、申し訳ございません」

「よいよい、幼子のやることじゃ。おおいに失敗して学べばよい」

笑い飛ばしたニコラウスにウルリーカは再度謝罪を口にすると、庭園へ出ていった。

「エステル、おまえさんもちいとばかり気をつけた方がいいのう。あの幼子はおまえさんに懐いておる。おまえさんに何かあればあのように相手に襲いかかるじゃろう。それを頭に入れておくんじゃな」

ニコラウスの忠告に、エステルは頭を抱えたくなった。

「何かあれば、ということは……。幼い分、ジークヴァルド様よりもほんの少しのことで怒りだしてしまいますよね。それを止めるのはかなり大変じゃないですか!?」

言い募ると、ニコラウスは慈愛の笑みを浮かべたまま、すいっと視線を逸らしてしまった。

「――……まあ、頑張るんじゃな」

「エステルちゃん、さりげなく長がすっごく過保護だって言っているわよねー」

ニタリと笑うマルグレットの言葉は、気が遠くなりそうなエステルの耳に入っていなかった。

折よく、庭園の方から子竜たちの遊ぶ声が聞こえてくる。その声の中に金糸雀色（カナリアいろ）の鱗に金粉をまぶしたような色の仔竜も交じっているのだろう。

竜の信頼は欲しいが、贅沢（ぜいたく）なことにありすぎても身動きが取れなくなってしまうというのを痛感しつつ、エステルはとりあえず鱗集めの体力を維持するため――現実逃避とも言う――パンを手に取った。

＊＊＊

耳障りな音を立てて、古ぼけた白い扉が開く。その向こうに現れた暗闇（くらやみ）に向けて、エステルはそうっと手燭（てしょく）を掲げた。

「空気がこもっていますね」

閉め切った部屋独特の滞った空気の中にほんの少し黴臭（かびくさ）さが混じる。

ジークヴァルドの棲み処の地下にあった番の娘の避難部屋は、入り口からの蝋燭の灯りだけではその全容がつかめなかった。

「湖がすぐ傍にあるものねー。さあ、鱗を置いていきましょ」

アルベルティーナたちの鱗を置きについてきてくれたマルグレットが、鱗袋の一つを抱えてさっさと中に入っていく。竜は夜目が利くため、灯りがなくとも問題なく歩けるらしい。

マルグレットの後に続きもう一つの鱗袋を胸に抱いて中に入ったエステルは、劣化して壊れかけてはいたが寝台や机、椅子といった家具が揃えられた室内に、喉を鳴らした。

（普通の部屋だわ。ここでも生活できるようにしていたのね）

何より目を引いたのは、埃を被ってはいるものの他の家具とは違い、朽ちた様子もない立派な本棚だ。収められているのはほとんどが閉じられていない羊皮紙のようだが、本が数冊横倒しになっている。

「この本棚だけすごく凝った造りですね。本好きな方だったんでしょうか」

「そうかもしれないわねー。でも、当時の【庭】でこれだけ集めるのは難しいわよ。番の竜に相当愛されていたのねえ」

鱗袋を机の上に置き、衣装箱らしき箱を開けて覗き込んでいたマルグレットが、うふふと華やいだ笑い声を上げる。

部屋の片隅にはいくつか衣装箱と似たような箱があったが、おそらくその中に大切なものや失ったら生活に困るものを入れておいたのだろう。

「あ、これこれ、多分これね。おじじ様が言っていた番の娘の手記」

マルグレットが一つの箱の中から取り出したのは、滑らかな質感の皮張りの本だった。

先に置かれた鱗袋の傍に自分が持っていた鱗袋を置くと、エステルはそちらへと近づいた。

「きちんと本になっていますけれども、番の竜の方が後の時代に綴じた、とかでしょうか」

「多分そうねえ。中身と表紙の劣化具合が違うもの。あらー、もしかしてこれ涙の痕？」

古いものだというのに丁重に扱うでもなくぱらぱらとめくっていたマルグレットが、驚いたように目を見張る。手燭の火をかざし横から覗き込んだエステルは、古語で書かれた文章の合間に点々と散った茶色い染みに目を瞬いた。その内容は予想通りエステルには読み取れない。

「書きながら泣いていたのかもしれませんね……」

「あら、番の竜の涙かもしれないわよー。番の娘が亡くなった後に読み返して寂しさのあまり、とか。だって『今日も晴れていて、私の旦那様は暑いと文句を言っている』なんて書かれているもの。こんな日常のことを泣きながら書く、なんてことはないんじゃないかしら」

「え？」

マルグレットが古語を読めたのか、という驚きよりも教えられた内容に胸が詰まった。

(日常のことを思い返して泣くほどなら、亡くなった番を食べてしまうくらい狂うかもしれないわよね……。ジークヴァルド様も寂しいって泣くのかしら)

思わず、ジークヴァルドの耳飾りに手をやる。

いくら番になって普通の人間より寿命が延びたとはいえ、竜には及ばない。必ずエステルの方が先に逝くのだ。そう思うとやるせなくなる。

マルグレットがなおもページをめくるのをじっと見ていたエステルは、ふとその隙間から何かが落ちたのに気づいて床を手燭で照らした。

「これ……ミュゲの花？」

拾い上げてみると、かさかさになったミュゲの花を紙の上に張り付けたものだった。退色してしまい色は残ってはいないが、おそらく栞にでもしていたのだろう。そっと裏に返したエステルは、明らかに手記とは違う筆跡で、エステルにも読める文字で綴られた一文に、息を呑んだ。

「『我らの子からの初めての贈り物』――我ら、ということはこの文字は番の竜の方の文字、でしょうか」

「手記の方の一人称は『私』だから、そうじゃないかしら。嬉しさのあまり、食べずにとっておくなんて、人間みたいな感覚の竜だわー」

「だからこそ、人間の番でも受け入れられたのかもしれませんね」

思わず微笑ましくなってしまい、笑みを浮かべたエステルだったがふと、首を傾げた。

「でも、ちょっとおかしくありませんか？　わたしが読める文字はもっと後の時代のものですし、その時お子様がまだ生きていたとしても、もう成長しているはずですよね。それなのに初めての贈り物、になりますか？」

「子が子供の頃に貰って、後から文字だけ書き込んだ可能性もあるわよー」

マルグレットの指摘にエステルは再びミュゲの花の栞に視線を落とした。

「そうなんでしょうか……。でも、何となく引っかかるんですよね。中身を読めばわかるのかもしれませんけれども」

読みたいのはやまやまだが、簡単には読めない上、自分にはやることがある。

「とりあえず、ここに鱗を置かせてもらえれば大丈夫ですね。——残りの鱗を頂きに行きましょう」

まずは自分のするべきことをやらなければ。

気を取り直したエステルが栞をマルグレットが開いたままの手記の上に置くと、彼女は元の箱に丁寧に収めた。

＊＊＊

夕方だというのに、若い竜が飛び交う空はまだ青い。夏至当日は一日中太陽が沈まぬ白夜という夜だと聞かされているが、エステルにとっては不思議な光景だ。その前日、夏至を明日に控えた空を飛ぶ若い竜の数は、初日に比べて大分その数を減らしていた。

「――どうしても、鱗を頂くことはできませんでしょうか？」

アルベルティーナから大量の鱗を貰った次の日。弔い場の湖から北の方角にある湖沼地帯で、数匹の青い竜が集まっているのを見つけたエステルは、逃げ出すことなく話を聞いてくれた彼らと今まさに交渉中だ。

「あと一枚なんです。青い鱗が頂ければ、夏至祭を無事に終えることができるんです」

魅了の力を発揮してしまわないようになるべく目の奥まで見ないようにしつつ真摯に頼むエステルを前に、濃淡様々な青い鱗を持つ竜たちは互いの顔を窺うように見合わせていた。

「人間に鱗を渡すのは抵抗があるかもしれません。でも、七日間飛び続ける若い竜の方々の努力を無駄にしないために、どうかお願いします」

エステルが頭を下げると、彼らの視線が戸惑うようにこちらに向けられているのがわかった。少しは考えてくれているのか、すぐには断られない。

あともう一押し。何か説得できる切り札はないものか、と頭を巡らせていると、少し離れた場所でエステルの交渉を見守っていたニコラウスの朗らかな声が響いてきた。

『鱗を貰う代わりに、この娘のできることなら、なんでもやるぞ。ミュゲの花探しから、子のお守り、竜騎士の作った食べ物なら疲労回復の効果もある。嫌悪感がなければ、絵も描いてもらえる。もし、竜騎士が欲しいというのなら人間の生活も事前に詳しく教えてもらえるぞ。どうじゃ。誰か一枚くらい鱗をやれんか』

ニコラウスが歌うように宣伝文句を付け加えてくるのに、エステルは顔を上げてにっこりと笑みを貼り付けた。

(何だか……、うん。おかしなことは言っていないはずなのに、すごく胡散臭い……)

ニコラウスの口調のせいなのか、妙に軽く感じる。それは竜たちもそう思ったのだろう。

『ニコラウス様と長には申し訳ないが……』

『青の筆頭の方がやらぬというのなら、我らが渡すわけにはいかぬ』

『わたしの子は今年はもう脱落しているから……』

といったように、それぞれの理由で断られ、エステルは仕方なく引き下がるしかなかった。

礼を言い、マルグレットに乗って飛び立つ間際、ふと一番後ろにいた青の竜が興味深げにじっとこちらを見ているのに気づいた。

(白い点が散った鱗の竜……。あれって、青い竜の筆頭――蒼天色の竜の傍にいた方よね)

可愛らしい模様の竜だと思ったので覚えている。おそらく同じ竜だろう。確かあの竜は初めて会った時も、そして今も断る言葉を口にしていない。

「あの……」

もしかしたら、と思い、声をかけようとしたが、それよりも先に視線を逸らされてしまい、他の仲間と共にエステルたちとは別の方向へと飛んでいってしまった。

そうしているうちにマルグレットが空へと舞い上がる。後からヒエンを乗せたニコラウスがついてきた。

『エステルちゃん、あの中の一匹が気になるのー？』

「はい。白い点が散った鱗の方です。はっきりと断られていませんし、今も何だか迷っているように見えました」

マルグレットの背中に張り付きながら頷くと、隣にやって来たニコラウスが喉の奥で笑った。

『あやつか……。見込みはありそうじゃな』

「レイメイよ。余計な口出しはせぬほうがよい。先ほどの竜たちはそなたの言葉のせいで断ったようなものだぞ」

呆れたようなヒエンの声に、ニコラウスがぐるりと後ろへ顔を向けた。

『儂の売り込みはいかんというのか。早く鱗集めを終えて、儂らの方に専念してもらおうと思ったんじゃがのう』

むむむ、と唸るニコラウスに、エステルは苦笑いをしてしまった。

「もう一度尋ねたら、しつこいでしょうか？」

『うーん、大丈夫だと思うわー。あの竜を追いかけましょ』

マルグレットが旋回すると、その隣に同じく方向転換したニコラウスが並んだ。かと思うと、突然高度を下げる。急に体調が悪くなったのかと、エステルが息を呑んでしまうと、ニコラウスが高笑いをした。

『ふははは、向きを変えた途端に鱗を獲ろうとしてもそうはいかぬぞ』

「くっ、揺らすな！　そなたは私を酔わせる気か」

ぐらぐらと左右に揺れるニコラウスの背で、ヒエンが顔をしかめて抗議するのを聞きながら、エステルはほっと息をつくのと同時に呆気にとられた。

（よくこんなに高い所で鱗の奪い合いをできるわね……）

移動中、空の上だというのに度々同じような攻防をしているが、ヒエンは気分が悪くならないのだろうか。かなり揺らされているのだが。

自分だったら意識を飛ばしていそうだ、とエステルが怖々と横目で眺めていると、ふいにその攻防が止まった。ニコラウスが何かに気づいたように後ろを向く。マルグレットもまたちらりと後ろを振り返り、首を傾げた。

『長とクリストフェルが来るわー。わたしたちに用事かしら』

『そうじゃな。真っ直ぐにこちらに飛んできているようじゃ。下へ降りた方がよかろう』

背後を振り返ることのできないエステルにはジークヴァルドが来たことなどわからないが、そんなエステルをよそに二匹はゆっくりと下降した。

ごつごつとした大きな石がそこかしこに転がる川べりに降り立ったマルグレットの背中からエステルが降りマルグレットたちが人間の姿になると、いくらも経たないうちに上空に二匹の竜の影が差した。

（本当にジークヴァルド様たちだわ）

見上げた空に銀の竜とそれに付き従う黒竜の姿が見えたかと思うと、そのまままくるりと旋回しエステルたちが降りた川べりに降りてきた。そうしてすぐさま人の姿へと変わる。

「お疲れ様です、ジークヴァルド様。何かあったんですか？」

夏至祭は佳境だ。何か問題があったのかと身構えると、ジークヴァルドは険しい表情を崩さずにこちらを見据えてきた。

「いや、あった、といえばそうなるかもしれないが……。――鱗は揃いそうか？」

「すみません。まだわかりません。今、貰えそうな方を追いかけようとしているところです」

今の状況を正直に答えると、ジークヴァルドは眉間に寄っていた皺を伸ばすことなく、小さく頷いた。

「――そうか」

簡潔に相槌を打つと、そのまま口を閉ざしてしまったが、エステルが緊張しつつさらなる言葉を待っていると、やがてジークヴァルドはどこか言いにくそうに口を開いた。

「――先ほど湖を確認してきたのだが……。あの様子では明日の正午あたりまでに鱗を湖の周囲に埋めなければ、夏至が終わるまでには湖が干上がらない。今、揃っていないとなると……」

険しい表情でエステルを見据えたジークヴァルドが、少しだけ躊躇ったように言葉を切ったがそれでも先を続けた。

「お前の努力を水の泡にするようだが、もう間に合わないだろう。――夏至祭は中止にする」

「え……？　で、でも、明日の正午までに鱗を埋めればいいんですよね？　すぐに貰えそうな方を追いかけて、貰ってきます！　ぎりぎりまで説得を続けさせてください。これまでに頂いた方々の気持ちを無碍にしたくはありません」

突然の中止宣言に、エステルは動揺のあまり声を震わせた。血の気が引きそうな感覚に、ぐっと拳を握りしめる。そんなエステルを労わるようにジークヴァルドは肩を撫でてきた。

「お前は十分に頑張ってくれた。後は俺が皆を納得させる。――マルグレット、エステルを棲み処へ送ってやってくれ」

優しく背中を押されたが、エステルはその手を振り払ってジークヴァルドに詰め寄った。

「中止になんてしないでください。そんなことをしたらわたしはともかく、ジークヴァルド様の信用がなくなります！　皆さんあんなに一生懸命に飛んでいるのに、ご自分で脱落するならまだしも、中止してまた来年やり直しなんて、不満どころの話じゃありません」

自分が恨まれるのはいい。その覚悟はしている。だが、やはりジークヴァルドの不名誉になるのだけは嫌だ。

「ジークヴァルド様も夏至祭を終えた後の達成感は何ものにも代えがたかった、って言っていましたよね？　だったらなおさら中止にしたら駄目です。挑戦できる機会を減らさないであげてください」

必死でジークヴァルドに訴えると、彼は眉間に皺を寄せたままエステルを無言で睥睨してきた。それに負けじと睨み返す。

「もしも間に合わなかったとしても、ジークヴァルド様が皆さんを納得させる必要はありません。役目を引き受けたのはわたしです。わたしがお話しします」

エステルの言葉にジークヴァルドはそれでも無言を貫いていたが、しばらくして小さく嘆息すると、エステルが肩から下げていた鱗入りの小箱を取り上げてしまった。慌てて取り返そうとしたが、虚しく手が空を切る。

「返してください……！」

「――クリス。これを持っていけ」

エステルの声に応えることなく、ジークヴァルドは配下を呼び、小箱を渡してしまった。

「よろしいのですか？」

「ああ。俺が触れなければ問題はない。マルグレット、お前もクリスを手伝え。ここから先は俺がエステルに付き添う」

「はいはーい。任せて。しっかり埋めておくから」

楽しそうに笑うマルグレットに、一人話が見えないエステルは口を挟めずにおろおろと竜たちのやり取りを見ていたが、ふとその腕を人の姿のニコラウスに軽く叩かれた。驚いてそちらに視線をやるとにやりと笑われる。

「おまえさんもなかなか我が儘を言うのう。ジークヴァルドに決定を覆させるなど。さすがのジークヴァルドも番のお願いには勝てんか」

「あの、それは……」

訳がわからずにジークヴァルドを見ると、彼は眉を顰めたままニコラウスが触れたエステルの腕を引いて腰に腕を回してきた。

「そうだな。集められなければ自分が非難されるのはわかっているだろうに、役目をこなすことを最後まで諦めない番の願いを聞いてやらないと、後が恐ろしいからな」

大人しく引き寄せられていたエステルは、急いでジークヴァルドを振り仰いだ。

「鱗集めを続けてもいいんですか？」

「ああ。お前のその様子だと、一人で勝手に鱗集めに行きそうだからな。その心配をするぐらいならば、続けさせた方がいい。集めた鱗は先にクリスたちに埋めさせておく」

小さく笑ったジークヴァルドに、エステルはぱっと笑みを浮かべた。

「ありがとうございます！　それでしたら、早速あの貰えそうな青い竜の方を――」

「少し落ち着け。――ニコラウス殿、そういったことだ。鱗の奪い合いは少し休戦してもらいたい」

すぐにも出発しようとジークヴァルドに言い募ったエステルの頭に唇を落としたジークヴァルドは、ニコラウスを見据えた。

「仕方がないのう。――どれ、儂も自分の鱗を埋めてこようかの。ヒエン、おまえさんは【塔】に帰してやるから、【塔】で待っておれ。埋める場所を人間には見せられんからの」

「急ぐのだろう。送ってもらわずとも、方角さえ示してもらえれば私は一人で戻れるが」

「……おまえさんは自分が方向音痴だということを忘れておらんか？　まあ、この川に沿って歩いて行け。そうすれば湖に出る。そこまで行けば【塔】の先っぽが見えるじゃろう。先に儂の作業が終えたら途中で拾ってやろう」

嘆息したニコラウスは、クリストフェルから自分の鱗を受け取ると、夜明け色の竜の姿に戻り鱗をくわえてさっさと飛んで行ってしまった。間を置かずにクリストフェルとマルグレットも連れ立って飛び立つ。

エステルもまた竜の姿になったジークヴァルドによじ登ると、ヒエンを振り返った。

「ヒエンさん、気をつけてくださいね」

「ああ。竜の長の番も健闘を祈る」

ヒエンが唇を綻ばせると、ジークヴァルドがすぐに翼を広げた。エステルが安定した背中からヒエンを見下ろしていると竜騎士は危なげない足取りで川沿いを下っていくところだった。

(方向音痴でも大丈夫よね？)

川沿いから逸れさえしなければ問題ないのだ。少しだけ気がかりだが、ニコラウスの竜騎士なのだから他の竜に襲われることもないだろう。今はそれよりも鱗だ。

『エステル、お前の言うその青い鱗の者はどちらへ飛んでいった？』

「ええと、確か湖の北の湖沼地帯からもっと北の方へ飛んでいきました」

問われるままそう答えると、ジークヴァルドは示された方角へと向きを変えた。

(あまり遠くにいっていませんように！)

そう祈りながら、エステルは速度を上げたジークヴァルドの鱗についた手に力を込めた。

＊＊＊

「……見つかりませんね」

白夜に近いため、夜半過ぎても完全に日が落ち切らず、うっすらと明るい空を飛ぶジークヴァルドの背中で、エステルは肩を落とした。

『白い点が散った竜は何匹もいるからな』

ジークヴァルドが慰めるように声をかけてくる。

青い鱗に白い点が散った竜を見つけたことは見つけたのだが、探していた竜ではなく別の竜だった。せっかくだからと鱗を貰えないかと交渉したものの、かなり下位の竜だったせいか蒼天色の竜の怒りが恐ろしいからと、貰うことはできなかった。長のジークヴァルドよりも接する機会が多い蒼天色の竜の方が、直接の怒りが怖いのだろう。

これが夏至の時期でなければ大抵は棲み処の周辺にいるので見つけることは難しくないそうだが、今は夏至祭のため、棲み処から離れている。特定の竜を見つけるには仇(あだ)となった。湖の周辺とはいえ、散らばってしまって所在がわからない。

「蒼天色の竜の方の側にいましたから、けっこう強い方ですよね?」

『ああ、おそらくお前が言っているのはあの者だろう、という見当はつくがな』

ルドヴィックの配下だったという蒼天色の竜の傍にいたのなら、ジークヴァルドも見知っているのだろう。

ジークヴァルドはそう言うと、遠くに見える小高い丘の方を見やった。

『念のため、棲み処を覗いてみるか。もしくは青の筆頭竜を訪ねた方が早いか……』

「蒼天色の竜の方の居場所ならわかるんですか？」

『上位の竜に入るからな。周辺を飛んでいれば力を感じ取れる』

再度蒼天色の竜を訪ねるのは少し緊張するがエステルが頷こうとした時、ジークヴァルドが【塔】があると思しき方角へと首を向けた。

『――何かあったな』

同じようにそちらへと目を向けたエステルは、こちらに向けて飛んでくる黒い竜の姿に目を瞬いた。

（あれは……背中に金の筋があるから、マティアス様よね？）

また大規模な竜同士の諍いがあったのだろうかと、エステルが身構えていると、あっという間に傍にやってきたマティアスが、あまりの速さに通り過ぎ、慌てて戻ってきてジークヴァルドの隣に並んだ。

『ジークヴァルド、すぐに【塔】に戻ってくれ！』

『どうした』

『ニコじいがすっげえ怒っているんだよ！　今はまだ力を抑えているけど、あのままじゃ【塔】が跡形もなくなくなる』

マティアスの言葉に、エステルはジークヴァルド共々疑問符を浮かべた。めったに怒らないという気のいい老翁竜を誰がそこまで怒らせたというのだろう。

『なぜニコラウス殿がそこまで怒っている。鱗を埋めに行った後【塔】に戻ったはずだろう』

『俺の子が他の子と遊んでいる最中にいなくなったんだよ』

断片的な情報すぎて訳がわからないところに衝撃的な言葉を聞かされ、エステルは叫んだ。

「お子様が行方不明になられたんですか!?」

『ああ。他の子竜たちと人間の遊びのかくれんぼだったか？　とにかく隠れて見つける遊びをエドガーから教えてもらって、やっていたらしいんだ。そしたらいつの間にか姿が見えなくなっていたみたいで……。【塔】の敷地から気配が消えたんだ』

焦りを押し隠し、説明をしたマティアスにジークヴァルドが小さく唸る。

『あの幼子はまだ飛べないだろう。そう遠くへは行けないはずだ』

『そのはずなんだよ。でも見つからねえ。他の竜に襲われるか災害に巻き込まれるかしなけりゃ、死ぬことはないだろうから、迷子になっているだけだとは思うけどよ。そしたらニコじいがやばいんだ』

『だからなぜそれでニコラウス殿が怒る事態になるのだ』

おそらくマティアスも子がいなくなったことで気が動転しているのだろう。要領を得ない説明を受けて、ジークヴァルドが嘆息をした。

『わかった。とにかく【塔】へ一度戻ろう。エステル、いいな』

「はい、もちろんです。ウルリーカ様が心配です」

鱗集めも大事だが、今は行方不明の仔竜やなぜか【塔】を更地にしてしまいかねないほど怒っているニコラウスの方が気がかりだ。

マティアスを従えたジークヴァルドと共に【塔】へ戻ると、三つの尖塔の上空に黒く渦巻く雲が見えた。時折雷を帯びるのか明滅している。そして細かな雨まで降っていた。その真下に雨を浴びて異様な迫力を醸し出している夜明け色の竜の姿がある。それに相対しているのは、驚くことに蒼天色の竜と青に白い点が散った竜の他、数匹の青い竜たちだった。

『あの者たちが何を言ったのか知らぬが、確かにニコラウス殿はかなり激高しているな』

『だろ。俺だってまさかあいつらがニコじいに突っかかるとは思わなかったんだよ』

ぼやくマティアスを尻目に、しとしとと雨が降る【塔】の庭園にジークヴァルドが降り立つと、長が来たことで一発触発だった空気が少しだけ和らいだようだった。

『ニコラウス殿、貴方は何をそんなに腹を立てている。マティアスの子の行方を探さなければならないというのに、こんなことをしている場合か』

叱責するジークヴァルドの背中から降りたエステルは、庭園の片隅で所在なさげにしているウルリーカの元へと駆け寄った。その傍らには半ば地にめりこんでいるのではないかというほど頭を下げているエドガーがいる。雨で地面がぬかるみ、泥がつこうがお構いなしだ。

「大丈夫ですか？　ウルリーカ様」

『ああ、大丈夫だ。鱗集めを中断させてしまって申し訳ない。まったくあの子は【塔】の敷地から出ては駄目だとあれほど言ったというのに……』

言葉は怒りを訴えているが、その口調は当然のことながら心配そうだ。

「オレのせいっす！　あんな遊びを教えなければ……」

雨なのか涙なのか鼻水なのか、ともかく顔面が酷いことになっているエドガーがぱっと顔を上げ、再び顔を地面に押し付けた。一緒に遊んでいたという子竜たちの姿は見当たらないが、おそらくすでに親が連れ帰ったのだろう。

エステルが主従にかける言葉を見つけられないでいると、ニコラウスが尾を強く地に打ち付けた。

『――こやつらが儂の竜騎士がマティアスとウルリーカの子を隠したのだろう、と言うんじゃよ』

『あの竜騎士はアレクシス様を幽閉した国の人間です。子を誘拐することくらい平気でやるのではないかと、僕は言っただけだ』

『おまえがヒエンの何を知っているというんじゃ』

黒い雲から降り注いでいた雨がなおのこと激しさを増す。雷鳴が轟き、庭園の木々が激しく揺れた。その時、銀竜のままのジークヴァルドが空に向かって低く吠えた。瞬く間に雨がやみ雷雲が消え失せる。広がったのは白夜の青白い空だ。

『落ち着け、ニコラウス殿。青の、お前も少し黙れ。根拠もなく疑うな』

『……っ根拠もなく言っているのではありません。ニコラウス殿の竜騎士までもが行方をくらませているのです。疑うな、という方が無理な話だ』

苛立ったように地面に尾を何度も打ち付けながら反論する蒼天色の竜の言い分に、エステルは大きく目を見開いた。

「ヒエンさんも行方不明なんですか？」

地に伏したままのエドガーに問いかけると、彼はゆるゆると顔を上げて教えてくれた。

「ニコラウス様が鱗を埋め終えた後、ヒエン殿が通って来るはずの道筋の上を飛んできたそうなんすが、どこにも見当たらないまま【塔】に着いてしまったみたいっす。それで、仔竜様を探してくれていたあの青いお方がヒエン殿が攫ったのではないかと言い出して……」

それはニコラウスも怒るだろう。いくらなんでもヒエンが誘拐をするわけがない。【庭】の中で攫って逃げ出せるわけでもないというのに、攫ってどうするというのだ。

「ヒエンさんは方向音痴だってニコラウス様が言っていました。迷っているだけだと思いますけれども……」

「――何の騒ぎだ？　レイメイはなぜあれほど怒りをあらわにしておるのだ」

唐突に、背後から怪訝そうな声が聞こえてきた。ぎょっとして振り返ったエステルは今まさに話題にしていたヒエンの姿を認めて、ぽかんと口を開けてしまった。

「ヒエンさん！　どこにいたんですか!?」

「途中で川を見失ってな。ようやく辿(たど)り着けたのだが……」

真っ直ぐに歩いていけば間違いないというのに、どこをどうしたら川を見失うというのだろう。まるで計ったように現れたヒエンにエステルが困惑していると、ヒエンの気配に気づいたのか、ニコラウスが素早くこちらを振り返った。

『ヒエン、おまえさんはどこにおったんじゃ！　濡れ衣を着せられるところだったぞ』

「濡れ衣？」

『おまえさんがマティアスとウルリーカの子を誘拐したと疑われておったんじゃ』

「……ほう、私が」

眉を顰めたヒエンがニコラウスの言葉を受けて、ウルリーカの方を見やった。

「ヒエンさん……？」

真剣な表情でじっと見据えているヒエンの様子にどことなく胸騒ぎを感じたエステルが恐る恐る名を呼ぶと、竜騎士は唐突に腹を抱えて笑い出した。

突然の哄笑(こうしょう)に、周囲に戸惑ったような雰囲気が漂う。

「なんだ。もう露見してしまったのか。竜の目は欺(あざむ)けぬな」

ヒエンはさっぱりとした表情でそう言ってのけた。

「そうだ。私が竜の子を攫って隠した。すでに見知っていたからな。簡単なものだ」

すらすらとよどみなく出てくる言葉に、周囲が唖然とする中、いち早く我に返ったのはニコラウスだった。

『見え透いた嘘をつくな。一人きりでどうやって誘拐し、どこに隠す？　いくら竜騎士でも人の手には余る。契約を切ってもらうために自分に非があるような言動をし、場を混乱させるのも大概にするんじゃな』

呆れたように嘆息をしたニコラウスに、エステルがそういうことかと胸を撫で下ろしていると、おもむろにヒエンに腕を掴まれた。

「一人きり？　この竜の長の番の協力があれば、可能であろう。私が契約を切ってもらえないことに同情し、竜の子を隠す場所を提供してくれたぞ」

「……はい？」

「【庭】で暮らしているのなら、匿う場所はすぐに用意できるであろう。返してほしければ、契約を切り私をショウへと帰せ」

「いやいやいや、待ってください。わたし、協力なんかしていませんよ!?」

身に覚えのない仔竜誘拐の共謀犯に引き込まれそうになったエステルは、蒼天色の竜が疑い深そうにこちらを見据えているのに気づいて、慌てて否定した。

ただでさえ人間の番は信用できないと思われているのだ。下手をすると信じ込まれてしまう。例え嘘でも信じられてしまえば覆すのは簡単ではない。

（それに、そんなことを言ったらジークヴァルド様が黙っていな……。あっ、それが狙い？）

嘘でもかまわないのだ。適当なことばかりを言い、この場を混乱させる人間など契約を切ってショウへ帰せ、とジークヴァルドに言ってもらいたいのだろう。

『この機に乗じて契約の話を持ってくるのもいい加減にしろ。夏至が終わるまでにニコラウス殿からお前が鱗を奪えたら契約を切る、と決めただろう。それ以外は認めない。エステルまで茶番に巻き込むな。――その手を離せ』

ヒエンの思惑に気づいたジークヴァルドが竜騎士を睨みつける。氷交じりの冷風がジークヴァルドの周辺を取り巻き、今にもヒエンに襲いかかりそうだ。

「ヒ、ヒエンさん、腕を離してください。ジークヴァルド様に凍らされてしまいます！」

しっかりと掴まれているヒエンの手を振り払おうとすると、それに割り込むように声を上げたのは蒼天色の竜だった。

『長、貴方は茶番だというが、僕はもともと貴方の番を信用できていない。本当に協力していないというのなら、マティアス様とウルリーカの子を見つけ、その証言を聞かないことには信じることができない』

先程エステルが危惧したように、不審げにこちらを見た蒼天色の竜に、エステルは緊張に喉を鳴らした。ここで何度そんなことはしていないと言っても、信用してもらえないだろう。

『いや、俺はクランツの娘が共謀したとは全然思っちゃいねえけど』

『私もだ。番殿がヒエンに同情したとしても、あの子を隠すわけがない』

マティアスとウルリーカがそれぞれ困惑したように口を挟んでくるのに、蒼天色の竜は苦々しいものでも見るような目で彼らを見たが、言葉をかけることはなくすぐにエステルを見据えた。エステルはその目を見返し、ぐっと腹に力を込めた。未だに掴まれたままだったヒエンの手から腕を引き抜いて蒼天色の竜と向き合う。

「――わかりました。そんなに疑うのでしたら、マティアス様とウルリーカ様のお子様を探し出してきて、貴方の前で事実を話してもらいます」

『エステル。お前はまた何を言い出すのだ。最後の鱗を探している最中だろう』

ジークヴァルドの非難めいた視線がこちらに向けられたが、それを振り切ってエステルは先を続けた。

「そうです。鱗を集めている真っ最中なんです。ですから……それでわたしやヒエンさんが無実だとわかったら、貴方の鱗をください」

『……なんだと？　厚かましい人間だな。なぜ僕が鱗を渡さなければならない？』

「わたしのことを誘拐犯だと疑った謝罪の言葉は言いたくはありませんよね？　若い竜の方々にとって大切な役目を中断させるんです。せめてお詫びに鱗をくださると助かります。時間がないんです」

エステルが怯むことなくはっきりとそう告げると、蒼天色の竜はぐるぐると喉を鳴らした。

その背後に控える白い点が散った竜の他、数匹がどことなく絶句したようにこちらを見つめてくる。そしてエステルの後ろからはマティアスたちの驚嘆の声が耳に届いた。

『すげえ。あいつ人間なのに竜に詫びの品を寄こせ、って言ってるぞ……』

『番殿はあのフレデリク様に喧嘩を売るくらいだ。あのくらいのことは言うだろう』

ウルリーカの褒めているのか呆れているのかわからない言葉に、エステルは苦笑いをこぼしそうになったが、唇を引き締める。そんなエステルに、ジークヴァルドが深く溜息をついた。

『お前は本当に……』

『ははは、よいぞよいぞ、もっと言ってやれ。そうじゃな。疑うのじゃから鱗くらいは欲しかろう。よし、儂もヒエンの疑いを晴らすために探すぞ』

先程の怒りはどこへいったのか、機嫌よく笑ったニコラウスが乗り気になる。対して、蒼天色の竜は小さく唸り声を上げた後、威嚇するように鋭い牙を見せてエステルを見下ろしてきた。

『そうやって竜たちを言いくるめてきたのだな。人間は本当にこざかしい。この【庭】で飛べない幼子を見失ったら、すぐには見つからない。明日の夏至が終わるまでに見つけられるものなら見つけてみればいい。そうすれば考えてやる』

「考えてやる、ではなくてください。明日までにできもしないと思っていることを要求するんですから。竜の方々はそこまで不誠実だとは思いたくはありません」

即座に言い返したエステルに、蒼天色の竜は低く唸って尾を地に打ちつけた。

『――……わかった。くれてやる』

　喉から絞り出すような声で了承した蒼天色の竜に、ようやく言質を取ったとエステルは満面の笑みを浮かべた。

「ありがとうございます！」

『――ただ、ニコラウス様の竜騎士は置いていけ。お前よりも疑わしい。監視をつけて【塔】に閉じ込めておく』

　それくらいは仕方がないだろう。ヒエンを振り返ると、何とも言えない表情をした竜騎士と目が合った。

「そなたは強かだな」

「わたしを共犯にしようとしたヒエンさんに言われたくありません。絶対に仔竜様を見つけてきますから、これ以上余計なことはしないで大人しく待っていてくださいね」

「余計なこと？　私が仔竜を誘拐したのは事実だ。だが……そなたを怒らせない方が賢明なようだ。竜さえも黙らせる怖いもの知らずなのだからな」

「能天気で無謀なだけです。ついでに高所恐怖症なので、怖いものがないわけではありません」

　胸を張ってそう言い切る。できるかできないかではなく、やるのだ。そうすれば疑いも晴れ、鱗も手に入る。一石二鳥なのだから。

呆れたように小さく肩をすくめるヒエンに勝ち誇った笑みを浮かべると、いつの間にか人間の青年姿になっていたジークヴァルドの手がぽん、と肩に乗った。

「それで？　その怖いもの知らずで能天気で無謀で、高所恐怖症の俺の番は、この俺には何も言うことがないのか？」

大きく肩を揺らして恐る恐る肩越しに振り返ると、珍しく怒りを押し殺したような薄い笑みを浮かべるジークヴァルドの顔があった。いつもは見ない表情に冷や汗が出てくる。

「ええと、次から次へと問題を引き受けてすみません……？」

「わかっているのならばいい。ただ――」

後ろから片手で腰を引き寄せられて、もう片方の手がエステルの頬に添えられた。がっちりと抱え込まれてしまい、逃げられずにいるエステルの耳に、ジークヴァルドが囁(ささや)いた。

「全て終えたら、たまには俺の願い事も聞いてくれるな？」

「……ひっ、は、はい、もちろん……っ」

これは静かだがかなり怒っている。

どことなく色香を漂わせる声音に返事を言い切るよりも早く、ジークヴァルドは今回はなぜかエステルの鼻に軽く噛(か)みついてきた。

第五章　それぞれの竜の思惑

『おちびちゃん、途中で遊ぶのやめてどこかいったよ。ウルリーカ様が連れていったと思ったけど、違うの？』

真夜中だというのに辺りはうっすらと明るい。寝ていたところを起こされ、大きなあくびをしつつそう教えてくれたのは、エステルの影響で絵を描くことが好きになった砂色の子竜だった。

「それは成竜に連れていかれたのを見た、ってことですか？」

思わぬ言葉に、地面に膝をついて根気よく話を聞いていたエステルは思わず身を乗り出した。

あれから【塔】にヒエンを残し、エステルはニコラウスに乗せてもらい、一緒に遊んでいたという子竜たちの話を聞こうとあちこちを回っていたが、皆、知らないと言うなか、ここへきて手がかりを見つけたかもしれない。

マティアスとウルリーカはもう一度棲み処や【塔】の周辺をくまなく探すからと別れた。ジークヴァルドは夏至祭の進行があるために、この件からは離れ弔い場の湖に向かったが、それでも何かあれば知らせろと言い残していった。

砂色の子竜は眠気に耐えられないのか、母竜の腹の前でぐらぐらと頭を揺らしつつも、ぽつぽつと言葉を続けた。

『うん。かくれっこ？　かくれんぼ？　まあ、どっちでもいいや。それで隠れてたら、ちょっと離れたとこでおちびちゃんが白っぽい竜と何か話してて、その背中によじ登ったと思ったら一緒に飛んでいっちゃった。あれ、ウルリーカ様じゃなかったのかな』

こてん、と首を傾げる砂色の子竜に頭を下げたエステルは、ゆっくりと立ち上がった。

「話してくれてありがとうございます。お休みのところ、申し訳ありませんでした」

「ううん。おちびちゃんとまた明日（あした）遊べるかなぁ……」

再度大あくびをした砂色の子竜は、そのまま母竜の腹にくっつくようにして眠ってしまった。

エステルは起こさないように砂色の子竜の母竜に目礼をすると、母竜は小さく頷（うなず）いて目元を心配そうに細めた。

あまり驚かせては悪いからと言って砂色の子竜親子から少し離れた茂みの向こうで待つ夜明け色の竜の姿のニコラウスの元に戻ろうとしたエステルだったが、老翁（ろうおう）竜が疲れたように首を垂れている姿を見つけて、不安が胸をよぎった。

（力の不調があると、体調まで悪くなるのかしら……）

ジークヴァルドに力の不調があるようだから気をつけてやってくれ、と言われていたがこれまで元気な姿しか見たことがなかった。しかし今のニコラウスからは、どことなくいつもの明るさがなく、陰っているように感じとれる。

思えば、ニコラウスが一匹でいるところをあまり見たことがない。もしかすると体調が悪くても、ヒエンの前ではそう見せないようにしていたのだろうか。

　心配しつつエステルが近づくと、ニコラウスは首をこちらにもたげた。

「ニコラウス様、今の話、聞こえていましたよね？」

『ああ。飛べない幼子が親に乗って移動するのは普通のことじゃ。だが、親ではない成竜に乗ることはあまりないからの。似たような色の鱗の竜なら、勘違いしたのも仕方がなかろうて』

　仔竜が隠れた場所がどこかわからないが、それでも光の加減や建物の陰、木々の下などに入ってしまえばかなり奇抜な色でもない限り、見間違えることもあるのかもしれない。

『この時期、一匹で行動している竜は目立つ。さっきの幼子は白っぽい竜、と言っていたからの。白い鱗の竜が集まっている場所へ行っておかしな行動をしている者がいないか聞いてみるのも手じゃな』

「そうですね。そうしましょう」

　同意したエステルは老翁竜の背中に乗せてもらおうとして、ふと先程の覇気のない姿が頭をよぎり、少し躊躇した。そんなエステルをからかうようにニコラウスが声をかけてくる。

『やはりジークヴァルドの背中でないと怖いかの？』

「怖いことは怖いんですけれども……。――あの、ジークヴァルド様からニコラウス様は力の不調が出ていると聞いたんです。もし、その通りだとしたら、ヒエンさんではなくて、別の竜騎士のわたしを乗せるのは負担がかかるのかもしれないと思って……」

躊躇いつつもそう伝えてみると、ニコラウスは微動だにせずにこちらを見据えていたが、やがてエステルの襟首をくわえるとあっという間に背中に乗せてしまった。

『確かに力は不調じゃが、人間一人乗せたくらいで負担にはならん。——ほれ、飛ぶぞ』

驚くあまり声も出なかったエステルが慌てて背中に伏すと、ニコラウスはゆっくりと空へ舞い上がった。

『おまえさんはヒエンに儂の不調を伝えたか？』

「……い、いいえ」

ひやりと冷たい風に身をすくませつつ、エステルがどうにか答えると、ニコラウスはほっとしたように息を吐いた。

『ならばよい。それを知ればあやつはなおのこと契約を切れとうるさくなるからのう』

喉の奥で笑うニコラウスの振動が伝わってくる。

「あの……ニコラウス様はどうしてそこまでヒエンさんに執着するんですか？」

以前、マルグレットがやけにヒエンに執着をしている、と言っていたのを思い出し、つい口に出してしまうと、ニコラウスは一瞬押し黙り、盛大な溜息をついた。

『儂がここで契約を切ったら、寝覚めが悪いことになるからじゃよ』

そう言いながら、ニコラウスはヒエンが捕らえられている【塔】の方を見やった。

「それは……命が危ない、ってことですか？」

息を呑み、慎重に尋ねると、ニコラウスは静かに頷いた。

『ヒエンはのう……。母親が外国の商人の娘でな。他の妃は皆貴族の娘だったがために下に見られ、子供の頃はかなり辛い思いをしてきたそうじゃ。唯一のよりどころは母と迷子になった際に話し相手になってくれた、その時ショウにいた竜だけだったらしいからの』

初めて会った時、ショウの国の人間にしては彫りが深い顔立ちだと思ったが、やはり異国の血が混じっていたらしい。エステルたちの言葉が話せるのも、母が喋れたからなのだろう。

『竜騎士になったのも、その母親のためじゃ。竜騎士の母となれば周囲の見る目も待遇も変わる。じゃがのう。病を患っていたからの。その恩恵を受けられたのは一年もなかったんじゃよ』

哀惜の念がこもる声音に、エステルはニコラウスの鱗についた手に力を込めた。

（そういえば、ヒエンさんは長命の実を悔しそうに見ていたわ……）

ニコラウスに毒だと教えられたとあっけらかんと言っていたが、あれは母親に食べさせたかったのかもしれない。

『おまえさんに帰りたくはないのか、とやたらと聞いていたじゃろう。あれは、その病床にあった母親が故郷に帰りたいとうわ言を言っていたからじゃ』

もしかしたらヒエン自身のことなのでは、と思っていたが、その通りなのだと聞くとどうにもやりきれなくなってくる。

「でも、それでどうして契約を切ると命が危なくなるんですか？」

『竜が一匹もショウにおらんようになれば、ヒエンが全責任を負わされるようになるじゃろう。やらかしたのは別の者でもな。民の不満を逸らすためによくて放逐か悪くて処刑じゃ。竜騎士でなければあやつは一番身分が低い末皇子じゃ。後ろ盾がないとあやつも言っておったじゃろう』

血なまぐさい事情に、エステルは言葉を失った。

（でも、ヒエンさんは自分の命が危ない、ってわかっていないはずがなさそうに思えるんだけれども……）

真っ直ぐな気性なのはわかるが、それだけではこの狡猾一歩手前といった老翁竜とは合わない。竜騎士候補として【庭】に来る者は国の代表となる。普通ならばそこそこの立ち回りができなければ出してはもらえない。エステルは数合わせで入れてもらったが、異例のことだ。まして

や身分の低い末皇子だ。聞いた限りでは殺伐とした様子の宮廷で生き残るには、頭が回らなければならないだろう。

『そういう状況で儂が放り出すような真似をするわけがなかろう。国のためだなんだのと、もっともらしい理由をつけおって……。本当にあやつは何を考えておるんじゃ』

ぐるぐると喉の奥で唸り声を上げるニコラウスの首元で、鱗が下げられた金鎖が光る。エステルはその輝きをじっと見つめながら、宥めるようにニコラウスの背中をそっと撫でた。

「ヒエンさんは、もしかしたら……ニコラウス様の不調を知っているんじゃないでしょうか」

帰る、ということにこだわっているというのなら、不調のニコラウスを【庭】に帰してやりたい、と思う可能性もある。ただ、そうだとすればなぜ知っていることを理由にして契約破棄をしてほしいと交渉しないのか、という疑問も残るのだが。

『さあのう。じゃが、不調だからとはいえ、あやつが生を全うするまで見守るくらいの余力は十分にある。竜騎士を選んだからには最期まで見守る責任を果たす。それが儂の矜持じゃ』

竜を希うというのならば、人間側もそれなりの覚悟を持って挑む。竜側もおそらく大なり小なりニコラウスのようにその思いをしっかりと受け止めるのだろう。竜の慈愛というのはそういうことなのだ。

「どうしても……ヒエンさんに不調のことを言いたくはありませんか？　ニコラウス様が全部お話しすれば、ヒエンさんも心の内を話してくれるんじゃないでしょうか」

『言えぬよ。言ったとすればあやつに契約破棄をする決定的な理由を与えてしまうじゃろ。それであやつも窮地に追い込まれる。大切な者だからこそ、追いつめるようなことは言えんのじゃよ。――ジークヴァルドもそうじゃろう。おまえさんに竜と人の娘との子のことは教えぬ』

ニコラウスの指摘に、エステルはぐっと唇を噛んだ。

気遣ってくれているのはわかっている。だが、それをどう受け止めるのかはこちらだ。

「……でも、わたしは知りたいです。知った上で一緒に悩みたいです。ジークヴァルド様はわたしの悩みを一緒に考えてくれる、と言いました。それならわたしもジークヴァルド様の悩みは一緒に考えたい」

エステルはニコラウスの鱗についた手に力を込めた。

青白い空は薄寒く、不安定で、ジークヴァルドの背中に乗った時の安心感がなおのこと恋しくなる。

ニコラウスはしばらく黙って飛んでいたが、やがて盛大に溜息をついた。

『追いつめられてもいいという、その神経が本当にわからんのう……』

「いいとは言っていません。ジークヴァルド様と悩みを分かち合いたいだけです」

エステルの訂正に、ニコラウスは声を上げて笑った。

『ははは、そうか、そうか。ジークヴァルドもそれほど寄り添ってもらえる番と出会えたのは、本当に僥倖じゃのう』

楽しげな、それでいて慈しむような笑い声にエステルもまた小さく笑みを浮かべる。ニコラウスはひとしきり笑ったが、やがて少しばかり声を落とした。

『健気なおまえさんにちょこっと教えてやろう。――竜と人の娘との子は番を得て、【庭】で一生を終えたそうじゃ』

あまりにも簡潔に説明され、エステルは一瞬呑み込むことができずに目を瞬いた。脳裏に、避難部屋で見た栞の一文が蘇る。ミュゲの花を親に贈った竜と人の娘の子は無事に成長し、しかも番まで得たらしい。

「あの、それって禁忌、なんですか？」

ジークヴァルドが言い渋ることの程とは思えない。

『誰が禁忌なんぞと言ったのか知らんが、まあ長を継ぐ者しか知らんの。当時はまだ人間は今よりも格下……むしろ蔑みの対象じゃ。竜と人の血が交わったことはさすがに広められなかったのじゃろう。めでたしめでたしでは終わらぬ話じゃ』

ニコラウスの言葉に、エステルは唇を引き結んだ。

（蔑まれていたのなら孤独だったわよね……。ジークヴァルド様が教えてくれないのもわかる）

将来生まれるかもしれない自分たちの子が蔑まれるかもしれない、とはさすがに教えられなかったのかもしれない。

（あれ？　でもニコラウス様はちょこっとって言ったわよね？　まだ何か他に——）

ふと引っかかった言葉をさらに深く考えこもうとすると、ニコラウスがそれを中断させるように声を上げた。

『おお、おったおった。白の竜たちが。——エステル、降りるぞ』

エステルが心の準備を始めるよりも早く、降下が始まる。

慌ててエステルが体に力を込めると、ニコラウスは喉の奥で小さく笑った。

まるで雪の壁にでも囲まれているようだ。

エステルを取り囲み、上から見下ろしてくる白い竜たちに、エステルはごくりと喉を鳴らした。

＊＊＊

『つまり……お前は我らの同胞がマティアス様たちのお子を連れ去ったのではないか、と言うのか』

おそらくここにいる白い鱗の竜の中でも一番力のある竜が、声を荒げてはいないものの、明らかに怒りに満ちた声で問いかけてきた。ふわりとその周辺に白く冷たい霧が広がる。

「断定はしていません。ただ、白い竜の方がお子様を連れていかれたのを見た方がいらっしゃいますので、何か知らないでしょうかとお尋ねしているだけです」

「おまえさんらは、人間の言うことだからと曲解せずに話を聞け。聞いとるだけじゃろう」

エステルの傍らに立っていた人間の子供姿のニコラウスが腹をたてているぞ、というように頰(ほお)を膨らませる。

『しかし……ニコラウス様』

「しかしもくそもあるか。何か知っとるのか、知らんのか、それだけじゃ。それだけ渋るということは、何か後ろ暗いことがあるのかと疑うぞ」

若干言葉が悪いニコラウスに、エステルは青ざめた。

（煽るようなことを言わないでください……！）

白い竜の筆頭は、ぐっと押し黙った。周囲を取り囲む他の竜たちが少しだけ身を引く。まだ茶化しているような怒り方だが、めったに怒らないニコラウスを怒らせるのを恐れているのだろう。

やがて白の筆頭竜は静かに首を横に振った。

『――知りません。明日は夏至です。ここにいる者は殊の外力を操るのが苦手な者たちです。今朝から一匹としてどこかへ行くということはありませんでした』

白の筆頭竜の言葉に、他の竜たちもそれぞれ同意を示して頷く。注意深くその様子を見守っていたエステルは、ふと取り囲んでいた竜たちの向こうにいたミルク色の竜に目を留めた。

（あの方……頷いていない？　何か考え込んでいるような……）

軽く俯き、何かを否定するように首を小さく横に振る仕草に、エステルは人垣ならぬ竜垣を抜けてその竜に近寄った。

「エステル？　どうした」

後ろから不思議そうについてきたニコラウスに答えることなく、エステルはぎょっとしたように体を引くミルク色の竜を見上げた。

「あの、何か気になることがありますか？　ちょっとでもおかしいな、と思うことでしたら教えてください」

エステルの魅了の力が怖いのか、ミルク色の竜はさっと視線を逸らした。そうして少しの間の後、おずおずと口を開いた。

『か、関係があるのかわかりませんが。……夕方、アレクシス様が番を探しに来ていました』

「アレクシス様が？　あの、アレクシス様の番の方は夏至の時にはいつもこちらの方々と一緒に過ごされるんですか？」

確かにアレクシスの番は薄水色だ。白に近いと言えば近い。

『はい、そうです。アレクシス様がお帰りになられる前まではともに過ごしていました。でも、今年はアレクシス様について離れなかったのです。それなのにアレクシス様が番を見なかったかと探しにこられて。喧嘩でもしたのかと思っていたのですが……』

自信がなさそうに俯くミルク色の竜に、エステルは胸騒ぎを覚えてニコラウスを振り返った。

「ニコラウス様、どう思いますか？」

「ふむ……。あの激情的な性格の者なら、人間に罪を被せたい、とやりかねんのう……」

難しい表情を浮かべて考え込むニコラウスに、エステルもまた眉を顰めた。

（わたしに帰ればいいのに、って言っていたくらいだし、【庭】に人間がいるのが許せないのかも。でも、理由もなく追い出せないのなら、仔竜様を誘拐して理由を作ってしまえば……追い出せる）

おそらくヒエンとエステルを疑っている青の竜よりも人間嫌いの度合いは強い。同胞の子を隠してでも人間に罪を被せて追い出したい、と画策したかもしれない。

「アレクシス様のところに行きましょう。……番の方がいらっしゃるといいんですけれども」

ニコラウスを促すと、彼は一つ頷いて白い竜たちを振り返った。

「おまえさんたち、誰かジークヴァルドにこのことを伝えておいてくれんか。あと、マティアスたちにも教えてやってくれ」

この中では一番力の制御ができるからと、白の筆頭竜がジークヴァルドがいるはずの弔い場の湖へと飛んでいく。それを尻目にエステルとニコラウスはアレクシスの棲み処へ向けて飛び立った。

『もし、あやつが誘拐犯だとすれば、儂の忠告は全く届かなかったということじゃの。むしろ人間をかばう儂も恨まれとるかもな。よけいに怒らせたかもしれん』

ぽつりと悔しそうに呟いたニコラウスに、エステルはぎゅっと胸を掴まれたような気がして、宥めるようにその首元を撫でた。

「そうだとしても、全部が全部ニコラウス様の責任じゃないと思います」

様々な怒りが積み重なり、事を起こしてしまったきっかけがニコラウスの忠告だとしても、ニコラウスだけの責任だと責めるのは違う。

『――まあ、ともかく急ごう。会ってみてからじゃ。急ぐぞ。しっかり掴まっておれ』

ニコラウスはそう言うなり速度を上げた。それでもいつだったかマルグレットの背中に乗せてもらい竜から逃げた時よりは大分遅い。

(力の不調が出ていると、こうなるのね……)

それが老齢によるものなのかわからないが、若い竜よりも遅いことは確かだ。

ニコラウスの体調を心配しながらも、落ちないように必死でその背中にしがみついていたエステルは、しばらくして急に感じた暖かな空気に閉じてしまっていた目を開けた。

『おお……、アレクシスじゃな。やけに焦っておるな。力が漏れておるようじゃが』

ニコラウスの言葉にどうにか前方を見据えたエステルは、朱金の竜がこちらに向かってくるのを見て、はっとした。その傍にいつも寄り添っていた薄水色の番の姿はない。

(やっぱり……番の方が何かをした、とか?)

予想した通りのことをしてしまったのだろうかと、ひやりとする。みるみると近づいてきたアレクシスは、滞空するニコラウスの前まで来ると焦りを帯びた声で訴えた。

『ニコラウス様! 俺の番がとんでもないことをした。マティアスとウルリーカの子にミュゲの花を探しに行こうと言って連れ出し、【ミュゲの谷】に置き去りにしてきたそうだ。……人間のせいにして追い出したかったらしい』

嫌な予感は当たってしまった。息を呑んだエステルはいたたまれずに視線を落とした。

『やはりやらかしておったか……。よいよい、儂が迎えにゆく。今のおまえさんでは【ミュゲの谷】には入れぬだろう。おまえさんはジークヴァルドに報告に行くんじゃな』

『すまない。――ニコラウス様も……。いや、頼んだ』

自分の番が起こしてしまったことに責任を感じているのか、アレクシスは一度目を伏せるとすぐに飛び去っていってしまった。やはりその体からは怒りのあまりなのか陽炎のような竜の力が漏れている。その姿に、エステルは怒りをこらえるように唇を噛みしめた。

「あの温厚なアレクシス様が力が漏れるくらい怒るなんて……。【ミュゲの谷】という所はそんなに危険な場所なんですか？」

そうだとすれば、飛べもせず、一匹で取り残されてはいくらあのやんちゃな仔竜でも途方にくれているかもしれない。

『【ミュゲの谷】は【庭】の中で一番のミュゲの群生地じゃ。ただ、ちいとばかり力が操りにくい何かがあるらしくての。あまり行く者はおらん。本来の力を取り戻していない今のアレクシスには入れんじゃろう』

「ニコラウス様は大丈夫なんですか？　その……力の不調が出ていらっしゃいますし、無理はされないほうが……」

ふと不安が湧き起こったが、ニコラウスははははっ、と声を上げて笑った。

『儂を誰だと思うておる。長候補にもなったニコラウスじゃぞ。多少の操りにくさなんぞ、問題なしじゃ！　そら、行くぞ』

豪快に空に向かって吠えたかと思うと、ニコラウスは小さく悲鳴を上げたエステルを乗せたまま、【ミュゲの谷】へと向けて大きく翼を羽ばたかせた。

＊＊＊

切り立った渓谷の全てを埋め尽くすように、様々な色のミュゲの花が咲いていた。その迫力たるや、そのまま押し潰されそうな錯覚を覚える。

「描きたい……！」

ニコラウスに連れられて辿り着いた【ミュゲの谷】は、谷底から見上げると花の壁とでもいうような圧倒的な華やかさで、エステルは立ち尽くした後、思わずそう声を上げてしまった。

橙色のミュゲの花を探しにいった森とは桁違いだ。ただ、不思議なことにこれだけの花が咲いているというのに、川の水が流れているせいかむせかえるような花の香り、というのはそこまでしない。

『――さて、どこにおるかの』

夜明け色の竜の姿できょろきょろと見回すニコラウスを、エステルはそっと見上げた。

「あの、ニコラウス様は上から探してもらえますか？　その方がよく見渡せると思います。わたしは下から川沿いを辿ってみますので」

ニコラウスは大丈夫だと言ったが、力が操りにくい場所だというのなら、あまり地上に降りていない方がいいだろう。

エステルの意図を察してくれたのか、ニコラウスは素直に受け入れてくれた。

『ああ、かまわん。おまえさんも気をつけるようにの。ミュゲの花を踏んで川に落ちんようにな』

忠告をしたニコラウスがすぐに空へと舞い上がる。それを見送ったエステルは峡谷の入り口に足を踏み入れた。

「――仔竜様――！　エステルです。お母様とお父様が心配していらっしゃいますよ！」

少しずつ奥へと進みながら、時折呼びかける。傍らを流れる川の音がそれほど大きくないせいか、エステルの声は遠くまでよく響いた。だがそれでも返事は一向に返ってこない。上を見上げると、ゆっくりと峡谷の上を飛んでいるニコラウスも見つけられた様子はなかった。

「お迎えに来ましたよー。一緒に帰りましょう。どこですかー」

大岩沿いに咲いた白いミュゲの花々をよけて、上流へと昇っていく。

「仔竜様、いらっしゃいま――っ！」

周囲を見回した時ふいに足元が滑った。危うく川に落ちそうになり、慌てて体勢を立て直す。

（危なかった……。これ、仔竜様も落ちたら流されそう……）

飛べないのだから、急流に呑まれる可能性はあるのだ。

恐ろしい考えを振り払うように頭を振ったエステルは、ふと川のせせらぎの合間にからからと石と石がぶつかるようなかすかな音がしているのに気づいた。

（この音……）

どこからしてくるのだろうと気になり、慎重に歩を進めたエステルは、少し先にまるで作ったような丸い穴を見つけ、はっとして中を覗き込んだ。小さな石が入り込み、長い年月をかけて水の流れと石によって削り取られたであろうくぼみはまるで壺のようになっており、その真下に金糸雀色の仔竜がうずくまっているのを見つけた。足を滑らせて落ち、そのままつるつるとした壁を這い上がれずにいたのだろう。周囲には何本もの金糸雀色と黒いミュゲの花が散らばっていた。

「――仔竜様！」

「……？　――エスてりゅ！」

エステルの呼びかけに仔竜がぱっちりと目を覚ます。そうして喜びに小さな羽を激しく羽ばたかせる姿に、エステルは安堵してほっと息を吐いた。

「待ってくださいね。今、引き上げます。――ニコラウス様、仔竜様がいました！」

上空を飛んでいるはずのニコラウスに向けて声を張り上げ、エステルはそのまま岩の上に腹ばいになった。

「わたしの手を掴めますか？　もうちょっと……。何か足場になるものとか……。あ、その石の上に上って手を伸ばしてみてください。そうです、それです」

仔竜が精いっぱい前足を伸ばしても届かず、エステルが仔竜の足元にいくつか転がっていた石の上に乗ってもらうように示したが、それでも届かない。

「ちょっと届かないようですから、ニコラウス様を待――っ」

待ちましょう、と口にしかけたその時、ふっと頭上が陰った。ニコラウスが来てくれたのだろう、と振り返ろうとすると、どん、と背中が押された。

「……え⁉」

何が起こったのかわからなかった。眼前に仔竜の大きく見開いた竜眼がある、と思った時には体に衝撃が走った。

「……った……」

「エステりゅ！　じょぶ？」

仔竜の声が耳元で響き、はっと目を見開いたエステルはそこでようやく穴に落ちたのだと気づいた。

「だ、大丈夫です」

打ち付けた肩を押さえながら起き上がったエステルは、腹に頭を擦り付けて心配してくれる仔竜をそっと撫でて上を見上げた。

（今、背中を押されなかった……？　でも、誰に？）

手が滑った覚えはない。明らかに誰かに突き飛ばされたような感覚だった。ニコラウスがそんなことをするわけがないので、第三者の仕業だ。

（あまり竜は来ない、って聞いたけれども……。どなたかが後をついてきていた？　ニコラウス様は力の不調があるし……気づかなかったのかも）

エステルをよく思わない竜がこっそりとついてきていて、ニコラウスと離れたのを見計らい突き飛ばしたのだろうか。

（まさか……。考えたくはないけれども、アレクシス様の番の方じゃないわよね？）

幸いなことに頭は打たなかったが、肩が痛い。それでも痛みをこらえて穴の縁に手を伸ばしたが、あと少しで届かない。ふるふると腕を振るわせながら手を伸ばしていると、ふいに頭上からこちらを覗き込む竜の影が見えた。

「……ニコラウス様？」

弱い光を遮られてしまったため、鱗の色がわからない。恐る恐る呼びかけたエステルの声に、返答はなかった。代わりにほんの少し身動きした竜の首に白い点が散っているのに気づく。

（違う。ニコラウス様でも、アレクシス様の番の方でもない！　あの、蒼天色の竜の傍にいた白い斑点の竜……!?）

とっさに身を引き、仔竜を守るように抱え込む。――と、白斑点の竜が『ごめんね』と呟いたかと思うと、穴の上から大量の水が流れ込んできた。

「……っ」

水流の勢いに押され、穴の中で引っ繰り返ったエステルはどんどんと流れ込んでくる水に上を見上げ、さらなる恐怖に血の気が引いた。穴が岩で塞がれようとしている。

「塞がないで……っ。お子様がいるんです！」

「りゅめ――っ！」

エステルの腕に抱かれた仔竜が喉をのけぞらせて、吠える。それと同時に小さな金糸雀色の体から金の枝が伸び、穴を塞ごうとした岩を弾き飛ばす。しかしながら、ニコラウスが言っていた通り力が操りにくかったのか、仔竜を抱きかかえていたエステルもまた容赦なく弾かれ、穴の壁に背中がぶつかった。

「――っ」

一瞬、意識が遠のき、息が詰まった。ずるりと水が溜まりつつある穴の底に力なく座り込む。すぐに空気を求めて大きく息を吸った時、今度は大量の水を飲み込んでしまった。

(……苦しい!)

むせかえり、肺から空気が押し出される。なおも流れ込んでくる水から逃れるために仔竜が袖をくわえて必死に引っ張り上げようとしてくれたが立ち上がれずに、朦朧としてくる。

(だめ。仔竜様だけでもここから出さないと……。多分、狙いは、わたし)

気力を振り絞って壁を伝いながら立ち上がり、袖にしがみつく仔竜を引きはがそうとした時、仔竜の力に弾かれた白斑点の竜が再び顔を覗かせた。

(また、閉じ込められるわけにはいかない……っ。魅了がかかるかどうかわからないけれども)

エステルはぐっと目に力を込めて白斑点の竜の竜眼を睨み据えた。一瞬だけ視線が揺らぎ、ぼんやりとしかけたが、それでもすぐに理性の目を取り戻してしまう。魅了の力はかからなかったようだ。

「出して、ください。お子様だけでも」

それでもエステルは諦めずに感情を露にすることなく、言い聞かせるように訴えた。

白斑点の竜が視線を彷徨わせ、最後にエステルと目を合わせた。わずかな沈黙の後、すぐに青い鱗に白い斑点が散った尾が上から降ろされた。

はっとしたエステルが仔竜を抱えて尾を掴むと、間を置かずに上に引き上げられる。

仔竜を地面に下ろし、エステルは脱力して地面に座り込んだ。

(ありがとうございます、ってお礼を言うべき？　それとも、逃げる？)

一切言葉を発せず、すぐ傍に佇んでいる白斑点の竜を見上げようとしたその刹那、座り込んでいた地面がぐらりと揺れた。おそらく、白斑点の竜が使った水の力によって地面が脆くなっていたのだろう。あっと思った時にはすぐ傍を流れる急流へと落ちていた。

「エステりゅ！」

『――俺の番に何をしている!!』

ふいに仔竜の声をかき消すような、地面を揺るがすほどの竜の怒りの咆哮が響き渡った。

ジークヴァルドの声だ、と気づいた時には水に呑まれていた。それでも必死に顔を水面に出すと、空の彼方に銀竜の姿が見えたが、すぐに流れに体が持っていかれて、上下がわからなくなる。

(――ここで、死ぬわけにはいかないのよ……っ。ジークヴァルド様が悲しむわ)

脳裏に、あの地下の避難部屋で見た手記に落ちた涙の痕が蘇る。あの竜のようにようやく豊かになってきた感情を一年も経たずに再び凍りつかせたくはない。

何か掴まれるものはないかと腕を伸ばそうとした時、がつん、と頭に衝撃が走った。

「……っ」

石にでもぶつかったのか、意識が遠のく。鼓膜を支配していた水の音がすうっと消える。自分の口から泡が出ていくのをぼんやりと見た後、そのまま何もわからなくなった。

＊＊＊

さらさらと流れる水の音がすぐ傍でしていた。

ひんやりとした寒さに身を震わせたエステルは、はっとして身を起こした。途端に、体のあちこちが痛む。特に肩と頭が痛い。その痛みをこらえて状況を整理する。

（仔竜様のいた穴に落とされて、出してもらえたけれども、今度は川に落ちて流されて……。ジークヴァルド様が飛んできたのを見て、そのまま流された……？　とりあえず、生きていてよかった……）

安堵の溜息と共に周囲を見回したエステルは目を瞬いた。

「ここ、どこ……？」

岩盤で囲まれた洞窟（どうくつ）だった。足元には川が流れていることから、おそらく地上から岩盤の下に川が流れ込んだ地下なのだろう。その川の砂利が溜まってできた浅瀬に倒れていたらしい。

（でも、地下のはずなのに暗くないのはどうして……？）

上を見ても日の光が差し込むような隙間（すきま）はない。夜目が利く竜ならまだしも人間のエステルには暗闇のはずだ。うっすらとでも状況がわかるほどの明るさはおかしい。

そろそろと立ち上がってみると、あちこち痛むがどうにか立てたのでエステルはわずかな浅瀬を下流に向かってゆっくりと歩き出した。少し歩き、そこでようやくこの奇妙な明るさに気づいた。

「明るかったのは、これのせい……」

地下だというのに所々にぽつぽつと咲くミュゲの花が淡く光を帯びていた。

うっすらと発光する白いミュゲの花は、よくよく見れば銀色の花弁だ。青白い燐光を放つ銀のミュゲの花はジークヴァルドの鱗を思い出させて、ほっとする。辺りを見回してみると、銀色の他に黄色味を帯びた光を発する金色のミュゲの花も見受けられた。

(金や銀の花は見つけるのが難しい、って言っていたのは、こんな場所に咲くからなのかも)

人間でもまずこんな場所は探さないだろう。地下に咲くような色ならば、常に空を飛ぶ竜が見つけるのはなおさら難しい。

少し考え、そっと一輪摘む。まるで銀細工のようなミュゲの花は溜息が出るほど美しかった。摘み取ってもそのほのかな灯りは消えずにいる。弱くとも光があるのは心強かった。まるでジークヴァルドがそこにいるかのように思えてくる。

(よし、灯りも確保したし、このまま外に出られるといいんだけれども。ジークヴァルド様は心配しているわよね……。仔竜様も白い斑点の竜の方も大丈夫かしら)

川が滞ることなく流れているのだから、どれほどかかったとしてもおそらく外に出られるはずだ。

（あの、白斑点の竜の方は……、わたしに鱗を渡そうか迷っていたんじゃなくて、監視していたのかも。青の竜の方々が仔竜様を探すのを手伝ってくれていたのも、偶然すぎるし……）

青い鱗の竜の集まりでは必ず姿を見た。もしかすると、青い鱗の竜の筆頭、蒼天色の竜に指示されて状況を逐一報告していたのかもしれない。

気合いを入れて足を踏み出したエステルだったが、唐突に洞窟が揺れた。頭上からぱらぱらと砂なのか、埃なのかが落ちてくる。

「えっ」

埋まる、と青ざめたその時、頭上の岩盤がまるで風で吹き飛ぶかのようになくなった。文字通り、跡形もなく消えたのだ。代わりにひやりとした冷気が降りてくる。

『――エステル！』

とっさに頭をかばいうずくまったエステルは、焦りを帯びたジークヴァルドの声にはっとして立ち上がった。

「ジークヴァルド様！」

大きく開けた頭上から見下ろしてきていたのは、縋るように握りしめていた銀色のミュゲの花よりもさらに魅了してやまない銀の竜の姿のジークヴァルドだった。

『大丈夫か？　今、そこから出してやる』

安堵の溜息をつくと同時に、ジークヴァルドが身を乗り出し首を伸ばしてきたので、エステルは銀色のミュゲの花を落とさないようにとポケットにしまった。その間にジークヴァルドはエステルの襟首をくわえ、地上へと引き上げてくれた。

「エステりゅっ、じょぶ？」

「――っは、はい！　大丈夫です。お怪我はありませんか？」

地下洞窟から助け出されるなり飛びつくように抱きついてきた仔竜を受け止めきれずによろめきかけ、いつの間にか人間の青年の姿になっていたジークヴァルドに支えられる。上品で奥ゆかしいミュゲと冬の夜のようなひやりとした香りが鼻腔をくすぐった。

「ようやく追いつけたかと思えば、まさか川に落ちて流されるとはな」

「……死ぬかと思いました」

「俺もだ。――それはそうと……、あの者はお前が追いかけていた白斑点の竜ではなかったのか？」

ジークヴァルドが顎をしゃくった先にいたのは、絵の具をまいたかのような色とりどりのミュゲの花の上で伸びている白斑点の竜の姿だった。その姿は半分氷で覆われているのか白い。微動だにしない姿に、エステルは冷や汗をかきながら叫んだ。

「殺していませんよね!?」

同族殺しはどんな理由であれ、大罪だ。

「子に聞いたが、閉じ込められかけたそうだな。しかも水まで入れたと。お前を殺しかけたというのに、殺さないわけがないだろう。――と言いたいところだが、気を失っているだけだ」

忌々しげに吐き捨てるジークヴァルドに、それでも気を失うほどの力はぶつけたんですね、とは言えずにいると、エステルの焦りを宥めるようにジークヴァルドが頭に頬を擦り付けた。

「おそらくあの者は、青の筆頭竜にお前が子を見つけるのを生死かまわず妨害しろ、とでも言われたのだろう。例え俺の怒りに触れたとしても、お前に鱗を渡したくはないのだな」

「そうだと思います。鱗を渡す約束を反故にするつもりだったんですね」

エステルが思わず仔竜を抱く腕に力を込めてしまうと、苦しかったのか腕の中の仔竜がもぞもぞと動いた。慌てて力を緩めると、頭上を見上げた仔竜が歓声を上げた。

「ちちうりぇ、ははうりぇ！」

はっとして空を振り仰いだエステルは、黒に金の筋が入った鱗の竜と金糸雀色の竜がこちらに降りてくるのに気づいて、そっと仔竜を離してやった。

『ああ、我が子よ！　本当にお前は……』

『お前、母上を困らせせんなって言っただろう。怪我はしてねえか？』

「仔竜様、オレも、エドガーもいるっすよ！　ああ、ご無事でよかった……」

谷に降りてきたマティアスとウルリーカが、駆け寄った仔竜の体に両脇から頭を擦り付ける。

ウルリーカの背に乗っていたエドガーは落ちるように降りて、さめざめと泣きだした。

「無事に会えてよかった……」

両親にくっついて甘える仔竜の姿に、エステルは安堵のあまり体中の力が抜けた。後ろから支えてくれていたジークヴァルドに背を預けてしまうと、包み込まれるように後ろから抱きしめられる。

「これでお前も怪我をしていなければ、なおのことよかったのだがな」

「――え、ま、待ってください」

流された時にでも怪我をしたのだろう。傷ついた手の甲にそっと唇が寄せられて、滲んでいた血を舐めとられる。

(番の傷を舐めて治そうとするのは竜の本能なのは知っているけれども……。わたしが恥ずかしがるのをわかっていてやっているわよね!?)

それだけ心配させたのだろう。

エステルが手を引こうとしても、びくともしなかった。執拗に傷を這う舌先に痛みとは別に背筋をぞくりとした感覚が走り、何となく身の危険を感じたエステルはとうとう声を上げた。

「ジークヴァルド様！　わかりました。もうわかりましたから……っ」

ジークヴァルドの顔を押しやると、彼は眉間に皺を寄せながらもようやく傷を舐めるのをやめてくれた。しかしながら、エステルを抱え込んだまま離さない。そのくらいは仕方がないだろうと諦めて、エステルは今ここにいない老翁竜の姿を探して上を見上げた。

「あの、ニコラウス様はどうかされたんですか？　仔竜様を見つけた時に声をかけたんですけれども……」

「聞こえなかったのだろう。俺が【ミュゲの谷】に着いた時にはここより上流を飛んでいた。それに、ニコラウス殿は力が操りにくいここにはあまりいない方がいいからな。先に【塔】に戻ってもらった」

「やっぱり、降りたらあまりよくなかったんですね」

もしかしたら、そのせいもあってエステルの声が聞こえなかったのかもしれない。

「ああ、そうだ。アレクシス殿も番を伴って【塔】に向かっているだろう。俺たちも戻るぞ。――この件を終わらせなければな」

ジークヴァルドの視線が仔竜の無事を喜ぶマティアスたちに向けられる。次いで、未だに目をさまさない白い点が散った青い鱗の竜を苦々しそうに見やる。

マティアスたちにとってはとんだ災難だ。全く関係ないというのに仔竜を攫われてしまったのだから。

（人間不信にならないといいんだけれども……）

人間になど関わったから仔竜が巻き込まれたのだと思われてしまっては悲しい。

一抹の不安を感じながら、エステルは体の前に回されたままのジークヴァルドの手を強く握りしめた。

＊＊＊

『長、この者が何かしたのだろうか』

ジークヴァルドによって、【塔】の庭園に放り出されるように降ろされた白い斑点が散った青の鱗の竜を見て、蒼天色の竜は不思議そうにかすかに首を傾(かし)げた。地面に転がった白斑点の竜は放り出された衝撃で意識を取り戻したようだったが、ジークヴァルドの怒りの威圧が恐ろしいのか身を強張(こわば)らせたまま動かなかった。

『――エステルの後を付け回させていただろう。おそらく、鱗集めをしている時から。俺の番とわかっていて、殺そうとしてきたぞ』

ジークヴァルドに乗せてもらい、【塔】に戻ってきたエステルたちを待っていたのは、怒りと申し訳なさに首を垂れる竜の姿のアレクシスと自分のしたことを反省したのか、小さく縮こまっているその番だった。青い竜に囲まれたヒエンは険しい表情でそれを眺めている。ニコラウスは人間の子供の姿で【塔】から庭園へと降りる階段に腰を下ろし、興味深そうに成り行きを見守っていた。

（——しらを切って見捨てる？　それともかばう？）

どちらに転んでも、エステルに鱗を渡すつもりはないのかもしれない。

穴に落とされたり、川に流された際に痛めた肩と頭は、竜騎士の早い回復力ですでにあまり気にならなくなっていたが、それでも危なかった。

蒼天色の竜はわずかに沈黙を落とし、すぐに溜息をついた。

『夏至が過ぎるまで大人しくさせろとは言ったが、殺せとは言っていない。ただ、結果的にそうなったとしても、人間が生きようが死のうが【庭】からいなくなれば僕にはどうでもいい』

庇うでもなく、隠し立てをするわけでもなく、蒼天色の竜ははっきりとそう口にした。

『——そもそも、長。貴方はこれまで人間のことなどかけらも興味を抱かず、どちらかといえば面倒な生き物、と思っていたはずだ。それがどうだ。人間の番を見つけて得た途端に、その肩を持つ。腹立たしいことこの上ないのは、僕ばかりではない』

蒼天色の竜の後ろに控えていた二匹の青い竜がジークヴァルドに怯えたような視線を向けつつも、同意するように小さく唸る。

『人間の肩を持った覚えはない。番が殺されそうになった、それを怒るのは不自然なことなのか？　人間か竜か、などは関係ない。人間の番、ということにこだわっているのはお前の方だ』

声を荒げることなく、淡々と述べるジークヴァルドに蒼天色の竜は苛立ったように尾を地に打ち付けた。

『――っああそうだ！　長の番が脆弱な人間だというのは気に食わない。人間が長の番だとすれば、自分も上位の者なのだと思い込み横暴にふるまう。人間とはそういう生き物だ。現にその娘は長がかばってくれるのをいいことに、詫びに鱗を寄こせなどと言い出した。つけあがるのもほどほどにしろ！』

激高する蒼天色の竜の声に合わせて、ぱらぱらと雨が降ってきたかと思うといつかと同じようにエステルに向けて針のようになった雨が襲い掛かってきた。

ジークヴァルドが大きく吠える。氷の風で針の雨を押し返したものの、蒼天色の竜はそれでも諦めることなく、エステルを排除しようと飛び掛かってきた。

素早く飛び上がったジークヴァルドが蒼天色の竜より高く舞い上がり、その首元目掛けて氷の風を放った。渦巻く氷交じりの風が蒼天色の竜を地に縫い留める。ジークヴァルドの圧倒的な力を跳ね返すことができずに、蒼天色の竜は地面でもがいた。

『――っルドヴィック様が長ならば、煩わしい人間が【庭】に出入りするのを許すことはなかったというのに……！』

悔しげに呟く蒼天色の竜に、地上に降りたジークヴァルドが呆れたように嘆息した。

『何を言っている？　ルドヴィックは人間を蔑んでいたが、人間と共存するために初代の長が作ったこの【庭】を壊したがっていた。ルドヴィックが長になったとすれば、排除するどころか逆に面白がり、【庭】に人間を引き入れるのも厭わずに利用しただろう。煩わしさは今以上だ』

現在は竜騎士の選定期間以外、人間は竜騎士を除いて【庭】に入ることは許されない。そして竜は長の許可がないと【庭】の外には出られない。この決まりを取り払ってしまえば、世界は大混乱に陥るだろう。竜も人間も穏やかさとは全く無縁になってしまう。

押し黙った蒼天色の竜を無言で眺めていたジークヴァルドだったが、しばらくすると蒼天色の竜を拘束していた氷交じりの風をふっと消した。唐突に解放された蒼天色の竜が身を起こし、不審げにジークヴァルドを見上げる。

『なぜ戒めを解いた……？』

『――本当なら、お前やエステルを殺そうとしたあの者に戒めのトルクを嵌めたいところだ』

戒めのトルク――とは、竜の力を制御し、地を這うようにしか飛べなくなる金の首環だ。竜にとっては何よりの屈辱になる。

ジークヴァルドの口から怒りの唸り声が漏れたが、それでも押し殺すように言葉が綴られる。

『だが、お前はエステルとヒエンが子を誘拐していないと証明できれば鱗を渡す、と確約をしただろう。それを違えるな。人間に竜は約束を違える生き物だ、と蔑まれたくないのならな』

『――っ』

自分の言葉をなぞらえた言葉に一瞬だけ喉の奥で唸った蒼天色の竜だったが、それでも下位の存在の人間に蔑まれるのは竜の誇りが許さなかったのか、反論することなく大きく息を吸って項垂(うなだ)れた。

目の前で繰り広げられた攻防に身構えていたエステルはぐっと唇を噛みしめた。

「ジークヴァルド様が守ってくれるという傲慢(ごうまん)さがあるのはわかっています。それでも、人間の番でも恥じることは一切ないと言ってくれたジークヴァルド様のためにも、怯えて翼の陰に隠れてばかりはいられません」

長の番という立場を利用しているつもりはないが、力のない人間の自分が生きるためには多少威を借りなければ生き延びることはできない。

エステルは顔を上げてゆっくりと蒼天色の竜に近づいた。そうして手を差し出す。

「青の鱗が最後なんです。夏至祭を成功させるために、頂けると助かります」

蒼天色の竜は灰色の竜眼を忌々しそうに眇(すが)めたが、わずかな間の後、ゆっくりとした動作で鱗を引き抜くと、エステルの手の上に載せた。

「ありが――――っ」

エステルが礼を口にしかけた次の瞬間、蒼天色の竜は腹いせのように間近で翼を広げたかと思うと空へと舞い上がり、あっという間に去っていってしまった。その後を慌てて他の青い竜が追っていく。地に伏していた白斑点の竜もまた、ジークヴァルドに深く頭を下げた後、ふらつきながら飛んでいった。

　吹き飛ばされないようにとっさにジークヴァルドの翼にしがみつき、感謝を込めてその姿を見送ったエステルは、翼から離れると鱗を押し抱き満面の笑みを浮かべた。

「青の鱗、貰えました！　ジークヴァルド様、早く湖の縁に埋めにいきましょう」

　蒼天色の竜から貰った鱗は、まるでよく晴れた空の一部を切り取ったかのように澄んだ色だ。

『――ああ。クリスたちが待ち侘びているだろう。マティアス、ウルリーカ。子の誘拐の件はアレクシス殿たちと話し合い――』

　ジークヴァルドがエステルをその背に乗せようと、体を傾けながら指示を出している時だった。唐突にヒエンが小馬鹿にしたように笑い出した。

「――気に食わないというくだらない理由で自分の妻が殺されかけたというのに、鱗を出させただけで怒りを収めるとは……。竜は慈悲深いというより、かなり甘いのだな」

　竜たちの鋭い視線がヒエンに集中する。

（甘い、って……）

　ヒエンは肌を刺すようなぴりっとした空気が周囲に漂うのもお構いなしに、さらに先を続けた。

「子の誘拐の件でもそうだ。同族意識なのか知らぬが、話し合いで決めろなどと随分と――」

『ヒエンよ。今度こそ本当に大概にするんじゃな』

ヒエンの言葉を遮り、ニコラウスが人間の子供の姿から夜明け色の竜の姿へと戻ったかと思うと、ふわりとヒエンの目の前に降り立った。いく筋かの雷がその体に纏わりつき、ぱりぱりと破裂音を立てている。

「大概にしろと言うのなら、契約を切って【庭】の外へ放り出せ」

『切らぬ。――自分の命が危うくなるというのに切れというおまえさんが本気でわからぬ。おまえさんの本音はどこじゃ。国のためなんかではなかろう。おまえさんはあの国を心底嫌悪しておるはずじゃ』

「嫌悪？　むしろ後ろ盾のない末皇子でもここまで育ててくれた感謝しかない」

皮肉げに笑うヒエンに、ニコラウスが鼻で笑った。

『ふん、心にもないことを。儂が竜騎士に選ばなければ商人上がりの母親共々、あの王宮の片隅で人知れず命を失っていただろうに。お前ら親子などこの場には分相応だ。要らぬと否定され続け、蔑まれてな』

睨み上げていたヒエンの表情が一瞬にして憤怒の形相になった後、すぐに酷く冷静な顔つきになる。ただ、その金色の双眸は燃えるようだ。

ぎらりとした憎しみの目にエステルが気圧されて後ずさりかけると、その体をジークヴァルドが尾で抱え込んでくれた。

「――レイメイ、そなたがそれを言うのか！」

ヒエンの手が佩いていた双剣に伸び、ニコラウスの柔らかな顎下へと繰り出される。とっさに首をそらしたニコラウスの喉元の鱗を数枚剥ぎ取り、濃い紫とオレンジが混ざった鱗が流星のように飛び散った。首にかけられていた鱗が下がった金鎖が大きく揺れたが、刃はかすめもしなかったのか、落ちることなく煌めいただけだ。

『おお、言うてやるわ！　国におまえさんを殺されて後悔するくらいなら、今ここで儂が黒焦げにしてやろうぞ！』

ニコラウスが大きく吠えた。頭上で真っ黒な雲が渦巻き、雷鳴が轟く。その隙をついてヒエンが再び強靭を振りかざした。

『ニコラウス殿よせ！』

「ヒエンさん、駄目です！」

氷交じりの冷風をニコラウス目掛けて叩きつけたジークヴァルドとほぼ同時に、エステルはヒエンの体に飛びついた。雷が外れて落ち、ジークヴァルドの力に衝撃を受けてよろめいたニコラウスだったが、それでもなお唸りながら這うようにこちらに迫ってくる。

「止まってください、ニコラウス様！」

本能的な恐怖を振り払うように目に力を込めて金色の竜眼を見据えると、魅了の力に気づいたのか、ニコラウスの動きが一瞬だけ止まる。その隙をつき、再びジークヴァルドがニコラウスを弾き飛ばした。

「ヒエンさん、落ち着いてください！」

エステルを振り払おうとするヒエンの胸倉をどうにか掴み、エステルは底光りでもしているかのような金色の瞳を奥の奥まで凝視した。

「──っ！」

びくりとヒエンの肩が大きく震えた。憤怒の色に染まっていた双眸が戸惑ったように揺れる。

(魅了の力にかかった……？)

ヒエンの動きが止まり、背後でニコラウスが倒れたのだろう大きな音が響き渡った。しかし

エステルはそれにも振り返らずに、ヒエンの目を見据えたまま微動だにしなかった。

「そのまま、剣を下ろしてください」

はっ、はっ、と浅い呼吸をするヒエンから目を逸らさず、静かに語りかける。エステルの言葉に従うように徐々に腕が下がり、やがていくらも経たずに双剣がその手を離れ──。

「──えっ!?」

突如として焦点が定まらなかったヒエンの目が抗うようにしっかりとエステルを睨み返したかと思うと、竜騎士は双剣を握り直し、エステルを振り払って脇を走り抜けた。その先にはジークヴァルドの力で横倒しになったニコラウスの姿がある。

「やめてください！」

エステルの悲鳴じみた声にもヒエンは止まらず、若干ふらつきながら身を起こしたニコラウ

スの喉元を剣で切り上げた。

　ぱっと金の筋が光る。空に向かって何かが飛び、放物線を描くようにして落ちてきたそれを受け止め、ヒエンはそのまま堂々と掲げた。ニコラウスの喉元には一回目の襲撃で剥がれた鱗の他には傷はついていない。

「――っ見よ！　獲ったぞ、レイメイ」

　晴れやかな笑みを浮かべたヒエンが手にしていたのは、金鎖に通されたニコラウスの夜明け色の鱗だった。

　身構えていたニコラウスが激情を抑えるようにぶるぶると身を震わせ、悔しげに呻く。

『くぅ……っ。おまえさんは魅了の力にかかっていたはずじゃろう！』

「そんなもの、気合いでどうにでもなるであろう。鍛錬の賜物だ」

　不敵な笑みを浮かべて大切そうに鱗を握りこむヒエンに、ニコラウスが地団駄を踏むかのように尾を地面に叩きつける。

　主従のやりとりについていけず、ぽかんと口を開けてしまっていたエステルは呆然としたまま、眉間に皺を深く刻み傍らに立った人の姿のジークヴァルドに尋ねた。

「……き、気合いで解けるものなんですか？」

「いや、自然に解けるのを待つのが普通だ。竜ならまだしも、いくら竜騎士とはいえ人間が気合いで解いた、という話は聞いたことがない」

『化け物じいの竜騎士はやっぱり化け物じゃねえか……。殺したって死にそうにもなくねえ？』

的を射ているのかいないのかよくわからない評価を呟いたマティアスに、傍らでウルリーカ以下竜たちが頷く。

『はは……、やれやれじゃ。挑発するものではなかったわ。存在を否定されることが何よりも嫌いで、それを口にした格上の皇族さえも殴り飛ばすおまえさんは、とうとう儂にさえも本音を明かさなかったのう』

よっこいしょ、と立ち上がったニコラウスが疲れたように首を垂れた。

「本音とは何のことだ。私が契約破棄を望むのは、ショウのためだ。ようやくこのしつこくて我が儘で、横暴な竜から解放されるのだ。悲しむよりもせいせいする。——さあ、早く契約を切れ。レイメイ」

『おまえさんはジークヴァルドと似たようなことを言いおって……。そこへ鱗を置け』

眉一つ動かさず、しれっと言い放ったヒエンに、ニコラウスが苦々しげに顎をしゃくって地面に鱗を置くようにと促す。

それを見たエステルは、ぎゅっと胸が掴まれたような息苦しさを覚えて両拳を握りしめた。

（わたしから鱗争奪戦を提案したんだから、わたしが口を挟める立場じゃないけれども……。お互いの本音をまだ言っていないのに、本当にこれでいいの？）

どうにかならないかと周囲を見回しても、ニコラウスとヒエンの契約破棄を見守るつもりなのか、竜たちは注視するばかりで口出ししようとはしなかった。

鱗が地面に置かれる。ニコラウスが自分の血を垂らそうと腕に歯を立てようとした時、エステルはいてもたってもいられず駆け寄って鱗をさっと取り上げた。ヒエンがこちらを睨みつけて腕を伸ばしてくる。

「そなたは何を――」

「ヒエンさんは……。ニコラウス様が力の不調を起こしているのを知っていますよね」

エステルはヒエンの手から遠ざかるように後ずさり、ニコラウスの鱗を抱きしめて真っ直ぐにヒエンを見据えた。その傍らで、ニコラウスが低く唸り声を上げる。

『それは黙っておけ、と言うたはずじゃがの』

「すみません。黙っていられません。このままだとお互いに絶対に後悔します。――ヒエンさんは……これ以上不調のニコラウス様から力を貸してもらうのが申し訳なくて、契約を破棄して【庭】に帰したいと思っているんじゃないんですか」

不満を漏らすニコラウスに言い返し、エステルは一切驚くことなく唇を引き結んだままこちらを見据えるヒエンを見返した。ヒエンは目を伏せて細く息を吐いた。

「違う。私は国のために――」

「竜は国を見て竜騎士を選ぶんじゃありません。たった一人の人間を認めたから竜騎士に選ぶんです。国も身分も責任も関係ない。ニコラウス様は何度も言っています。貴方自身に力を貸したいと思ったから貴方の国に出向いたんです。貴方はそれを本当はわかっていますよね」

　初めの頃、ヒエンは竜との契約は国込みのものと考えているのかと思っていたが、色々と話を聞いていくうちに、どうもそこのところはきちんと理解しているのだと感じた。

「そうでないと、あれだけ徹底して国のためだ、なんて言わないと思います」

　ヒエンは視線を上げることなく黙り込んでいたが、エステルは返事を待たずにそっと近づいた。

「これ……勝手に触ってしまってすみませんでした。でも、ヒエンさんがニコラウス様を気遣うのと一緒で、ニコラウス様も契約を切ることで貴方を窮地に追い込みたくないんです。あんなにニコラウス様と息が合っているヒエンさんならそれもわかっていると思います。それだけは受け入れてあげてください」

　エステルは奪い取ってしまったニコラウスの鱗をヒエンに返した。

（多分、ほんの少しのきっかけがあれば解決すると思うんだけれども……）

　意地の張り合いがどうにも引っ込みがつかなくなったのだ。ほんの少し背中を押すくらいでおそらく事態は変わる。

　ヒエンはエステルから返された鱗をじっと眺めていたが、やがてそれを強く握りしめた。

「……竜が減ったことで、これからショウは荒れるであろう。これ以上、竜の……レイメイの慈悲深さに甘えて、人間の身勝手さや都合に巻き込むことだけはしたくはない。手の施しようがなくなるほど体調が悪化する前に【庭】に帰ってほしい。それだけだ」

ようやく本音をこぼしたヒエンに、ニコラウスが深々と嘆息した。

『力の不調と体調を一緒にするな。若い頃に比べれば、多少力は落ちたがのう。まだまだ現役じゃ』

それを示すようにニコラウスが大きく尾を振り、広げた翼に雷を纏わせた。その姿はひれ伏したくなるほど神々しい。

『人の都合に首を突っ込むのも一興じゃ。何のために竜騎士を選ぶと思うておる。せいぜい儂を利用してうまく立ち回れ。おまえさんが老衰で死ぬその時、ここまで生き残れたのは儂のおかげだと言わせてみせるのが、儂の目標じゃな』

はははっ、と豪快に笑いながら竜らしい傲慢さが見え隠れする言葉を口にするニコラウスに、ヒエンが眉を下げて苦笑いをした。

「利用しろとは……。竜の誇りがない奴だな」

一瞬だけ泣きそうな表情をしたかに見えたヒエンだったが、手にしたままの鱗をきつく握りしめると、やがて静かにニコラウスに向けて差し出した。

「――レイメイ、これからも頼む。至らぬ竜騎士の私を助けてくれ」

『あいわかった。このレイメイ、お前さんが生を全うするまで主竜で居続けよう』

自分の鱗をくわえたニコラウスはそのまま噛み砕き、これまでのわだかまりごと飲み込むかのように喉を鳴らして腹に収めた。

固唾を呑んで見守っていたエステルは、静かに息を吐いた。

（お、終わった……？　ちゃんと契約問題が決着したのね……）

それを理解した途端、全身の力が抜けた。白夜のため、辺りはうっすらと明るいが、すでに真夜中も過ぎ日付は変わっているだろう。どっと疲れと眠気が襲ってきて、くらりと眩暈がする。

「大丈夫か？」

軽く額を押さえたエステルの背中をジークヴァルドが支えてくれる。

「……すごく眠いです」

「無理もないだろう。魅了の力も使っているのだからな」

労わるように肩を撫でたジークヴァルドが膝裏と背中に手を回して、あっという間にエステルを抱き上げた。一瞬抵抗しようと思ったが、疲労と眠気でままならずそのままジークヴァルドの胸に寄り掛かる。

抱きかかえられたエステルを見て、ヒエンが申し訳なさそうに笑った。

「竜の長の番、世話をかけたな」

「……あんまりお役には立てていなかったと思います。【塔】の庭も酷いことになってしまい

ましたし」

夏至祭が終われば今度は竜騎士選定が始まる。竜騎士候補たちはこの庭を見てどう思うだろう。感激よりも竜の力を思い知って、恐怖を抱くのではないだろうか。

あちこち石畳が剥がれ、石像も横倒しになり、美しく整えられていた庭木も嵐の後のように倒れて散らばっている。黒焦げの地面は深く抉れていて、そこからは未だに煙が上がっていた。その煙を追って空を見上げたエステルは、ふらつきながら空を飛ぶ数匹の竜の姿を見て、はっとした。

「鱗！　鱗を早く埋めないと、湖が干上がらなくて夏至に間に合わなくなります！」

瞬く間に疲労も吹っ飛び目が覚めた。ジークヴァルドの腕から降ろしてもらおうと身じろぐ。

「ああ、わかっている。そう急くな」

ジークヴァルドはひとつ息を吐くと、エステルを下ろしすぐに竜の姿へと戻った。

それを見ていたニコラウスが大あくびをする。

『さあて、儂も一度棲み処に帰るとするかの。さすがに疲れたわ。ヒエン、おまえさんも竜騎士候補の宿舎で休め。マティアス、ウルリーカ。儂の竜騎士が騒がせたのう。アレクシスは番をあまり叱らんようにな』

三匹の竜に言葉をかけてそれぞれ頷いたのを確認したニコラウスは、翼を広げた。

『おおそうじゃ、ジークヴァルド。エステルを大切に思うがゆえに口を閉ざすのはわかるが、儂らのように誰かに割って入ってもらわなければ収められないほど拗らせる前に、口を割った方がいいぞ』

エステルはその言葉に目を瞬いた。ニコラウスは竜と人の娘との子の消息をジークヴァルドがエステルに教えてやらないことを言っているのだろう。

『ここまでの騒動になった貴方に言われたくはない』

不機嫌そうに返すジークヴァルドに、それもそうじゃな、と笑い声を上げて地を蹴ったニコラウスは、ゆったりと棲み処へ向けて帰っていった。

『エステル、乗れ』

ジークヴァルドに促され、エステルはその背中によじ登った。二組の番と仔竜、そして二人の竜騎士をその場に残し、空へと舞い上がる。

「あの……ジークヴァルド様。言いたくないのなら、言わなくて大丈夫です。無理に教えてもらう方が、心苦しくなります」

ジークヴァルドの気が進まないというのならばもう聞かない方がいいだろう。少しだけ疑問は残るが、ニコラウスに教えてもらったことだけで十分だ。あとは番の娘の手記を読めばいい。

ジークヴァルドはしばらく無言で飛んでいたが、やがて静かに口を開いた。

『いや……。ニコラウス殿があぁ言うということは、お前はもう知っているのだろう。それならば俺の口からきちんと伝える。これは俺とお前の問題でもあるのだからな』

しっかりとした声音には躊躇う様子は感じ取れなかった。

エステルはジークヴァルドの銀に一滴の青を垂らしたかのような鱗についた手に力を込め、覚悟を決めたように頷いた。

「それなら……。鱗を埋め終えたら、お話ししてくれますか」

エステルの頼みに、ジークヴァルドは返事をするように小さく喉を鳴らした。

＊＊＊

初夏が近くともひやりと冷たい水をたたえる弔い場の湖の波打ち際の砂を掘り、エステルは貰ったばかりの青い鱗をそっと埋めた。

丁寧に湿った砂をかけると、時折波が押し寄せるそこは波にならされてすぐにどこに埋めたのかわからなくなる。

「これで大丈夫ですか？」

人間には鱗を埋める場所を教えられないとニコラウスは言っていたが、竜の番であるエステルならばと許されたのだ。

エステルの作業を少し離れた場所で見守っていた銀の髪の青年姿のジークヴァルドを振り返って確認すると、埋めた辺りを見据えていたジークヴァルドは険しかった表情をわずかに緩めた。

「ああ、問題ない。夜が明けるまでには湖の水に鱗が持つ力が溶けだすだろう。他の鱗の力と混ざれば、水が引いていく」

ジークヴァルドの断言にほっと胸を撫で下ろしたエステルは手招きをされ、少し緊張しつつそちらへと歩み寄った。

(鱗を埋めてからお話ししてください、ってお願いしたのはわたしだけれども……)

あのまま空の上で話すのではなく、きちんと向かい合って話を聞きたかった。とはいうものの、いざ話してもらうとなると、やはりわずかに怖さを覚える。

湖畔の木に寄り掛かるようにして腰を下ろしたジークヴァルドの隣に座ろうとすると、やんわりと腕を引かれて膝の上に横座りになるように座らされてしまった。

「眠くなったら寝てもかまわない。その程度の話だと思っておけばいい」

「――はい」

エステルの緊張が伝わっていたのか、そう言ってくれるジークヴァルドに笑みを浮かべて、遠慮なくその胸に寄り掛かる。

「ニコラウス殿からはどこまで聞いた」

「竜と人の娘との子は番を得て、【庭】で一生を終えた、というところまでです。それと……その子は竜の方々からは蔑まれていた可能性があることもお聞きしました。でも、まだ何か隠されているようで……」

軽く目を伏せると、ジークヴァルドは小さく嘆息し、エステルの背中を撫でた。

「ほぼ聞いたのだな。ああ、その通りだ。あまり幸せな生涯ではなかったようだからな。お前にそれを教えるのは落ち込ませてしまうようで言えなかった」

「あの、でも、ジークヴァルド様の棲み処で番の方の手記を見つけたんです。『我らの子からの初めての贈り物』って番の竜の方が書いた栞もありました。両親には愛されていたんだと思います」

それだけでも救いだ。

ジークヴァルドが不思議そうに片眉を上げた。

「お前はその手記を読めたのか？　かなり古い時代のものだと思ったが」

「本文はマルグレット様が読み上げてくれました。栞の言葉は読めましたけれども……。そういえば、ちょっと不思議に思ったんですよね。本文は古語なのに、栞はわたしにも読める文字だったので」

エステルが首を傾げると、ジークヴァルドは少し考えエステルを抱え直した。

「おそらく……『我らの子』というのは、お前が読める時代に生まれた子のことだろう」

「どういうことですか？　番の方は亡くなっているはずですよね」

「いや、番の娘との子のことではなく、人間の言葉で言うのなら竜と人間の娘の子孫のことだ。竜には孫や子孫といった概念はないが、その血は今でも受け継がれている」

蔑まれていたということは子を残せなかったのかと思ったが、どうも違うらしい。エステルがジークヴァルドの話の続きを待っていると、彼はずっと弔い場の湖の向こうにかすかに見える棲み処へと視線を向けた。

「竜の血に交じり、人間の血は薄くなったが時折それが顕著に表れる竜が出る。――ニコラウス殿が人間の姿の時に子供の姿となるのがおかしいと思わなかったか」

「え？　……ま、待ってください。それって、ニコラウス様には人間の血が流れているってことですか⁉」

確かに初めて見た時、なぜか子供の姿で、そして強い力を持つ割には体が小さいと思ったのだ。まさか人間の血筋のせいだとは予想できるわけがない。

「ああ。だが、これは長か、長を継ぐ者しか知らない。ニコラウス殿は先代の長候補だったからな。だから知っていたのだろう。お前も人間の血が混じっていることだけは胸の内に収めておいてくれ。周囲が知れば騒ぎになる。これだけは禁忌だ」

エステルはつい口元を押さえてこくこくと必死に頷いてしまった。

（言えるわけがないわ。特に竜の矜持が高い方々には……）

ニコラウスはたまたま顕著に特徴が出ただけで、人間の血が混ざっている竜は他にもいるのだろう。言えるわけがない。

「お話ししてくれてありがとうございます。もっと悲惨な生涯かと思っていましたけれども、血がつながっているのなら、少し安心しました。竜と人の娘のお子様は番の方には愛されていたってことですよね」

「お前は前向きだな。子がいたとしてもそうとは限らないというのに」

「竜の方々は一途なんですよね。だったら番は大切にすると思います。……ジークヴァルド様もわたしを大切にしてくれていますし」

寄り掛かっていたジークヴァルドの胸に照れを隠すように頬を寄せると、ジークヴァルドはエステルの頭に頬を擦り付けてきた。

「俺はお前を大切にできているのか？　放置してばかりだと思うが……」

「大丈夫です。長のお勤めが忙しいだけで、放置されているとは思っていませんから。むしろ、わたしが困らないように十分気遣ってもらっています」

エステルが危険な目に遭わないようにマルグレットを傍につけてくれたり、エステルの突拍子もない考えを渋々だが受け入れてくれる。大切にしてくれているのはわかっている。

「だからわたしもジークヴァルド様を大切にしたいんです。わたしを気遣ってくれるのは嬉しいですけれども思い悩むことがあれば、わたしにも教えてください。どんなによくないことでも一緒に考えたいです。だってわたしは……あなただけの番なんですから」

　頬を染めてはっきりと告げると、ジークヴァルドは目元を和らげ、エステルをそっと抱きしめた。

「ああ、わかった。もしお前がそれで傷つくようなことがあっても、癒えるまで俺が傍にいて話を聞こう。お前だけの夫なのだからな」

　エステルの言葉になぞらえて耳元で囁いたジークヴァルドに、エステルは胸の内に広がる温かさを逃さないようにと、背中に腕を回して抱きしめ返した。

「もう他にわたしを気遣って話してくれていないことはありませんよね？」

　からかうように尋ねると、ジークヴァルドはほんのわずかエステルを抱きしめる腕に力を込めた。

「……あるんですか？」

　さすがに現時点ではもうないだろうと思っていたが、まさかまだあるとは思わなかった。身を離して顔を覗き込むと、ジークヴァルドは少しばかり気まずそうに視線を逸らした。

「お前が怖がるかと思い、ニコラウス殿のことで言わなかったことがある」

「またニコラウス様なんですか⁉」

　つい驚愕の声を上げてしまう。ニコラウスの秘密はどれだけ出てくるというのか。

「力の不調を起こしている、と言っただろう。あれは半分本当で半分は偽りだ」

「体調不良も起こしている、とかですか?」

「……体調不良どころの話ではない。ニコラウス殿は——竜騎士契約を切れば死ぬだろう」

エステルは瞠目(どうもく)した。いきなり生死の話を持ってこられて頭がついていかない。固まってしまったエステルを抱え直し、ジークヴァルドは先を続けた。

「ニコラウス殿の体はすでに生命活動をとめている。精神力と本来持っていた強大な力、そして竜騎士契約をしていたことで、生者のように動いているだけだ。強い力を持っていると、ごく稀(まれ)におこる。幼子たちも力の強い竜だというのに恐れなかっただろう。威圧感がなかったからだ」

「でも、ヒエンさんとあれだけ元気に言い合いをされていて……」

一度だけ疲れたような素振りをしたのを見たが、それだけだ。乗せてもらった時にも、もともと竜は体温が低いため、生きている者の体温を持っていたかどうか思い出せない。

「長命の木に近寄らなかっただろう。あれは近寄れなかったのだ。あの木は死者の力を取り込もうとするからな」

確かにニコラウスは降りる時には竜騎士契約を切った時だ、と言っていた。自分自身で気づいていて、それを周囲に多くは悟らせない、というのはかなりの精神力だ。誰だって死ぬのは怖い。

「あれほどヒエンに執着したのも、最後の竜騎士、という覚悟の現れだ。自分の生死というよりも、竜騎士を選んだからには最後まで見捨てず、責任を持つ、というニコラウス殿の矜持だ。最後の竜騎士が不幸になることだけは我慢がならなかったのだろう」

エステルはいたたまれなくなって、ジークヴァルドの背中に回した手に力を込めた。宥めるようにジークヴァルドが背中を撫でてくる。

「恐ろしくなったか？」

「いえ……。ただ、驚くだけで……。怖いなんて全然思わないです。ニコラウス様の……竜の人間への親愛の深さと、矜持に、胸が苦しくなります」

竜騎士を選んだからには最後の最後まで責任を持つ。自分の肉体がすでに死んでいても。それだけの思いを人間に対して抱いてくれる竜に、人間もまたそれを理解してその信頼と親愛を裏切るようなことはしてはならないと、しっかりと心に刻んでおかないといけないのだろう。

胸を突かれる感情とともに、つい涙が滲む。

エステルが泣いているのに気づいたジークヴァルドが、その涙を吸い取るように目の端に口づけた。

「怖がるのではなく、まさか泣くとはな。それはどういう気持ちで泣くのだ」

「……よくわかりません。感動とも感激とも違いますし、感極まって、とでもいうんでしょうか。でも、悲しい気持ちではないので、心配しないでください」

そう話している間にも浮かんだ涙を再びジークヴァルドが舐めとり、そのまま耳元に唇を寄せた。

「ニコラウス殿にお前が泣かされるというのは、癪に障るな」

「直接泣かされたわけじゃないんですから、怒らないでください」

小さく笑ったエステルは、宥めるようにジークヴァルドの首筋を撫でた。ようやく照れないで撫でられるようになったが、ジークヴァルドはそれだけでは不満らしい。エステルの耳を甘噛みしてきた。驚いて肩を揺らすと、不機嫌そうな声が聞こえてくる。

「ここしばらく、あまり傍にいられなかったからな。なおさら気が立っている。ニコラウス殿やヒエンに妬くのは当然だろう」

首筋に当てていた手を取られ、ジークヴァルドが顔を傾けたかと思うといつもの首筋ではなく、喉元に噛みついてきた。より致命傷になりかねない場所を甘噛みされた恐怖とは別に、このまま身を任せてしまってもかまわないのではという衝動的な何かにのけぞらせた喉がわずかに震えてしまう。思わず握られていない手で縋るようにジークヴァルドの肩を握りしめてしまうと、甘噛みをやめたジークヴァルドが不思議そうにこちらを見据えた。

「喉を噛まれるのは嫌か?」

「嫌、というか……。何となく命を握られているようで怖くなります。すみません」

色気というよりは、エステルにとっては単純に恐怖だ。圧倒的な力の差に諦めにも似た感情と共に身を投げ出したくなるような気持ちになる。

(食い破られるとは思っていないんだけれども……)

これはもう本能的なものなのだろう。竜たちにとっては単純に愛情表現の一つなのだろうが。ジークヴァルドが望むような反応を返せないことに悔しさが募る。

「謝らなくてもいい。それならばもうしない。お前を怖がらせたいわけではないからな」

目元を和らげたジークヴァルドの指先がエステルの顎に触れたかと思うと、エステルのそれに唇を押し付けてきた。触れるだけのそれはやがて軽く噛みつくように深くなり、熱い吐息が漏れる。満たされるような感覚に体の力が抜けてしまいそうになった。

人間のエステルに合わせた愛情表現をしてくれるジークヴァルドに、朦朧となった頭でも申し訳なくなったエステルは、これではいけないと唇が離れると小さく首を横に振った。

「あの……噛まないなら、喉に口づけても怖くないです。だから、その……ジークヴァルド様のお願いなら、しても……。何度かすれば、そのうち噛まれても怖くなくなるかもしれませんし……」

言っているうちに妙に気恥ずかしくなってきたエステルは、段々下を向いてしまった。

(ああもう、わたし何を口走って……。キスしてほしいって言っているようなものよね!?)

真っ赤になって俯いたエステルの顔を、ふとジークヴァルドがそっと上げさせた。

「……そうだな。全てが終わったら、たまには俺の願いを聞いてくれ、と言ったな。全て終えたとは言えないが、お前がそう言ってくれるのだから、少し我が儘を聞いてくれるか」

小さく頷いたエステルに、ジークヴァルドが目を細める。その笑みがあまりにも甘ったるくて、眩暈がしてきそうだ。

「――ジーク、と呼んでほしい。『様』もいらない。お前と俺は番だ。上下の関係などない」

「え……」

「竜にはそういった概念がないが、人間は愛する者を特別な名で呼ぶのだろう。愛称、と言ったか。ニコラウス殿とヒエンを見ていて思い出したのだが……――駄目か？」

ねだるように顔を覗き込まれ、エステルは妙に可愛らしい我が儘に思わず笑ってしまった。

どうやら『レイメイ』と呼ばれていたニコラウスが羨ましかったらしい。

「何かおかしなことを言ったか？」

「いいえ。でも、他の竜の方々に不敬だ、ってわたしが怒られます。人間のわたしが名前をきちんと呼ばないと、つけあがっていると思われるんじゃないでしょうか」

「放っておけばいい。俺がそう望んでいるのだから問題はない。それでも気になるというのなら、周囲に誰もいない時だけでもかまわない」

きっぱりと言い放つジークヴァルドに、エステルはさらに言葉を重ねた。

「クリストフェル様とセバスティアン様はそう呼んでいますよね。同じでいいんですか？」

「……あれは面倒がっているだけだ。意味合いが違う。――あれこれ理由をつけて逃れようとしているようだが、それほど呼ぶのが嫌か」

この世界を統べる最強の竜の長だというのに、人間の番がなかなか愛称を呼んでくれないというだけで拗ねたような目を向けてくるジークヴァルドを見て、エステルは自分の胸元を押さえた。呼べ、ではなく呼んでほしい、というその思いがくすぐったくて愛おしくなる。出会った頃にはこんな思いを抱くとは、想像もしていなかった感情だ。

（にやけていないで、早く呼ばないと。――あ、そうだ。あれも渡さないと）

黙ったままのエステルに、忍耐強いジークヴァルドもさすがに小さく嘆息した。

「答えもしないというのはどういう――。何をしている？」

「ええと、ちょっと待ってください。引っかかってしまって……。あ、出ました」

ポケットに入れたものを取り出そうとして引っかかり、苦心の末に取り出すと、エステルはジークヴァルドの目の前にそれを差し出した。

ジークヴァルドの目が軽く見開かれた。

「これは……。銀色のミュゲの花か……？」

【ミュゲの谷】で流され辿り着いた地下の洞窟で青白い光を放っていた銀色のミュゲの花は、地上でもほのかな燐光を放ち儚げながらも凛としている。ただ、わずかに萎れてしまっているのが少し残念だ。

「ちょっと萎れてしまっていますけれども、貰ってもらえますか？　――……ジーク」

互いの思いを確かめるために、相手の鱗と同じ色のミュゲの花を贈る。マルグレットから聞いて、いつかやりたいと思っていたのだ。今年は無理だろうと諦めていたが、まさか手に入るとは思わなかった。

心臓は緊張と恥ずかしさで早鐘を打っていたが、噛むことなく言えたと得意げに微笑むと、ジークヴァルドはエステルの手ごとミュゲの花を掴み、幸せそうに苦笑した。

「――ああ、ありがたく貰おう。まったく……。お前はいつも突拍子もないことをして俺を呆れさせるが、こんな嬉しい驚きならば、何度でも構わないのだがな」

「そんなに喜んでもらえるのなら、来年も摘んできます。その先も。毎年、ずっと贈りますから」

エステルがいなくなった時、ジークヴァルドは手記に涙を落とした番の竜のように泣くのかもしれない。それでも自分たちの子がミュゲの花を贈ってくれるのならば、慰めになるはずだ。

エステルを包み込むように抱きしめたジークヴァルドが、先ほどと同じく喉元に唇を押し付けた。やはり肩を揺らしてしまったが、それでも噛みつかれない分だけ恐怖は感じない。

「湖の水が引き始めれば、クリスたちの元に戻らなければならないが……。わずかな時間だが、このまま夜明けまでこうしていてくれ」

ジークヴァルドはエステルを膝に座らせ直し、後ろから腹の前に手を回してエステルの頭に頬を擂り寄せてきた。

「――それだけでいいんですか？」

ついそう言ってしまったエステルは、自分の考えのなさにすぐに後悔した。

ジークヴァルドがにっこりと張りつけたような笑みを浮かべる。

「なるほど。お前はそれだけでは嫌だ、と言いたいのか。それなら番の不満を解消してやらなければな」

「嫌でも不満でもないです！　お話ししましょう。あ、それとも仮眠でも取りますか？　お疲れに――っ！」

不穏なものを感じて慌てて弁解をすると、ジークヴァルドがエステルを柔らかな下草が繁る地面に転がした。そうしてそのまま覆いかぶさってくる。

驚きに見開いた視界に、滴るような色香を漂わせるジークヴァルドの顔が映った。

その向こうに見える空を、若い竜が飛んでいく。思わずそれを目で追ってしまうと、ジークヴァルドがくすりと笑った。

「やはり浮気者だな、お前は。俺とこうしているというのに、他の竜に目を奪われるなど」

くすぐるように耳飾りがつけられたエステルの耳に触れたジークヴァルドは、そのままエステルの唇を指先でなぞり、顎の輪郭に触れ、首筋へと指先を這わせた。そのまま喉元へと辿り着くと、円を描くようにくるりと指を動かされて、エステルは色めいた仕草にごくりと息を飲んだ。握りしめたままの銀色のミュゲの花が顔の横で淡く輝いている。

「喉を噛まれても恐れないように、練習をしよう。付き合ってくれるな？」

有無を言わせぬ口調と、誘うような目つきに、エステルは喉の奥で声を引きつらせた。

「げ、夏至祭のお役目がまだありますよね……？」

「湖の水が干上がるまでは何もない。──そうだな、夜明けまでには干上がるだろう」

日付はとっくに変わっていたが、夜明けまではおそらくまだ時間がある。

（多分、ここで本気で嫌がったら、ジークヴァルド様は……ジークはやめてくれる。でも……）

今だって、強引そうでいて、エステルの許可の言葉を待ってくれていた。ずっとジークヴァルドはそうだ。誠実で優しくて、甘やかされているのは十分にわかる。

（箱入り令嬢は返上したのに、箱入り番になるのは駄目よね……）

エステルは頰を染めつつ視線を彷徨わせたが、それでも羞恥をこらえてそっとジークヴァルドの首筋に手を伸ばした。うっすらと銀の鱗が浮いた肌はほんのりと暖かい。

「……痕、つけないでくださいね」

「──ああ、努力する」

眼前に迫るジークヴァルドの冴えざえとした怜悧な美しい顔に浮かぶ、少し意地の悪い笑みを眺めながら、エステルは微笑んでそっと目を閉じた。

エピローグ

世界が青白く染まっていた。

時刻的には真夜中だというのに、空は夕暮れがそのままずっと続いているかのように太陽が一向に地平へと沈むことはない。

夏至当日。

弔い場の湖はぐんと水が引き、完全に干上がるものかと思ったが、湖底にうっすらと水の膜が張るほどには湖水が残っていた。それが鏡のように白夜の空を写し取り、ともすれば空と地上の境界線がないようにも見えてくる。その湖底中央に集まっているのは、夏至までの七日間を飛びきった数匹の若い竜だ。

湖の周辺には色とりどりの成竜たちが並び、湖岸に花が咲いたかのような華やかさを醸し出す。

ジークヴァルドの棲み処の傍にいたエステルは、円を描くように湖底に集まった若い竜たちの中心に佇む銀の竜の姿のジークヴァルドがすっと空へと向けて首を伸ばす様子を、瞬きも惜しいほどに熱心に見つめた。

ジークヴァルドが空に向かって低く高く澄んだ声を響かせる。まるで歌うようなその鳴き声に共鳴するかのように若い竜が一斉に歌い出す。

竜の輪唱が干上がった湖に響き渡り、湖底に残った水を震わせる。

——と。

鏡のような湖面に映っていた星が動いた。と思えば、ふわりと光が浮き上がる。蝋燭の炎よりも大きく、ランタンの灯りよりも若干小さいといった光の珠はゆらゆらと浮遊するように上昇し、やがていくつもの光の珠が湖面のあちらこちらから浮かび上がっていった。

（本当に星が舞い上がっているみたい……。あれが若い竜の方々の力の塊なのね）

ウルリーカが言った通り、ゆったりと漂うように空へと昇る青白いその光は、地上に落ちた星が空へと帰っていくのを見ているような錯覚を覚える。

引き込まれるような、胸が締め付けられるようなあまりの美しさに、エステルはジークヴァルドの耳飾りに思わず手をやった。

そうしておかなければなぜか泣いてしまいそうだった。

ジークヴァルドと若い竜の歌が静かに終わる。それと同時にある程度昇った星の珠は、そのまま流星のように尾を引きながら、放射状に【庭】の各地へと散らばっていった。

最後の光の珠が見えなくなった時、白夜の空に一瞬だけ銀の光が強く瞬く。

それは【庭】としても成竜としてその力を認めたことを示す、と昨日ジークヴァルドが教えてくれた。

銀の光が消えた後、一瞬の間を置いて若い竜たちが気が抜けたように湖底に倒れ伏す。湖畔に集まった成竜たちがそれらを称えるように一斉に吠えた。

　こうして静かな興奮をたたえ、夏至祭は終わりを告げた。


「エステル、あたし成竜になれたのよ。だから名前を教えてあげるね。――って言うのよ。次からそう呼んでもいいからね」

　ふらつきながらも興奮気味にそう告げてきた薄緑色の竜に、つい先ほど終えたばかりの幻想的な夏至祭の様子を思い出して浸っていたエステルは驚愕した。

　夏至祭を終えた弔い場の湖は未だに干上がったままだ。その周辺には成竜になったばかりの若い竜を称える成竜や、倒れてしまった若い竜を介抱する竜で賑わっている。

　そんな中、湖畔にいたエステルの元にふらふらとやってきた薄緑色の竜は嬉々としてそう告げたのだ。エステルの元に遊びにきていた子竜の内、一匹だけ大きな子がいたので覚えている。

「教えてくださってありがとうございます。夏至祭、お疲れ様でした。おめでとうございます！」

　気が逸るあまり竜の言葉で言ってしまったのか、エステルには聞き取れない名前だったが、後で夏至祭の役目を終えてエステルの傍に戻ってきたジークヴァルドに聞こうと決めて、祝福の言葉を贈る。それを聞いた途端、ほっとしたのか薄緑色の竜はそのままぱたりと倒れた。

「大丈夫ですか⁉」

慌てて駆け寄ったエステルだったが、健やかな寝息を立てているのに気づいて唖然としていると、少し離れた場所にいた薄緑色の竜の両親らしき竜がすぐさま寄ってきた。そうしてエステルに頭を下げると、緑の蔦で繭のように包み連れ帰ってしまった。それを見送り、エステルはほっと息をついた。

「……夏至祭を終えると本当に倒れるんですね」

「極限まで体力を使うからな。よくここまで来られたものだ。よほどお前に名前を教えたかったのだろう」

感心したようなジークヴァルドの言葉に、エステルは明るい笑みを浮かべた。

「すごく嬉しいです。でもあの、お名前が聞き取れなくて……。教えてもらえますか？」

「そういえば人間の言葉ではなかったな。あの者は――」

「りゅもおちえりゅ！　りゅはね……うぎゅ」

ジークヴァルドが薄緑色の竜の名前を口にしかけた途端、背後から元気な声が響いてきた。

しかしながら途中で言葉が途切れ、恐る恐る振り返ったエステルが見たものは、金糸雀色に金粉をまぶしたかのような仔竜の口を必死の形相で押さえる人間姿のマティアスとウルリーカの姿だった。ついでにエドガーもなぜかその小さな尾にしがみついている。

「あ、危なかった……。成竜になるまで教えたら駄目だって言ってるだろ」

「本当に懲りない子だな……」

疲れ切った表情に、エステルは同情したように笑みを浮かべるしかなかった。

(アレクシス様の番の方が仔竜様を誘拐した件は、仔竜様が欲しがっていた金糸雀色と金色のミュゲの花を見つけてもらえればそれでいい、ってことになったみたいだけれども……)

エステルたちが鱗を埋めに行ってしまった後、そういう話になった、と夏至祭の最後の儀式が始まる前にマティアスが教えてくれた。

エステルたち人間への嫌悪の感情からしてしまったこととはいえ、ヒエンのようにそれでいいのだろうか、と思ったが、双方が納得しているのならばエステルが口出しすることではない。

(金色のミュゲの花は……あの地下の洞窟で見つけたのよね)

銀色のミュゲの花と同じ場所に咲いていた。

それをジークヴァルドにこっそりと告げると、自分たちで見つけ出さなければ意味がないから黙っておけ、と言われた。確かにそうでないと償いにはならないだろう。

『ははは っ、元気な子じゃのう。将来が楽しみじゃ』

唐突に響き渡った豪快な笑い声と共に空から舞い降りてきたのは、昨日別れてから姿を見せなかったニコラウスだった。その背にはしっかりとヒエンを乗せている。

ジークヴァルドの昨日の話を思い出し、少しだけどう接したらいいものかと気おくれしたエステルだったが、危なげなく地上に降りてきたニコラウスに小さく手を握りしめた。

（うん。これまでと同じように接すればいいわよね。知っているのはニコラウス様自身と、ジークヴァルド様とわたしだけだと思うし）

他の竜ももしかしたら薄々気づいているかもしれないが、これまで騒いでいないのだ。そっとしておいた方がいい。

「ニコラウス様、昨日は忠告をありがとうございました。ジーク、ヴァルド様ときちんと話をできました」

『そうか。憂いがなくなったようでよかったのう。儂の方こそ【ミュゲの谷】では大口を叩いておきながら、危ない目に遭わせてしまって悪かったの』

エステルの礼にニコラウスが謝罪を述べると、その背から降りたヒエンが初めてジークヴァルドの前で挨拶をした時と同じように膝をつき、拳をもう片方の手で包み込む風変わりな騎士の礼をした。

「竜の長、ならびに長の番殿。改めて私たち主従が【庭】を騒がせたことを謝罪させていただく。今後、何か困ったことがあれば、私の権限が及ぶ限りのことはさせてもらいたい」

「ああ、謝罪を受け入れよう。お前の助けがいるような事態にならないことを祈っているがな」

ヒエンの謝罪に、ジークヴァルドは鷹揚に頷いた。

「感謝する。私も二度と貴方や番殿を煩わせないよう、心がける」

つきものが落ちたようにさっぱりとした表情のヒエンを見て、エステルは安堵のままに笑みを浮かべた。

「もうないとは思いますけれども、何かあったら愚痴でも何でもいいですから手紙をください。本当だったら、竜と竜騎士の問題を気軽に相談できる場所があればいいんですけれども」

いつだったか、ニコラウスとヒエンの意見の食い違いを聞いていてそう思ったことがある。初めから相談できる場所があればここまで拗れることはなかったのかもしれない、と。

『ふむ……。それならおまえさんがやればいいじゃろう』

ニコラウスの勧めに、エステルは苦笑いをした。

「やってはみたいですけれども、無理ですよ。今回のことだって、わたしはほとんど何もしていません。解決策だって鱗争奪戦、なんて言うくらいですし、結局はニコラウス様の考えをヒエンさんに伝えただけです。それも勝手に」

「解決してやろうという気持ちでなくとも、話を聞くだけでもよいのではないか。第三者が間に入れば、互いに素直に話すようになるであろう。ずっと共にいると愚痴くらいは言いたくもなる。――っ、レイメイ、叩くな」

そう言い出したヒエンの背中をニコラウスが尾でぱしりと叩いた。

ヒエンまでもが賛成してくるということに、エステルは目を瞬いた。

（それって……相談役、というより、愚痴聞き係？　……それならできるかしら）

言いたいことを呑み込むのではなく、吐き出す場所は確かに欲しいだろう。同じ立場の者が少ないのならなおさら。

少し考え、エステルは窺うようにジークヴァルドを見た。

「やりたいのか？」

「はい。わたしは力のない人間ですから長のお役目をお手伝いできません。何もしないでジーク、様の傍にいるのは肩身が狭いですし、気が引けます。ジーク、様の負担にならないようでしたら、やりたいです」

真っ直ぐにジークヴァルドを見据えると、眉間に皺を寄せることなく黙考していたジークヴァルドは、しばらくしてふっと息を吐いた。

「俺の負担、というよりお前の気苦労が増えそうなのは気が進まないが……」

『ほうほう、エステルとのあまぁい時間が減るのが気に食わんのじゃな。ジーク様は』

「ジーク様……、いえ、長、そこははっきりとお伝えになられませんと。エステルと過ごせる時間が減るのは寂しい、と」

興味深く見守っていたニコラウスと、微笑んで眺めていたクリストフェルに口を挟まれ、ぐっとジークヴァルドの眉間に深く皺が寄った。

（お二方ともすぐに気づいてからかうんだから……）

エステルは頬を赤らめつつ苦笑いを浮かべた。

さすがにジークヴァルドを呼び捨てにはできず、誰かの前では愛称に敬称をつけて呼ぶことにした。目ざとい竜二匹にはすぐに気づかれるのはわかってはいたものの、面映ゆくなる。

二匹を睥睨していたジークヴァルドが、はあ、と小さく嘆息をした。

「確かに、相談を受け付けることになれば、不特定多数の竜や竜騎士と接することになるだろう。それは当然気に食わない。忙しさのあまりすれ違うことになる可能性があるのもな。だが」

いつもとは違い、開き直ったかのように堂々と言い放つジークヴァルドに、予想外の反応だったのかニコラウスとクリストフェルが目を丸くする。その傍らにいたマルグレットは実に楽しそうな笑みを浮かべていた。それをよそに、ジークヴァルドはエステルに視線を戻し、先を続けた。

「俺もお前を放置してばかりなのが気になっていたからな。お前の居場所になるのなら相談を受け付けてもいい」

「――本当にいいんですか!?　ありがとうございます」

満面の笑みを浮かべると、ジークヴァルドもまた小さく笑みを浮かべてくれた。

「あまりそちらに力を入れすぎて、俺を放置するのだけはやめてほしいがな。――まあ、俺たちに子ができたとすれば、子の居場所にもなるだろう。役目があれば蔑まれることも少ないはずだ」

後半の言葉は、身を屈めてエステルにだけ聞こえるように声を潜めて告げられた。

気恥ずかしさと、エステルの不安を拭うようなことを言ってくれた嬉しさに、はにかんだように笑うとジークヴァルドはするりと首筋を撫でて、次いでエステルの肩を引き寄せた。

「ちょっと無茶なお願いを聞いてあげるなんて、やっぱり長はエステルちゃんに激甘だわー」

うふふ、とからかうように笑ったマルグレットに、ジークヴァルドが片眉を上げる。

「番に甘くしなくてどうする。お前だとていつだったか忙しいというのにクリスにくっついて離れなかったことがあっただろう。あの時には心底お前が面倒だったな」

「えーと、それは……そのね」

頬を赤らめ、珍しく言葉に詰まったマルグレットに、にこにこと笑みを浮かべたクリストフェルが後ろから腰に手を回したかと思うと、ジークヴァルドの前から引きずって後ろに下がらせた。

（クリストフェル様強い……。もしかして番になる前は、マルグレット様の方が追いかけていたのかしら……）

何かを言い聞かせるようにクリストフェルがマルグレットに話しかけているのを眺めていると、今度はつい先ほどまで暴れる仔竜を抑えていたマティアスが小脇に仔竜を抱えて割り込んできた。

「なあ、激甘ついでにちょっと提案なんだけどよ。クランツの娘がこれから相談を受け付けるなら竜や竜騎士に会う機会が増えるよな？　その時長の番が周りにいる奴らの名前を知らないと不便じゃねえ？　だからさ、親が許可すれば名前を教えてもいいことにしてくれねえか」

「私もそう思う。あれだけ幼子たちに懐かれているというのにその名前を知らないのは、竜から見ればやはり人間の番は受け入れられていないのかと、少し信用に欠ける。――長、いかがでしょうか」

ウルリーカまでもが真剣な表情で言い募る。マティアスの腕の中では、両親の言っていることがわかっているのか、赤と緑の不思議な色合いの竜眼をきらきらと期待に輝かせる仔竜がいた。

（マティアス様もウルリーカ様もちょっとお疲れなんですね……）

エステルのことを考えて提案してくれているのはわかるが、それに加えて仔竜のあまりのやんちゃっぷりに疲れてというのもあるのかもしれない。

仔竜の期待の眼差しに、ジークヴァルドが黙考し、それから小さく頷いた。

「幼子たちの名前か……。確かに知らないのは不便だろうな。番になったのだから、親が許可をするのなら、教えてもかまわないだろう。ただ、エステル、他の竜騎士の前では口にするな。それだけは守ってくれ」

「もちろん守ります。大切なお名前ですから」

名前というのは親が初めて子に贈るものだ。おいそれと人間が知っていいものではない。

エステルが表情を引き締めて頷くと、その途端に金糸雀色の仔竜はマティアスの腕から必死に体をよじって抜け出すと、エステルの前に駆け寄ってきた。そのまま、カパッと口を開けるのに、マティアスが青ざめた。

「待てっ、まだ言うな！　おい、エドガーにヒエン、お前ら耳塞げ。万が一聞こえても聞かなかったふりをしろ！」

「ラエトゥス！　エスてりゅ、りゅはラエトゥスゆうの」

マティアスの絶叫と仔竜が名前を口にしたのはほぼ同時だった。

エドガーとヒエンが耳を塞いでも間に合ったのかどうなのか。エステルが窺うようにそちらを見ると、竜騎士二人は真顔で耳を押さえたまま示し合わせるように頷き、後ろを向いた。それを見ていたニコラウスが腹がよじれるわ、と爆笑をしていた。

「教えていただいてありがとうございます。強そうなお名前ですね」

エステルが苦笑いをしつつ、仔竜――ラエトゥスの頭を撫でると、背後で軽やかな抗議の声が上がった。

『おちびちゃんずるい！　わたしも教える！　おとーさんとおかーさんに教えてもいいか聞いてくるから待ってて』

『俺も言いたい！　母上たちに許可を貰ってくる！』

いつの間に来ていたのか、砂色と水色の子竜がそう宣言し、慌てて少し離れた場所で待っていた親のもとへと飛んでいった。

「……あれ、親御さんから苦情がきませんか？」

少し前に似たようなことを口にした気がする、と思いつつエステルがジークヴァルドに尋ねると、彼はちらりと項垂れるマティアスを見てから小さく笑った。

「きたらマティアスに押し付けろ。言い出したのはあれだ」

「ひでえ！　許可を出したのはジークヴァルドじゃねえか！」

吠えるように反論するマティアスから目を逸らし、ジークヴァルドはエステルの肩を引き寄せていた手で安心させるように背中を軽く叩いた。

「まあ、大丈夫だろう。お前は鱗を集めて夏至祭を無事に終わらせた。心配せずとも、激高する親はいないだろう」

「それは、教えてもらえれば少しは竜の方々にわたしのことを認めてもらえた、ってことですよね」

夏至祭で色々な竜に会ったが、全部とは言わずとも少しでも多くの竜にそう思ってもらえると嬉しい。

二匹の子竜がそれぞれの親に話しているのが遠目に見える。緊張しつつ待っていると、いくらも経たないうちに水色の子竜がぱっと飛び上がった。少し遅れて砂色の子竜も飛び立つ。

『エステル、俺――』

『エステルわたしね――』

競うようにこちらにやって来るその姿に歓声を上げたくなるのを必死でこらえていると、くすりと小さく笑ったジークヴァルドが「よかったな」とそっとエステルの頭に頬を擦り付けてきた。

あとがき

こんにちは、紫月です。高所恐怖症の箱入り令嬢、読者様に感謝の五巻目です！前巻でようやく番になったエステルとジークヴァルドですが、新婚生活に浸る余裕もなく色々と問題発生の巻です。楽しいことに、どの新キャラもやたらと動く動く……。

そして今回定番の題名が少し変わりました。散々悩んだ上、『箱から』ではなく『箱の外で』になりました。少し寂しいものを感じる反面、番になり新しい生活となるので、それもいいのではないかと。一巻を読み返してみると、ジークヴァルドのエステルへの対応が違いすぎて変わったなあ、と作者自身でも思ってしまいました。

あと、今回の新キャラも椎名先生に可愛らしく格好よく描いていただけました！色々とやらかしそうな主従の気配がたっぷりで、嬉しくなります。そして表紙で主役が見つめ合っているのもにやついてしまう……。そして、この本を作成するにあたってご尽力いただきました方々にも感謝します。いつもぎりぎりですみません。

平穏無事な新婚生活が手に入れられるのか、楽しんでいただけると嬉しいです。

それでは、またお目にかかれることを願いつつ。

紫月恵里

IRIS
ICHIJINSHA

クランツ竜騎士家の箱入り令嬢5
箱の外で竜の主従に巻き込まれました

2023年3月1日　初版発行

著　者■紫月恵里

発行者■野内雅宏

発行所■株式会社一迅社
〒160-0022
東京都新宿区新宿3-1-13
京王新宿追分ビル5F
電話03-5312-7432（編集）
電話03-5312-6150（販売）

発売元：株式会社講談社
（講談社・一迅社）

印刷所・製本■大日本印刷株式会社

ＤＴＰ■株式会社三協美術

装　幀■AFTERGLOW

ISBN978-4-7580-9531-0

この本を読んでのご意見
ご感想などをお寄せください。

おたよりの宛て先

〒160-0022
東京都新宿区新宿3-1-13
京王新宿追分ビル5F
株式会社一迅社　ノベル編集部
紫月恵里 先生・椎名咲月 先生

IRIS ICHIJINSHA

第12回 New-Generation アイリス少女小説大賞

作品募集のお知らせ

一迅社文庫アイリスは、10代中心の少女に向けたエンターテインメント作品を募集します。ファンタジー、時代風小説、ミステリーなど、皆様からの新しい感性と意欲に溢れた作品をお待ちしております！

金賞 賞金100万円 ＋受賞作刊行

銀賞 賞金 20万円 ＋受賞作刊行

銅賞 賞金 5万円 ＋担当編集付き

応募資格 年齢・性別・プロアマ不問。作品は未発表のものに限ります。

選考 プロの作家と一迅社アイリス編集部が作品を審査します。

応募規定 ●A4用紙タテ組の42字×34行の書式で、70枚以上115枚以内（400字詰原稿用紙換算で、250枚以上400枚以内）

●応募の際には原稿用紙のほか、必ず ①作品タイトル ②作品ジャンル（ファンタジー、時代風小説など） ③作品テーマ ④郵便番号・住所 ⑤氏名 ⑥ペンネーム ⑦電話番号 ⑧年齢 ⑨職業（学年） ⑩作歴（投稿歴・受賞歴） ⑪メールアドレス（所持している方に限り） ⑫あらすじ（800文字程度）を明記した別紙を同封してください。

※あらすじは、登場人物や作品の内容がネタバレも含めて最後までわかるように書いてください。

※作品タイトル、氏名、ペンネームには、必ずふりがなを付けてください。

権利他 金賞・銀賞作品は一迅社より刊行します。その作品の出版権・上映権・映像権などの諸権利はすべて一迅社に帰属し、出版に際しては当社規定の印税、または原稿使用料をお支払いします。

締め切り 2023年8月31日（当日消印有効）

原稿送付宛先 〒160-0022 東京都新宿区新宿3-1-13 京王新宿追分ビル5F
株式会社一迅社 ノベル編集部「第12回New-Generationアイリス少女小説大賞」係

※応募原稿は返却致しません。必要な原稿データは必ずご自身でバックアップ・コピーを取ってからご応募ください。※他社との二重応募は不可とします。※選考に関する問い合わせ・質問には一切応じかねます。※受賞作品については、小社発行物・媒体にて発表致します。※応募の際に頂いた名前や住所などの個人情報は、この募集に関する用途以外では使用致しません。